Aus Freude am Lesen

Die erfolgreiche Münchner Geschäftsfrau Sigrid findet eines Abends beim Nachhausekommen ihre Tochter völlig verstört vor. Judith, Ende zwanzig, stürzt ohne Erklärung aus der gemeinsamen Wohnung. Auf dem Küchentisch entdeckt Sigrid einen geöffneten Brief. Ein Amtsschreiben, in dem steht, dass eine Mrs Linda Hamstad, ehemals Macksiepen, in Manchester verstorben sei und die Verwandtschaft gebeten werde, wegen der Nachlassregelung mit den dortigen Behörden Kontakt aufzunehmen. Linda ist Sigrids Mutter, die kurz vor Kriegsende wortlos verschwand. Von der Sigrid stets behauptet hatte, sie wäre längst tot. Der sorgsam gehütete Mythos, ihr Schutzwall gegen die unheilvolle Vergangenheit, droht brüchig zu werden. Ist es an der Zeit, ihre Tochter in die Familiengeheimnisse einzuweihen?

Brigitte Beil, aufgewachsen in Münster, studierte Literaturwissenschaft, Philosophie und Publizistik und arbeitet als freie Journalistin und Buchautorin. Schwerpunkte ihrer zahlreichen Sachbücher, von denen mehrere in verschiedene Sprachen übersetzt wurden, sind soziale und psychologische Themen. Brigitte Beil hat zwei erwachsene Kinder und lebt mit ihrem Mann in München. Nach »Maskal oder Das Ende der Regenzeit« und »Eiswinter« ist »Ein Brief aus England« ihr dritter Roman.

Brigitte Beil bei btb
Eiswinter. Roman (74186)

Brigitte Beil

Ein Brief aus England

Roman

btb

MIX
Papier aus verantwortungsvollen Quellen
FSC® C083411

Verlagsgruppe Random House FSC® N001967
Das für dieses Buch verwendete FSC®-zertifizierte
Papier *Lux Cream* liefert Stora Enso, Finnland.

1. Auflage
Originalausgabe Mai 2013,

Umschlaggestaltung: semper smile, München
Umschlagmotiv: © TrevillionImages/Mark Owen
Satz: Uhl + Massopust, Aalen
Druck und Einband: CPI – Clausen & Bosse, Leck
UB · Herstellung: sc
Printed in Germany
ISBN 978-3-442-74572-2

www.btb-verlag.de
www.facebook.com/btbverlag
Besuchen Sie unseren LiteraturBlog www.transatlantik.de

»Die dunkle Seite der Seele ist wie die unsichtbare Rückseite des Mondes.«

Dan Bar-On

Da vorne ist er.

Zwar kann ich ihn nicht sehen, weil er im Sarg liegt und ein schwarzer Wall von Trauergästen das offene Grab umgibt. Aber dennoch – er ist da. Zumindest das, was von ihm übrig blieb.

Beerdigung am Dienstag, dem 26. November, um 11.00 Uhr im Ostfriedhof, hatte unter der Todesanzeige in der Süddeutschen Zeitung gestanden. Und im städtischen Bestattungskalender fand sich außer Gustav Macksiepen kein anderer, der zu dieser Zeit dort begraben werden sollte. Er muss es sein. Mein Vater.

Wann bin ich ihm zuletzt so nahe gewesen?

Plötzlich steht Judith an meiner Seite. Sie hat bis jetzt neben dem Eingangstor an der roten Ziegelsteinmauer gelehnt, während ich mich weiter vorwagte, um aus der Deckung einer mächtigen Eibe den Worten des Pfarrers zu lauschen.

Er kann den Alten nicht gut gekannt haben. Oder er wurde mit Märchen gefüttert. Oder er spult einfach die üblichen Sprüche herunter.

... liebevoller, vorbildlicher Familienvater – im Glauben gefestigter Sohn der Kirche – selbstloser Betreuer seiner Patienten ...

Ist das zum Weinen, zum Lachen, zum Weglaufen?

»Kennst du jemanden von ihnen, Mama?«, wispert Judith und weist mit dem Kinn auf die dunklen Gestalten.

Mama. Noch immer zieht sich mein Herz zusammen, wenn sie mich so anredet. Zu lange gab es zwischen uns nur Kühle, Distanz, sogar offene Feindseligkeit. Es wird dauern, bis ich mich an diesen Ausdruck der Nähe gewöhne.

»Nein.«

Aufmerksam habe ich alle betrachtet, die das Grab umstehen. So gut es eben ging bei der Entfernung, dem Gedränge, der Trauerstaffage von Hüten, Schleiern, hochgezogenen Tüchern. Und ich beobachte sie weiter, während nun Einzelne vortreten, Blumen niederlegen, eine Schaufel Erde in die Grube streuen und unter Beileidsgemurmel Hände schütteln. Nein. Vielleicht könnte mir sogar nach so langer Zeit noch der ein oder andere von den alten Gefährten aus seiner *großen Zeit* bekannt vorkommen, aber bis auf zwei gebeugte Männer, an denen ich nichts annähernd Vertrautes entdecke, ist niemand aus der Altersgruppe meines Vaters erschienen. Natürlich. Die meisten werden tot sein, und der Rest hält vermutlich irgendwo im Verborgenen den Atem an.

Mein Vater. Was würden die Leute da drüben, seine Angehörigen, sagen, wenn sie wüssten, wer hier steht – seine Tochter und seine Enkelin, seine andere Familie? Ob jemand von ihnen sich noch erinnert, dass es diese anderen je gegeben hat? Oder haben sie alles gestrichen, so wie er es tat, damals, nach der Katastrophe?

Ich versuche, mir seine Reaktion vorzustellen, wenn es Judith und mir gelungen wäre, unseren Plan auszuführen. Einfach an seiner Haustür hatten wir klingeln wollen und sagen: Hier sind wir, du kannst uns nicht länger übergehen. Ob er uns verleugnet hätte? Bestritten, dass es eine Verbindung zu uns gab? Wahrscheinlich hätte man uns beide auf schnellstem Weg hinauskomplimentiert, das habe ich meiner Tochter immer wieder gesagt. Jemand aus der Familie würde eingegriffen haben, einer, dessen Name unter der Todesanzeige stand und der sich berechtigt fühlte, die Eindringlinge, die *Bastarde* in die Schranken zu weisen. Helga vielleicht, die Witwe, seine Ehefrau vor und nach meiner Mutter, vielleicht auch Heiner oder Gudrun oder ein anderer von meinen Halbgeschwistern.

Egal, jetzt ist es zu spät für den Überraschungscoup.

Aus dem Augenwinkel nehme ich eine Bewegung wahr. Nur wenige Meter links von uns steht Karola im langen dunkelblauen Mantel, den Topfhut tief in die Stirn gezogen, und schüttelt ihren Schirm aus. Hat es geregnet? Ich hebe das Gesicht zum Himmel, fange ein paar letzte vereinzelte Tropfen auf, die eine schwere, schwarzgraue Wolke im Abziehen fallen lässt, und spüre plötzlich, dass mein Haar an den Schläfen klebt, fühle die Feuchtigkeit in meiner Wolljacke und an den Spitzen meiner dünnsohligen Schuhe.

Karola schaut nicht zu uns herüber, aber bestimmt ist sie gekommen, um auf ihre Schützlinge zu achten, wie sie es immer getan hat. Für alle Fälle. Und natürlich auch, weil sie den alten Macksiepen kannte, gut kannte. Genauso wie meine Mutter. Auch die kannte Karola besser, als es mir je möglich war. Und dass meine vagen Erinnerungsbilder schließlich Konturen annahmen, dass ich die Gesichter meiner Eltern wieder vor mir sehe und weiß, in welche Verstrickung wir alle gerieten, verdanke ich allein ihr.

Soweit ich zurückblicken kann, war Karola da. Wann immer ich an früher denke, was lange Zeit nur selten geschah, steht Karola an den Nahtstellen, an den Kreuzungen. Sie bewahrte mich davor, verloren zu gehen, in Abgründe zu stürzen. Mehr als ein halbes Leben hat es gebraucht, bis mir das klar wurde.

Sie muss sehr jung gewesen sein, als sie mich unter ihre Fittiche nahm, höchstens siebzehn Jahre alt. Karola Bachmeier, *ein einfaches Ding vom Land,* wie sie selbst sagt, dem ein neugeborenes Baby in Obhut gegeben wurde. Seitdem blieb sie – trotz aller von meinem Vater errichteten Hindernisse – meine zuverlässige Beschützerin.

Unvorstellbar, wie sie es in den folgenden unruhigen Zeiten schaffen konnte, mich während meiner Odyssee durch Waisenhäuser, Kinderheime und Internate immer wieder aufzustöbern. Sogar aus den Trümmern des Münchner Luisenstifts hat sie mich gezogen, als ich hinter einer Kellerbank steckte und von den anderen längst aufgegeben worden war. Woher hatte sie den Mut und die Raffinesse, sich den Verboten zu widersetzen und mir auf verschwiegenen Wegen wenigstens ab und an ein Geburtstagspäckchen oder eine Weihnachtskarte zukommen zu lassen? Zumindest zeitweilig kann das nicht ungefährlich gewesen sein. Und wie brachte sie später die schier endlose Geduld auf, mit der sie meine gelinde gesagt wenig einnehmende Art ertrug? Und auch noch die Betreuung meiner Tochter übernahm, damit ich mich ums Geschäft kümmern konnte?

Karola. Bis vor wenigen Monaten erschien sie mir nur wie ein nützlicher Funktionsträger, nicht mehr als ein alltäglicher Gebrauchsgegenstand. Tiefe Scham überfällt mich, wenn ich daran denke. Dabei ist sie mit Sicherheit der Mensch, dem ich am meisten vertrauen kann, sie kennt mich besser als irgendjemand sonst auf der Welt, während ich von ihr all die Jahre über kaum etwas wusste. Weil ich mich schlicht nicht dafür interessierte. Und als ich endlich anfing nachzufragen, winkte sie lächelnd ab: Da gäb's nichts Besonderes zu berichten.

Aber immerhin ließ sie sich entlocken, dass sie aus Leberskirchen stammt, einem verwinkelten niederbayerischen Dorf nördlich von Vilsbiburg. Den am Ortsrand gelegenen Hof ihrer Eltern hatte der ältere Bruder übernehmen sollen, der jüngere wurde Lehrer im Nachbardorf Schalkham, für sie selbst war die Heirat mit einem Einödbauern vorgesehen.

Eine schreckliche Vorstellung, völlig abgeschieden zwischen den Hügeln zu sitzen, und dann noch mit diesem grobschlächtigen Xaver, so meinte sie, hätte der Auserwählte geheißen. Unterstützt von ihrer Großmutter hatte sie die Eltern umstimmen und die Stelle als Kindermädchen bei dem Münchner Doktor antreten können, für die eine Verwandte aus der Stadt eine Bewerberin suchte. Mehr war nicht aus ihr herauszubringen. Gab es irgendwann eine Liebesgeschichte in ihrem Leben? Hatte sie Träume, die über die Sorge für uns hinausgingen? Ich weiß es nicht, und ich weiß auch nicht, wie sie zu ihrer Besonnenheit kam, zu ihrer Großmut und der unerschütterlichen Zuneigung, mit der sie uns umgab: meine Mutter, meine Tochter und zuallererst mich selbst.

Zweifellos steht Karola hier auf dem Friedhof, weil sie Zeugin sein will, wie der alte Macksiepen unter die Erde kommt. Um ganz sicher zu sein, dass er uns nicht mehr verletzen kann.

Aber was ist mit mir? Warum bin ich hier? Etwa nur, weil Judith mich drängte und behauptete, es sei besser, ihm bei seinem Begräbnis nahezukommen, als überhaupt nie? Nein, es ist etwas anderes, das wird mir erst jetzt, in diesem Moment bewusst. Ein Satz muss mich hergetrieben haben, den unser Vertreter für Mecklenburg-Vorpommern, ein junger, smarter Typ, von dem man derartige Äußerungen nie erwartet hätte, neulich im Entree meiner Firma fallenließ, als ich gerade vorbeiging. Den Zusammenhang habe ich nicht mitbekommen. »Es kann eine Erlösung sein«, hörte ich ihn zu ein paar Kollegen sagen, »wenn ein Mensch stirbt, nach dessen Liebe du dich gesehnt hast: Du erwartest nichts mehr, du hörst auf zu hoffen, und das macht dich frei.« Ohne es zu wollen, habe ich diesen Satz offenbar gespeichert. Plötzlich taucht er wieder auf. Und ich glaube, er ist wahr.

Noch vor kurzem wäre es unvorstellbar gewesen, dass ich solche Gedanken an mich herangelassen hätte. Als *verquast, verstiegen, sentimental* würde ich sie abgetan haben. Absolut nicht mein Ding. Immer wieder erstaunt über mich selbst, stelle ich fest, dass ich neuerdings Menschen wahrnehme, an denen ich bislang achtlos vorbeigegangen bin. Zum ersten Mal *sehe* ich sie wirklich und glaube zu erkennen, zumindest bei einigen, was sich hinter ihrer zur Schau gestellten Fassade verbirgt.

Seit ich weiß, was mit mir selbst geschehen ist und wie ich zu der wurde, die ich Jahrzehnte hindurch war, scheint auch mein Blick auf andere geschärft. Inzwischen bin ich ein paarmal auf Augen getroffen, die denen glichen, die mir lange Zeit aus dem Spiegel entgegengeschaut hatten, eiskalt standen sie in verschlossenen Gesichtern, verweigerten jede Nähe, jeden Einblick. Erst neulich wieder bei einem Empfang der Industrie- und Handelskammer, zu dem ich als Unternehmerin regelmäßig eingeladen bin. Ich sehe den Mann noch deutlich vor mir, mit dem ich im Gedränge zusammenstieß, der sich zwar entschuldigte, weil ein Schuss Prosecco aus seinem Glas auf meinen Jackenärmel geschwappt war, mich dabei aber mit einem Blick maß, der mir den Frost über den Rücken trieb. Mein alter Blick – ich kann die Leere, die Verlorenheit dahinter spüren.

In letzter Zeit sind Dinge vorgefallen, die alles geändert haben.

Liebe – wann hätte ich je über die Liebe meines Vaters nachgedacht? Für mich gab es keinen Vater, genauso wenig eine Mutter. Weg waren die zwei, verschwunden, seit langem versenkt in einem schwarzen Loch. Spurlos, ohne Erinnerungen, ohne Geschichten, ohne Bilder – meinte ich, bis vor fünf Monaten diese Nachricht eintraf, die uns, Judith und mich, vollkommen aus der Bahn warf.

Doch erst jetzt, nachdem sie beide tatsächlich tot sind, ganz offiziell und amtlich verbürgt, traue ich mich, genau hinzudenken, ohne Angst, in einen Mahlstrom zu geraten. Ich muss nichts mehr fürchten, wenn ich mich der Vergangenheit stelle, wenn ich verworrenen Gefühlen nachspüre und mein Leben unter die Lupe nehme. Es war ein warmer Abend im Juni, als es begann.

Wie eine Feuersäule stieg der Schmerz in mir hoch. Ich stand im Flur, zog die Luft durch die Zähne und starrte reglos auf die schwingende Kette vor dem weißen Lack der gerade ins Schloss gefallenen Wohnungstür. Der Knall hallte in meinen Ohren, aber er war nichts gegen das innere Brennen – ein eigenartiges Lodern, ungewohnt und doch auf seltsame Weise vertraut.

Als ich an diesem Abend gegen sieben Uhr die Wohnung betreten hatte, schien meine Welt noch in Ordnung. Im Licht der tief stehenden Sonne glänzte das Parkett wie dunkler Honig, die Luft roch intensiv nach den Lilien, die mir – einen ganzen Arm voll gleich – ein paar Mitarbeiter am Tag zuvor zum Geburtstag überreicht hatten. Ein betörender Duft, für mein Empfinden fast zu schwer.

Ich wandte mich nach rechts, um die großen Flügelfenster im Wohnzimmer zu öffnen – und wäre beinahe mit meiner Tochter zusammengeprallt. Wie eine Furie kam Judith aus der Küche gestürzt, blieb einen Moment lang vor mir stehen und fegte dann hinaus, während die Tür krachend hinter ihr zuschlug. Wortlos, mit einem Gesichtsausdruck, der mir in die Knochen fuhr. Fremdheit stand darin und Ablehnung und eine Prise Mitgefühl. Zumindest glaubte ich, das zu sehen.

Ich kannte diesen Ausdruck. Aber woher?

Ich erinnere mich, dass ich auf den Garderobenstuhl sackte, die Fäuste gegen die Brust gepresst, und dass in meinem Kopf plötzlich Bilder auftauchten – schemenhaft zunächst. Mein Kinderzimmer. Im Halbdunkel sehe ich durch die Gitterstäbe meines Bettes ein weißes, starres Gesicht, einen Mund, der vergeblich zu sprechen versucht, und Augen, die mich mit einer Mischung aus Feindseligkeit und Wehmut fixieren. Stumm wendet das Gesicht sich ab, der helle Türspalt wird geschlossen. Ich bleibe allein zurück und spüre, dass es für immer ist.

Der Abend, an dem meine Mutter mich verließ, spurlos verschwand, lag Jahrzehnte zurück. Wieso holten diese Bilder mich jetzt ein? Ich weiß noch, dass ich mich schüttelte, um das peinigende Gefühl loszuwerden. Wie albern, sich davon nach so langer Zeit überrollen zu lassen.

Ein Schlüssel wurde im Schloss gedreht.

Judith? Vielleicht kam sie zurück. Vielleicht bereute sie den dramatischen Abgang und erklärte mir ihr seltsames Verhalten. Nein, es war nicht meine Tochter. An ihrem schleppenden Gang erkannte ich Karola schon, ehe sie über die Schwelle trat. Seit einer Hüftoperation vor vier Jahren zieht sie ihr rechtes Bein nach. Schnell ließ ich meinen Kopf an die Stuhllehne fallen und schloss die Augen. Nur jetzt nicht die besorgte Stimme hören, nicht dem hellsichtigen Blick standhalten müssen. Es funktionierte. Mit leisem Seufzen schlurfte Karola so geräuschlos wie möglich an mir vorbei Richtung Küche. Vermutlich durchschaute sie mein Manöver, schließlich kannte sie mich seit meiner Geburt und fiel kaum jemals auf einen der Tricks, mit denen ich mir ihre Fürsorge vom Leib zu halten versuchte, herein. Ich ertrug es nicht, dass jemand sich in meine Belange einmischte. Egal, wie gut gemeint. Karola schien keinen Anstoß an meinen oft harschen Reaktionen zu nehmen, mit unerschütterlichem Gleichmut führte sie die Regie in meinem Haushalt und bemühte sich hartnäckig, die Atmosphäre *ein bisschen nett* zu gestalten. *Nett* – ein Hasswort für mich!

Ich hörte Karola hinter der angelehnten Küchentür rumoren. Kartoffeln wurden polternd in einen Korb geschüttet, Flaschen im Kühlschrank verstaut, Stühle gerückt, knisternde Tüten in den Schrank geräumt. Plötzlich gespannte Stille, und im nächsten Moment stand sie im Flur.

»Hast du mit so was gerechnet?«, rief sie ohne Rücksicht auf meinen Tarnschlaf. »Nach all den Jahren?« Ihre Stimme klang tief und brüchig, wie die einer Kettenraucherin, obwohl sie zeitlebens nie eine Zigarette angerührt hat.

Ich wandte ihr den Kopf zu und schaute sie verblüfft an. »Wieso? Was meinst du?«

»Na, diese Nachricht hier. Hast du sie etwa nicht gelesen?« In der hoch erhobenen Hand schwenkte sie ein Blatt Papier.

Gelesen? Natürlich nicht, bislang hatte ich nur meinen Gedanken nachgespürt.

Was konnte das für ein Schreiben sein? War Judith vielleicht deswegen so hastig davongerannt? Wie elektrisiert sprang ich auf die Füße.

»Lass mich sehen!« Ich lief zu Karola, riss ihr den Bogen aus der Hand und lief weiter zum Küchenfenster, im Schein der letzten Sonnenstrahlen würde ich besser lesen können. Schon nach zwei Zeilen begann meine Hand zu zittern.

Ohne den Brief wäre ich vielleicht unbehelligt durchgekommen bis an mein Lebensende: Sigrid Johansen, erfolgreiche Geschäftsfrau, selbständig, unabhängig, unanfechtbar. Aber mit diesem Blatt änderte sich alles, es brachte mein System zum Einsturz. Ein trockenes Amtsschreiben aus England. Adressiert war es an die *Familie Johansen-Macksiepen*, deshalb hatte Judith sich offenbar angesprochen gefühlt und das Kuvert geöffnet.

Vor vier Wochen, stand auf dem Papier, sei eine Mrs. Linda Hamstad, ehemals Macksiepen, in einem Heim für geistig Verwirrte – sie nannten es *mental home* – in Manchester gestorben, und die Verwandtschaft werde gebeten, wegen der Bestattungskosten und der Nachlassregelung mit den dortigen Behörden Kontakt aufzunehmen.

Linda, meine Mutter, die kurz vor Kriegsende fortgegangen und nie mehr aufgetaucht war, ließ also doch noch einmal von sich hören. Aber *Hamstad*? Vermutlich ihr Mädchenname, den sie nach der Trennung von uns wieder angenommen hatte. Oder hatte sie noch einmal geheiratet? Unter welchem Namen und in welchem Zustand auch immer – wieso nur musste sie sich so unerwartet zurückmelden, in mein Leben eingreifen? Alles in mir bäumte sich dagegen auf. Für mich, für mein Empfinden war diese Frau seit langem tot. Selbst wenn ich mich intensiv bemühte, fiel mir nicht einmal mehr ihr Aussehen ein, kein Lachen, keine einzige Geste. Selbstverständlich hatte ich sie auch in den an meine Tochter weitergegebenen Geschichten längst das Zeitliche segnen lassen – und selbstverständlich würde Judith sich belogen fühlen. Mein sorgsam gehüteter Mythos geriet ins Wanken.

Heute sehe ich in diesem Brief so etwas wie eine glückliche Fügung, obwohl ich zunächst meinte, in einen Abgrund zu stürzen.

Mit wackeligen Knien ließ ich mich auf den nächsten Stuhl am Küchentisch fallen, das fatale Papier noch immer in der Hand. Durfte man eine Frau, eine biologische Mutter, von der es über fünfzig Jahre lang kein Lebenszeichen gegeben hatte, etwa nicht als tot bezeichnen? Ich versuchte, mich an die offizielle Regelung zu erinnern. Wann wurde ein Verschwundener für tot erklärt, nach zehn, nach zwanzig Jahren? Gut, vielleicht hätte ich Lindas Sterben nicht detailliert beschreiben sollen, als langsames, friedliches Wegdämmern im Krankenhausbett, aber welche Alternative blieb mir? Ich sah Judith wieder vor mir: ein kleines Mädchen, das beharrlich nach seinen Verwandten fragte. Und ich stand mit leeren Händen da, wenn ich nicht meine Phantasie in Gang setzte und Geschichten erfand. Nun würde sie mir gar nichts mehr glauben, würde alles anzweifeln, was ich über unsere nicht vorhandene Familie erzählt hatte.

Karola, die gegenüber am Tisch saß, reckte sich zu mir, zog den Brief behutsam aus meinen Fingern und hielt ihn dicht vor ihre kurzsichtigen Augen. Seufzend fuhr sie sich durch die grauen Locken, die ihren Kopf wie ein dicker Pelz umstanden.

»Erinnerst du dich an sie?«

Über den Rand ihrer dunklen Hornbrille musterte sie mich mit ihrem durchdringenden Blick, bohrte aber nicht weiter, als ich stumm in die Luft starrte. Die Kälte der Granitplatte nistete sich in meinen aufgestützten Armen ein.

»Manchmal kann man dir nicht in die Augen sehen«, hörte ich Karola sagen. »Sie sind dann wie undurchsichtige Scheiben, hinter denen du verschwindest.«

Ohne auf ihre Worte zu achten, saß ich regungslos da und versuchte herauszufinden, was mit mir geschah. Es war, als zerrte und risse etwas in meinem Innern, als drängte irgendetwas mit Macht durch einen Spalt. Ich glaubte, mich noch nie so fremd in mir selbst gefühlt zu haben.

Inzwischen weiß ich, dass dies der Moment war, in dem mein Schutzpanzer die ersten Sprünge bekam und tief vergrabene Erinnerungen, dumpfe Ahnungen von längst Vergangenem herauszusickern begannen.

»Und jetzt?« Ich reagierte erst, als Karola mich zum zweiten Mal und lauter ansprach. »Sigrid! Was soll jetzt geschehen?«

Sie schob den Brief über den Tisch und tippte mit dem Finger darauf.

»Kein Problem.« Ich zuckte mit den Achseln und bemühte mich um den Anschein größter Gelassenheit. Auf keinen Fall wollte ich mir von dieser fremden, toten Person die Kontrolle nehmen lassen. »Morgen werde ich die Sache meinem Anwalt übergeben. Ich will nichts damit zu tun haben. Wer soll das schon sein, diese Linda – plötzlich auferstanden als meine Mutter!«

Ich rannte aus der Küche und knallte die Tür so heftig

hinter mir zu, als ließe sich damit die Vergangenheit aussperren.

In der folgenden Nacht meldete sich mein Alptraum wieder. Ich weiß nicht mehr, seit wann er mich plagt, es muss sehr früh begonnen haben, als ich etwa vier oder fünf Jahre alt war. Auf einer schartigen Eisscholle treibe ich im Halbdunkel mutterseelenallein auf ein nebliges Meer hinaus. Anfangs sehe ich noch einen schmalen schwarzen Küstenstreifen, aber dann versinkt alles um mich her in eisigem Grau. Das Grau ist so dick, dass ich es kauen kann. Es füllt mich mit Kälte und überzieht als schmieriger Film meine Haut und mein Haar. Ich fühle, wie ich erstarre, und schreie um Hilfe, aber niemand antwortet. Vom Knirschen eines Gletschers wache ich auf – es ist das Geräusch meiner eigenen Zähne.

Schweißgebadet ging ich ins Bad, kühlte mein Gesicht, zog ein frisches Hemd an und wollte, zurück im Bett, einfach weiterschlafen. Ungezählte Male hatte ich trainieren können, die Anschlussängste beiseitezuschieben. Mein bewährter Trick funktionierte so, dass ich meinen Gedanken verbot, eine bestimmte, ziemlich nahe Linie zu überschreiten. Die Linie wurde von einer blassen Mauer gebildet, und meistens hielt sie stand. Doch in dieser Nacht klappte es nicht. Während ich mich auf meine Übung konzentrierte, löste sich die Mauer auf, und an ihre Stelle traten schattenhafte Gestalten, von denen eine, wie ich erst langsam begriff, ich selber war, klein und sehr verlassen. Ein anderer, größerer Schemen mit verschwommenen Zügen, die mir gleichzeitig fremd und vertraut erschienen, stieß mich zu Boden und schrie in einer mir unverständlichen Sprache auf mich ein.

Ich drückte meinen Kopf ins Kissen, hielt mir Augen und Ohren zu, bis die Bilder endlich verschwanden und meine Lider zufielen. Schon fast weggesackt, registrierte ich von ferne, dass Judith nach Hause kam.

Am Morgen fand ich Tränenspuren auf meinem Kopfkissen.

Sie schlief noch, als ich gegen acht Uhr früh ins Geschäft ging, tagsüber kam kein Anruf von ihr, und abends, bei meiner Heimkehr, fand ich auf der Dielenkommode einen Zettel mit der Nachricht, dass sie verreist sei. Zu einer Bekannten nach Berlin. Für wie lange stehe nicht fest.

Ich hielt das für eine gute Idee, denn so würde es vorläufig keine Auseinandersetzung um den englischen Brief geben. Unser Verhältnis war ohnehin angespannt genug. Sophia Tremel, meine Steuerberaterin – wegen ihres verhutzelten Aussehens nannte ich sie im Stillen *blonde Dörrpflaume* –, glaubte mich belehren zu müssen, dass meine Tochter mit 27 Jahren zu alt sei, um noch mit mir in einer Wohnung zu leben. *Kinder* in Judiths Alter, sagte sie leicht spöttisch, sollten ihre eigenen Wege gehen. Ich teilte diese Meinung damals nicht, sondern fuhr eine Reihe von Argumenten auf, die mir sehr plausibel erschienen. Die Größe der Wohnung etwa – beinahe zweihundert Quadratmeter –, viel zu verschwenderisch für eine Person, die Raumaufteilung, die uns völlig getrennte Wege ermöglichte, die Spitzenlage im obersten Stock eines gepflegten, stuckverzierten Altbaus mitten in Schwabing.

Die Wohnung bedeutete mir sehr viel. Wenn ich auf meiner großen, von italienischen Säulen gerahmten Terrasse stand und in den angrenzenden Leopoldpark hinunterschaute, kam ich mir vor wie der Kapitän eines Riesendampfers, und wenn ich unten über die ruhigen Wege spazierte und durch die hohen Bäume hinaufblickte, erschien mir mein Zuhause als eine uneinnehmbare Festung. Da oben konnte mir niemand etwas anhaben. Genau das war immer mein Ziel gewesen: eine Position, in der kein Mensch mich würde herumschieben oder -kommandieren können. Ich allein wollte die Kontrolle haben, unumschränkte Herrscherin über mein Leben sein.

Natürlich verriet ich Sophia Tremel nichts von solchen Gedanken.

Sophia meinte auch, ich solle Judith mehr Mütterlichkeit entgegenbringen. Fast jedes Mal, wenn wir einen Kaffee miteinander tranken, kam sie darauf zu sprechen. Sie begriff nicht, dass ich sie als Steuerberaterin schlicht meinen Hilfstruppen zurechnete und derartige Kommentare als Grenzüberschreitungen betrachtete. Ich ließ sie plappern.

Mütterlichkeit – eines von den Wörtern, die mir wie leere Hülsen vorkamen. Diesem *verkitschten Getue*, das die meisten Frauen praktizierten, konnte ich nichts abgewinnen. Schließlich musste jeder irgendwann auf eigene Füße kommen, und je früher er damit anfing – das wusste ich aus persönlicher Erfahrung – desto besser.

Mit Judith jedenfalls hielt ich es so, da gab es keine Hätscheleien, keine Küsschen hierhin und dorthin. Ich hätte – das war mir nebenbei klar – auch keine Ahnung gehabt, wie man dergleichen anstellte.

Technisch gesehen klappte unser Zusammenwohnen einwandfrei, weil wir kaum Berührungspunkte hatten. Sie stand erst auf, wenn ich längst unterwegs war, verbrachte die Abende mit Leuten, die ich nicht kannte, irgendwo in der Stadt, verschlief oft ganze Wochenenden und zeigte keinerlei Interesse an gemeinsamen Mahlzeiten oder Gesprächen. Das hatte ich übrigens auch nicht. Ich lebte wie Judith mein eigenes Leben, froh, wenn niemand Vertrautheit von mir erwartete. Alle Arten von Gefühligkeit waren mir zuwider.

Dass trotz des Abstands zwischen uns eine ständige Spannung in der Luft lag, versuchte ich zu ignorieren. Ich weigerte mich beharrlich, über unser Verhältnis nachzudenken.

Vielleicht ließe sich meine damalige Haltung als distanzierte Nähe bezeichnen, denn obwohl ich mir alle Mühe gab, keine emotionalen Anwandlungen aufkommen zu lassen – zu der Zeit etwa, als Judith manchmal wie ein kleines verlorenes Hündchen durch die Wohnung irrte –, ertappte ich mich immer wieder dabei, dass ich sie argwöhnisch beobachtete, mit einer Skepsis, für die ich den Grund nicht kannte. Ich wusste selbst nicht, was ich bei Judith suchte. Und sie, die sich von Argusaugen belauert fühlen musste, machte die Schotten dicht oder spähte kritisch zurück. Wahrscheinlich hat dieser Druck die nervösen Ticks ausgelöst, mit denen sie sich herumschlug – während der Pubertät schniefte sie unentwegt, und in darauffolgenden Jahren plinkerte sie im Sekundentakt mit den Augen.

Heiße Not überfällt mich bei der Vorstellung, wie nahe ich daran war, die Verbindung zu meiner Tochter zu vertun, diese Kostbarkeit überhaupt nicht wahrzunehmen. Und ich empfinde inzwischen sogar eine Art von Dankbarkeit der toten Linda gegenüber. Es kommt mir vor, als habe sie auf verschrobenem Weg etwas gutmachen wollen, uns aus dem Jenseits die Liebe angetragen, die sie der Familie im Leben verweigert hatte.

Durch ihre indirekte Nachricht geriet tatsächlich etwas in Bewegung. Immer wieder holten mich seit der Ankunft des Briefes merkwürdige Schatten und Visionen ein. Mitten in einer Tätigkeit oder Überlegung tauchten sie auf wie Szenen aus einem alten, unscharfen Film und machten sich in meinem Kopf breit, bedrängten und verunsicherten mich, und erst allmählich wurde mir klar, dass es Teile meiner Vergangenheit waren.

Ich war ein Eisblock damals, erstarrt in einer dicken Schicht, die mich zugleich schützte und hemmte. Es dauerte, es dauerte lange, sich daraus zu lösen. Bis dahin hatte ich nie geweint, egal, was kam. Aber jetzt auf einmal sprangen mir manchmal unversehens Tränen aus den Augen. Eigentlich hätte es zischen müssen, wenn sie auf meinen Eispanzer tropften.

Eines Nachmittags arbeitete ich bei weit geöffneten Fenstern in meinem Büro an der Vorbereitung einer Konferenz, eine heikle Angelegenheit, weil zwei meiner Mitarbeiter als notorische Quertreiber sicher wieder Probleme heraufbeschwören würden. Unten auf der Widenmayerstraße rauschte der Verkehr. Plötzlich mischten sich in das Autogebrumm vage, abgerissene Gitarrenklänge. Ich dachte an den Straßenmusiker, einen schlunzigen Typ mit einem

Strickband um die Stirn, der ständig irgendwo in der Nähe an Häuserwänden lehnte. Heute hatte er sich offenbar direkt unter meinem Fenster niedergelassen. Doch die Vorstellung wurde im gleichen Moment von einem anderen Bild verdrängt. Ich sah mich auf einem Sofa sitzen, so klein, dass meine Füße am Ende des Polsters in die Luft ragten. Sonnenschein fiel schräg durch die Kassettenscheiben eines Fensters rechts von mir, und in den Strahlen tanzten Millionen Staubkörnchen. Sie tanzten zum Takt des Liedes, das der Mann neben mir sang und mit der Gitarre begleitete, *Alle Vögel sind schon da*. Mein Kopf reichte knapp bis zum Ellbogen des Mannes, und ich hätte ihn gern an seinen blauen Ärmel gelehnt, aber ich wollte den Gesang nicht stören.

»Sie sehen aus, als weinten Sie.«

Ich schreckte hoch und schaute in das erstaunte Gesicht meiner Sekretärin. Offenbar hatte ich ihr Klopfen überhört.

»Unsinn! Was für eine absurde Idee!«

Die Antwort war barsch genug, um sie zum sofortigen Rückzug zu veranlassen. Ich konnte jetzt keine Zeugen gebrauchen, ich spürte selbst, dass meine Wangen nass waren, vor allem jedoch musste ich mit der undefinierbaren Sehnsucht fertigwerden, die mir fast den Atem verschlug. So nah, wie ich mich ihm gefühlt hatte, meinte ich, der Mann müsse mein Vater gewesen sein, aber ich wusste nicht mehr, wie er aussah.

Judith kam früher zurück als erwartet. Am fünften Tag nach ihrer Abreise schlich ich abends auf der Suche nach einem Parkplatz bei heftigem Regen mit meinem Alfa die nassglänzende Franz-Joseph-Straße entlang und sah sie plötzlich um die Ecke biegen. Begleitet von Herrn Mondschein, der eifrig auf sie einsprach, während er ihren Rollkoffer zog. Offenbar hatte er sie vom Bahnhof abgeholt und mit der U-Bahn heimbegleitet. Ich hielt an, um den beiden zuzusehen, machte mich jedoch nicht bemerkbar. Die Köpfe gegen die Böen gesenkt, gingen sie dicht nebeneinander her.

Herr Mondschein reichte meiner Tochter gerade bis zur Schulter, gewann allerdings etwas an Größe durch seinen Hut, diesen Immer-und-unentwegt-Trachtenhut, so speckig und verschossen, dass er fast kühn wirkte. Dazu trug Herr Mondschein genauso ausdauernd einen grauen, verbeulten Walkjanker über grünlichem Cord- und Wollzeug. Ich glaube, seit seinem Ausscheiden aus dem Polizeidienst – und das ist bestimmt fünfzehn Jahre her – habe ich ihn nie anders gewandet gesehen. Herrn Mondscheins Kluft war so bayerisch, dass viele, wenn sie seinen norddeutschen Tonfall hörten, erstaunt ausriefen: »Aber Sie sind ja gar kein Bayer!« »Nein«, pflegte Herr Mondschein zu antworten, »und auch kein Jude.« Und die kindlich unschuldige Miene, die er dazu zeigte, hielt jeden davon ab, hinter seinen Worten eine rassistische Anspielung zu vermuten. Er war es einfach leid, ständig auf seinen ungewöhnlichen Namen angesprochen zu werden. »Herr Mondschein, eigentlich solltest du besser Grünspan heißen«, sagte Judith irgendwann einmal zu ihm und zupfte an seiner moosfarbenen Hose. Sie kennt ihn seit ihrem zweiten Lebensjahr und duzt ihn, aber sie nannte ihn nie *Onkel Walter*, wie er es anfangs vorschlug. Herr Mondschein und du – dabei blieb es bis heute.

Die beiden hatten das Haus erreicht, klopften die Nässe aus ihren Kleidern und traten ein, und ich machte mich wieder auf die Parkplatzsuche. Ohne Eile, weil ich die Begegnung mit ihnen noch ein wenig hinauszögern wollte.

Auch Herrn Mondschein zählte ich damals zu meinen *Hilfstruppen* und verübelte ihm, dass er sich, genau wie die übrigen Mitglieder dieses *Vereins,* nicht mit seiner Nützlichkeit zufriedengab, sondern zu Bemerkungen oder Eingriffen neigte, die ich nicht bereit war hinzunehmen.

Herr Mondschein ist uns zugelaufen. Beinahe fünfundzwanzig Jahre ist das jetzt her. Ich sehe ihn noch vor unserer Wohnungstür stehen in der Uniform des Verkehrspolizisten, die Mütze verlegen in den Händen drehend, seine grau-braun gesprenkelten Augen besorgt auf mein Gesicht geheftet.

»Sind Sie Frau Johansen?« Seine Stimme klang mehlig vor lauter Mitgefühl.

»Richtig.«

»Ich – ich«, er stockte, räusperte sich mehrmals, ehe er weitersprach. »Ich habe Ihnen eine traurige Mitteilung zu machen. Ihr Mann ist – also, Ihr Mann hatte ...« Er streckte eine Hand aus, weil er wohl annahm, dass ich bei seiner Nachricht zusammenbrechen würde. Dabei sah er selbst so mitgenommen aus, als könne er sich kaum noch auf den Beinen halten.

»Kommen Sie erst einmal herein«, sagte ich, führte ihn in die Küche und bot ihm einen Stuhl und eine Tasse von dem Kaffee an, den Karola in einer Thermoskanne bereitgestellt hatte. Ich wusste, was er mir sagen würde, ich wusste es seit dem Moment, als ich seinen Gesichtsausdruck sah.

Während er die dicke Blümchentasse auf dem Tisch hin und her schob, berichtete er unter vielem Zagen und Zögern, dass Sven, mein Mann, mit seinem Motorrad auf der Garmischer Autobahn gegen einen Brückenpfeiler gerast sei, kurz hinter der Ausfahrt Sindelsdorf. »Ohne zu bremsen«, sagte er kopfschüttelnd, »einfach geradeaus dagegen. Ich fuhr mit meinem Streifenwagen ein paar hundert Meter hinter ihm, ich war sofort zur Stelle, aber da war nichts mehr zu machen. Nur einen Gruß von ihm soll ich Ihnen noch ausrichten, Ihnen und Ihrer Tochter. Danach ist er gestorben.« – »Ich glaube, er hat nicht sehr gelitten«, setzte er nach einer Weile fast flüsternd hinzu. Und wieder nach einer Weile: »Mein Name ist übrigens Walter Mondschein, Sie können mich jederzeit über meine Dienststelle erreichen, falls es noch Fragen gibt.« Er legte einen krakelig beschriebenen Zettel vor mich hin, nahm einen Schluck aus der Tasse, höflichkeitshalber, wie mir schien, griff nach seiner Mütze und stand auf.

In diesem Augenblick wurde die Wohnungstür geöffnet, eine kleine gelbe Schubkarre erschien auf der Schwelle, beladen mit Eimer, Förmchen und Schaufeln, dahinter Judith, von Karola an der Schulter hereingeschoben. Judiths Gebrabbel brach ab, als sie den fremden Mann bei mir in der Küche entdeckte.

»Wer ist das?« Ihre Frage war nicht an mich gerichtet, sondern an Karola, zu der sie gespannt hochsah. Unter ihrer Nase klebte heller Sand in der Schnupfenspur.

»Komm, lass uns die Sachen wegräumen«, sagte Karola nach einem kurzen Blick herüber und steuerte Judith weiter den Flur entlang, ohne auf ihre lauthals wiederholte Frage einzugehen.

Herr Mondschein stand stumm neben mir, eine steile Falte zwischen den Brauen. Seine Beobachtungen irritierten ihn offenbar. Ich nahm an, dass er vorwiegend Familien kannte, in denen die Kinder begeistert auf ihre Mütter zustürzten, wenn sie vom Spielplatz heimkehrten, und ihnen ihre dringlichen Fragen stellten, anstatt der Kinderfrau. Judith dagegen behandelte mich wie Luft, als wäre ich unsichtbar. Nicht weniger, da bin ich mir sicher, dürfte ihn die Gefasstheit verwirrt haben, mit der ich auf seine Nachricht reagierte. Obwohl es so viele Jahre zurückliegt, weiß ich noch genau, dass ich keinerlei Erschütterung zeigte. Ich schrie nicht auf, ich weinte nicht, meine Stimme blieb fest, ich musste mich nirgends abstützen oder anklammern, wahrscheinlich wurde ich nicht einmal blass. Neben den üblichen Anzeichen der Betroffenheit erwartete er sicher auch, dass ich mein Kind, das Einzige, was mir von meinem Mann geblieben war, in die Arme schließen und wie eine Kostbarkeit halten würde. Aber nichts davon geschah, und Herr Mondschein verstand das nicht. Jedenfalls machte er diesen Eindruck.

Hätte ich ihm etwa meine Ehegeschichte erzählen sollen, ihm eröffnen, dass Svens Tod keine echte Tragödie für mich war? Dass unsere Familie überhaupt in keiner Weise so funktionierte, wie man sich das landläufig vorstellte? Nein, unter seiner biederen Polizeimütze war dafür kein Platz, meinte ich – damals.

Sven stand mir gut. Aber ihn meine große Liebe zu nennen, wäre mir maßlos übertrieben vorgekommen. Er sah blendend aus, groß und breitschultrig, mit hellen Augen und blondem, welligem Haar, das er kinnlang trug, wie es Mode war, als wir uns kennenlernten. Manchmal erschrecke ich bei dem Gedanken, dass mir sein Typ, dieses Blonde, Blauäugige, so gut gefiel. Und die Frage plagt mich, woher ich so ein Idealbild hatte, ob ich vielleicht genetisch vorbelastet, von meinem Vater infiziert war.

Wir trafen uns zum ersten Mal im Haus der Kunst, ich glaube in einer Ausstellung von Architekturzeichnungen. Ich war eher zufällig dorthin geraten, und er kam an der Seite eines Freundes, den ich flüchtig kannte, auf mich zu. Und er fing sofort an, mich zu umgarnen. Eine heiße Liebesgeschichte wurde nicht daraus, es ist mir überhaupt nie passiert, dass ich, wie die Leute es nennen, *mein Herz verlor*. Doch ganz allmählich gewöhnte ich mich an Sven, an ihn und an den Gedanken, er könne meinem Leben den letzten Schliff geben. Ich wollte nicht, dass man mich als alleinstehende Frau mit herablassenden oder taxierenden Blicken maß. Zu meinem Festungsbau gehörte ein Mann, zumindest vorübergehend, und zwar genau so einer wie Sven, mit bestechendem Aussehen und beruflichem Erfolg. Schon mit Anfang dreißig hatte er bei Siemens eine leitende Position inne.

Auch das Kind war Teil meines Lebensplans. Ich musste es haben, ich brauchte es wie eine Brosche oder eine Perlenkette zum Abendkleid. Alles sollte perfekt wirken, unangreifbar.

Vermutlich hat Sven mich sehr geliebt, sonst wäre es ihm bestimmt nicht möglich gewesen, fünf Jahre lang mit mir zu leben – ein Leben im Permafrost, so kommt es mir heute vor. Wie oft streckte er seine Hand aus, um sie auf meine zu legen, wenn wir nach dem Abendessen noch einen Moment am Tisch saßen, und ich sprang prompt auf und behauptete, das Geschirr wegräumen zu müssen. Wie oft wollte er mich umarmen oder vor dem Kamin meinen Rock hochschieben, und ich wehrte ab, weil ich angeblich Kopfschmerzen hatte oder noch eine Menge am Schreibtisch zu tun.

Mit Schrecken stelle ich fest, dass mich seine Reaktion völlig gleichgültig ließ. War er gekränkt? War er traurig? Ich weiß es nicht. Ich achtete nicht darauf, und er beschwerte sich nie.

Erst in der Woche vor seinem Tod fiel mir eine Veränderung auf. Dienstags hatten wir Karten für die Kammerspiele und traten unseren Spiegelbildern im Foyer entgegen, und ich sah beim Glitzern der Lampen plötzlich, dass er alles Strahlende, Leuchtende verloren hatte. Erloschen, dachte ich und fühlte eine leise Enttäuschung, hielt mich aber nicht länger bei dem Gedanken auf. Als jedoch ein paar Tage später Herr Mondschein mit seiner Nachricht erschien und berichtete, dass es an Svens Unfallort keine Bremsspuren gegeben habe, offenkundig keinen Versuch, dem Unheil zu entkommen, meldete sich das Bild in meinem Kopf zurück, und es kostete mich erhebliche Mühe, die Vorstellung beiseitezuschieben, etwas anderes als pures Missgeschick könne dahinterstecken.

Sven. Er hatte für mich sogar die Verbindung zu seiner Familie aufgegeben. Wie ich annehme, wollte er mich nicht damit belasten und erwähnte es deshalb nur beiläufig, nahezu emotionslos, und ich, die damals nicht nachhakte, kann erst heute ermessen, was dieser Bruch für ihn bedeutet haben muss.

Sven wurde im Sommer 1940, drei Monate, nachdem die deutsche Armee Norwegen okkupiert hatte, nahe Trondheim geboren. Sein Vater, Berufsoffizier bei der Küstenartillerie, fiel gleich in einem der ersten Gefechte, und während Sven, das jüngste von drei Geschwistern, bei einem Onkel am Fjord von Surnadal wie ein fröhliches Bauernkind aufwuchs, staute sich bei der übrigen Familie der Hass auf die Angreifer. Und war auch nach fast fünfundzwanzig Jahren nicht gewichen und steigerte sich noch, als der Jüngste, inzwischen Physikstudent in Oslo, beschloss, ein Praktikum im verabscheuten Feindesland zu absolvieren.

Vor allem Randi, die älteste Schwester, revoltierte dagegen, wie er mir irgendwann schilderte.

Warum ausgerechnet dort? – Weil man's an der Uni empfohlen hat! – Wieso nicht Amerika? – Zu teuer! Die USA sind unerschwinglich! – Verdammt noch mal! Also, gut. Aber setz dich da ja nicht fest!

Doch genau das tat er: Auf das Praktikum in Ingolstadt folgte ein Studium in München, darauf das Angebot, mit brillanten Aufstiegschancen bei Siemens einzusteigen, in der Forschungsabteilung für Strahlentechnologie – Svens langgehegter Traum.

Vielleicht hätten die Verwandten ihm sein berufliches

Engagement noch verziehen, zumindest für ein paar Jahre. Die persönliche Bindung jedoch stieß auf keinerlei Verständnis mehr. Sven schien mit einer so beharrlichen Bitternis nicht gerechnet zu haben, sonst wäre ihm kaum der Einfall gekommen, mich seiner Familie vorzustellen.

»Diesen Sommer«, sagte er an einem verregneten Sonntagnachmittag in unserem ersten gemeinsamen April, als wir eingehakt unter seinem karierten Schirm durch die Isarauen stapften, »diesen Sommer könnten wir zusammen nach Norwegen fahren. Du würdest alles kennenlernen, meine Stadt«, – er nannte sie *Trondhjem* – »meine Geschwister, meine Mutter, den Hof in Surnadal …«

Dass ich seinen Arm drückte, hielt er offenbar für ein Zeichen der Freude und Zustimmung, denn er fuhr begeistert fort, mir auszumalen, was alles es zu sehen und zu erkunden gäbe. »Wir brauchen nur so ein stabiles Hoch wie im letzten Jahr, wochenlang blauen Himmel, dann wird es paradiesisch«, sagte er und merkte nicht, dass mir der Schreck in die Glieder gefahren war.

Seine Familie – wie sollte ich, die nicht die geringste Übung im Umgang mit Verwandten hatte, mich in ihrem Kreis bewegen? Nur zu gut erinnerte ich mich an meine Erfahrungen aus der Schulzeit, an die verkrampften und immer vergeblichen Versuche, das *arme elternlose Wesen* während der Ferien in die wohlmeinende Sippschaft einer Mitschülerin zu integrieren. Diese bemühte Zuwendung! Und noch schlimmer: diese als Mitleid getarnten Verhöre!

– *Was? Deine Mutter ist schon vor Jahren gestorben?* –

Mein Gott, und auch dein Vater ist tot? Was hatte er denn? Und wer kümmert sich jetzt um dich? –

Die Wahrheit – die Wahrheit hätte ich nie erzählen können. Schließlich wusste ich selbst ja nicht mehr, als dass man mich nicht hatte haben wollen. Wer erzählt schon ohne Not, von seinen Eltern verstoßen worden zu sein? Erst recht, wenn er nicht einmal den Grund dafür kennt? Also war ich bestens mit Geschichten präpariert, immer denselben, damit ich nicht ins Schleudern geriet. Und nun würde es in Svens Familie wieder losgehen:

– *Keine Geschwister? Keine Großeltern? Überhaupt keine Verwandtschaft? Wie ist denn das möglich?* –

Ich musste es durchstehen, schließlich hatte ich mich auch Sven gegenüber an meine erfundene Wahrheit gehalten. Warum? Rückblickend kommt es mir so vor, als hätte ich damals längst selbst geglaubt, was ich anderen als Tatsache offerierte. Und falls mir irgendwann doch aufgegangen sein sollte, dass ich Lügen verbreitete, hätte ich für Sven gewiss keine Ausnahme gemacht. Ich wollte ihn – auch das ist mir erst heute klar – nicht wirklich an mich herankommen lassen.

In umgekehrter Richtung ging es seiner Familie genauso: Sie wollte mich nicht bei sich haben. Meine Befürchtungen waren überflüssig.

Sven gab mir den von seinem Bruder Harald verfassten Brief nicht zu lesen. Er sagte nur, der Clan habe mich zur unerwünschten Person erklärt, und damit – das müsse allen bewusst sein – fühle auch er sich verstoßen. Er meinte, ich sei deswegen verletzt oder zumindest traurig, obwohl ich mich in Wahrheit bloß erleichtert fühlte, während er so aufgebracht war, wie ich ihn sonst niemals erlebt habe. Stundenlang muss er mit dem Brief in der Tasche durch die Stadt gelaufen sein. Erst spätabends tauchte er bei mir auf, zerknittert und bleich, und vor lauter Zorn brachte er fast nicht heraus, dass er den *Wisch* irgendwo unterwegs zerfetzt und in einem Gully versenkt hatte.

Zwei-, dreimal sind wohl noch Briefe hin- und hergegangen, aber es war nichts mehr zu kitten. Sven gab den Verwandten nicht einmal Nachricht von Judiths Geburt, und als ich ihnen zwei Jahre später seine Todesanzeige schickte, kam keine Antwort.

In letzter Zeit träume ich manchmal von Sven, ich höre sein weiches Wikinger-Deutsch, über das ich mich früher oft lustig machte, und sehe in seinen Augen eine Frage, die ich damals nicht wahrnehmen wollte. Und ich wünsche, ich könnte ihm noch eine Chance geben und ihn über seine frühere Verlorenheit hinwegtrösten.

Herr Mondschein machte zwar keinen besonders hellen Eindruck, aber er muss bei seinem ersten Auftritt in unserer Wohnung sofort gespürt haben, dass etwas nicht stimmte, dass irgendetwas fehlte oder falsch lief. Was das war, konnte er nicht auf Anhieb erkennen, also heftete er sich auf die Spur.

»Eigentlich«, sagte er bei jeder Gelegenheit, »wäre ich lieber Kriminalpolizist geworden.«

»Und warum bist du's nicht?«, fragte Judith dann prompt.

»Köpfchen, Kind, Köpfchen. Nicht schlau genug«, pflegte Herr Mondschein zu antworten. Dabei rieb er seinen stoppelkurzen Oberlippenbart mit einem kratzenden Geräusch und grinste auf eine Weise, die man als Selbstironie, aber ebenso gut als Zeichen seiner Einfalt interpretieren konnte. Bei aller möglichen Beschränktheit hatte – und hat – Herr Mondschein ohne Zweifel eine unvergleichliche Ader für Menschen und Situationen. Er wittert einfach, was in der Luft liegt. Und da Wegsehen nicht seine Art und verbale Überzeugungskraft ihm nicht gegeben ist, handelt er.

Schon am nächsten Abend stand er wieder vor unserer Tür, wieder linkisch und stammelnd.

»Ich – ich wollte nur mal sehen, wie es so geht«, murmelte er und achtete vorsichtshalber nicht auf meine erstaunt hochgezogenen Brauen. »Ist die Kleine auch schon da?« Er beugte sich vor, spähte um die Tür herum den Flur entlang und ging, als er Judiths Stimme aus dem hinten gelegenen Kinderzimmer hörte, in ihre Richtung. Ich stand da und wusste nicht, ob ich ihn verrückt oder dreist finden sollte.

Herr Mondschein etablierte sich in meinem Haushalt wie der Efeu in Sophia Tremels Bad. Sie hat ihn mir einmal voller Verblüffung gezeigt: Er war durch einen Mauerspalt gedrungen und schlängelte sich ungeniert über Sophias cremefarbene Kacheln. Ich weiß nicht, wie Herr Mondschein es schaffte, innerhalb weniger Wochen zu unserem unersetzlichen Faktotum zu werden. Es passierte einfach. Er wechselte Glühbirnen aus, schraubte meine wackeligen Thonetstühle neu zusammen, setzte dicke Spinnen an die Luft, die über die Weinranken an der Hauswand hereinkamen und Karola kaltließen, während ich vor Entsetzen erstarrte. Er entlüftete die Heizung, hängte den schweren Spiegel auf, der schon seit Jahren an der Esszimmerwand lehnte – tausend Dinge, deren Nützlichkeit man erst bemerkte, wenn Herr Mondschein einmal ausfiel, weil er Grippe hatte oder seinen alten Vater in Hannover besuchen musste.

Viel Zeit verstrich, bis ich begriff, dass es ihm nicht darum ging, den emsigen Hausmeister zu spielen oder eine Art Familienanschluss zu finden, was in unserem Fall ohnehin absurd gewesen wäre. Außerdem hatte er eine eigene Familie, Frau und zwei schon größere Kinder, mit denen er, seiner ausgeglichenen Stimmung nach, sehr zufrieden zusammenlebte. Er kam zu uns wie ein aufmerksamer, liebevoller Nachbar, der nicht mit ansehen kann, wie der Garten nebenan verdorrt, und alle paar Tage eine Kanne Wasser hinüberträgt. Ich denke, er tat es um Judiths willen.

Wenn Judith zum Spielplatz ging – bei schönem Wetter fast jeden Tag –, gab es immer das gleiche Szenario. Ich wusste es von Karola, die sie begleitete, und konnte es bei gelegentlichen Stippvisiten selbst beobachten. Judith stellte ihre mit Spielzeug hochbeladene Schubkarre am Sandkastenrand ab, nahm den roten Ball heraus, klemmte ihn mit beiden Armen vor ihrem Bauch fest, kniff die Lippen zusammen und starrte auf die herumtollenden Kinder.

»Wie angenagelt steht sie da«, sagte Karola. »Nur, wenn ich mitmache, fängt sie an zu buddeln oder ihren Ball zu werfen. Aber du weißt ja, mein Bein …«

Karola erzählte von einem kleinen Mädchen, Marie, das

immer wieder versuchte, mit Judith Freundschaft zu schließen. »Vorgestern hat Marie sie beim Arm genommen und wollte sie zur Schaukel ziehen. Da hättest du unsere kleine Katze mal sehen sollen – so ein Gefauche!«

Ratlos schüttelte Karola den Kopf, während ich mich unwillig abwandte. Hält man etwa eine Kinderfrau, um sich trotzdem noch mit solchen Lappalien zu beschäftigen? Ich weiß genau, dass ich damals so dachte. Allerdings fühlte ich mich nicht gut dabei, es war, als pochte etwas von ganz ganz fern an mein Hirn.

Herr Mondschein muss erfasst haben, dass Judith ein Fremdling unter den Kindern war. Nein, unter den Menschen überhaupt, denn außer Karola duldete sie niemanden in ihrer Nähe, nicht einmal mich. Ich gab mir natürlich auch keine nennenswerte Mühe. Bei Herrn Mondschein sah das anders aus. Vielleicht war er tatsächlich nicht schlau genug für die Kriminalpolizei, doch für Judith wurde er zu einem weiteren Tor zur Welt, neben Karola. Mit unendlicher Gelassenheit ertrug er ihre Ausfälle – Hauen, Beißen, Spucken, Treten, Fratzen schneiden –, was ein kleines Mädchen so auf Lager hat, wenn es beschließt, richtig fies zu sein und die *ganze Bande* in die Flucht zu schlagen. Bis irgendwann der Bann gebrochen war. Bestimmt hat ihm die Einfalt – ob echt oder nur in Zuwendung vorgetäuscht – geholfen, genau den Ton zu treffen, der Judiths Abwehr überwand.

Was hätte aus dem Kind werden sollen ohne ihn? Vielleicht so ein ungelenkes, hölzernes Wesen, das das Leben zwar theoretisch beherrscht, aber die Füße über Kreuz setzt.

Er brachte ihr vieles bei, wozu mir die Lust fehlte und Karola die Kraft.

Ich weiß noch, wie ich eines Spätnachmittags in unsere Straße einbog und die beiden auf dem breiten Gehweg entdeckte. Judith, sie muss etwa dreieinhalb Jahre alt gewesen sein, saß kerzengerade auf ihrem winzigen roten Rad und strampelte wie wild, und Herr Mondschein, damals bestimmt schon Anfang fünfzig, hetzte, sie haltend, in gebückter Haltung hinterher. Es war Mitte August, die Steine glühten noch von der Tageshitze. Herr Mondschein hatte seinen Janker auf Judiths Minigepäckträger geklemmt, sein grünweiß kariertes Hemd klebte ihm schweißnass am Rücken, aber er rannte unverdrossen zur nächsten Ecke und zurück. Wieder und wieder. Als er mich sah, blieb er schnaufend stehen und wischte sich mit dem Ärmel über die Stirn. Ich bemerkte plötzlich, dass seine Schläfen schon grau schimmerten, dass sein Brustkorb sich von der Anstrengung heftig hob und senkte. Ein Schuss Mitleid durchfuhr mich – der arme Kerl, was er alles mit sich machen ließ. Aber ehe ich ein Wort sagen konnte, begann meine Tochter zu quengeln:

»Los, Herr Mondschein, weiter!«

Und er parierte. Natürlich, dachte ich, bei diesem Ton. Man sollte sie dem kleinen Häwelmann nachschicken!

Dankbarkeit empfand ich nicht gegenüber Herrn Mondschein, es war eher so, dass ich ihn gewähren ließ. Er lief bei mir unter dem Begriff *Sozial-Apostel*, einer, der es nicht lassen kann, andere mit seiner Grundgüte zu überziehen.

Manchmal, wenn er mit Judith ins Schwimmbad zog, zum Eislaufen auf den Kleinhesseloher See oder zum Rodeln auf den Schuttberg, nahm er seine Tochter mit, Andrea, die fünf Jahre älter war als Judith und gern, wie Herr Mondschein einmal erwähnte, deren ältere Schwester gespielt hätte. Aber das wollte meine Tochter nicht. Von jedem dieser Ausflüge kam sie völlig verknatscht zurück. Sie wollte nur ihn und zwar ganz für sich allein.

Ich weiß nicht, ob er sie unter vier Augen je zurechtwies oder ein strenges Wort an sie richtete, ich weiß nur, dass er es bei mir versuchte. In Sophia-Tremel-Art:

»Könnten Sie nicht mal mit dem Kind in den Zoo gehen?«, schlug er eines Samstags vor. »Oder ins Deutsche Museum?« Und ein anderes Mal fragte er, ob ich nicht Lust hätte auf ein Picknick mit Judith am Isarufer. »Für die Kleine wäre das bestimmt sehr schön«, meinte er.

Wie kam er auf die Idee, dass sie von solchen Unternehmungen besonders beglückt sein würde? Wir spielten nie miteinander, das Vorlesen und Liedchen-Singen übernahm Karola. Ein plötzlicher Anlauf von mir hätte sie nur irritiert, und was mich selbst betraf, war ich nicht gewillt, meine rare Freizeit mit so läppischen Aktionen zu verplempern. Und schon gar nicht war ich gewillt, von Herrn Mondschein irgendwelche Ratschläge anzunehmen. Da fiel die Klappe, da endete meine Bereitschaft, ihn in unserem Haushalt mitmachen zu lassen – *gnädig,* wie ich damals fand.

Häufig fühlte ich seinen Blick nachdenklich auf mir ruhen, wenn er meinte, ich sei beschäftigt, und ich tat, als merkte ich es nicht. An befremdete Reaktionen auf mein Verhalten war ich seit frühester Kindheit gewöhnt, daran stieß ich mich längst nicht mehr, sollten die anderen denken, was sie wollten, solange sie nur keine Kurskorrekturen empfahlen.

»Herr Mondschein!« – »Wirklich, Herr Mondschein?«

Ich kannte die Wirkung meiner Stimme, ich wusste, wie ätzend sie klingen konnte, scharf genug, eisig genug, um selbst gestandene Leute erstarren zu lassen. Zwei- oder dreimal vielleicht musste ich so mit ihm reden, bis er die Grenzlinie akzeptierte. Hin und wieder, wenn er sich unbeobachtet glaubte, sah ich, dass er den Kopf schüttelte, oder hörte ihn leise seufzen.

Beim Gedanken daran schrumpfe ich in mich zusammen vor Scham.

Judith ließ sich Zeit. Sie musste mein Kommen bemerkt haben, denn mir war beim Betreten der Wohnung meine Dokumentenmappe aus den mit Taschen und Tüten behängten Armen gerutscht und heftig klatschend auf dem Boden gelandet. Das konnte ihr selbst hinter verschlossener Tür nicht entgangen sein, aber sie rührte sich nicht. Und ich gab ebenfalls nicht Laut, weil ich sonst hätte eingestehen müssen, dass ich ihre Ankunft aus der Deckung meines Autos beobachtet hatte. Sie würde sich wieder einmal belauert fühlen.

Ich tat so, als sei ich allein in der Wohnung, packte aus, kramte herum, kochte nebenbei Ingwertee gegen die ersten Anzeichen einer Sommergrippe und setzte mich schließlich mit Lesebrille und Zeitung in einen Loomchair am Wohnzimmerfenster, den duftenden Tee auf einem Tischchen an meiner Seite. Dicke Wolken verschlangen draußen den letzten Rest Tageslicht, ich hob den Arm, um die Stehlampe hinter mir anzuschalten, da sah ich sie im Türrahmen lehnen, auf Socken, die Daumen betont lässig am Bund ihrer Jeans festgeklemmt.

»Ah, Judith – schon zurück?« Ich bemühte mich um einen überraschten Ton und suchte im Kopf zusammen, was ich während der vergangenen Tage zu sagen geplant hatte, damit die anstehende Auseinandersetzung in einem sachlichen Rahmen bliebe. Die Beerdigungskosten, wollte ich sagen, habe Rechtsanwalt Kienbaum in meinem Auftrag beglichen, obwohl man nicht mit Sicherheit wissen könne, dass die Tote tatsächlich meine Mutter gewesen sei. Die Annahme des Nachlasses habe er verweigert. *Das gehört nicht in unser Leben,* wollte ich sagen, *fremde Papiere, fremde Erinnerungen – was sollen wir damit?*

Aber Judith erwähnte den Brief aus England mit keiner Silbe, erst einmal sprach sie überhaupt nicht. Meinen Gruß erwiderte sie vom Türrahmen aus mit einem kurzen Nicken, dann kam sie näher, geräuschlos, wie sie zuvor auch den Flur entlanggegangen war, und setzte sich auf einen Stuhl mir gegenüber. Breitbeinig saß sie da, die Ellbogen auf die Knie gestützt, und begann, an ihren Fingergelenken zu zerren, bis es knackte. Einmal links alle fünf Finger durch, dann rechts, und wieder von vorn. Ich verabscheute dieses Geräusch, ich fand es schauerlich, wusste jedoch aus Erfahrung, dass dagegen so wenig zu machen war wie gegen ihr Plinkern oder Schniefen.

Judith saß auf ihrem Stuhl, den sie zwischen die Tür und mich gezogen hatte, knackte und fixierte mich mit unverhohlenem Misstrauen. Minutenlang, ohne ein Wort zu sagen.

Anfangs versuchte ich, mich in Geduld zu üben. Das lächerliche Gehabe würde ihr selbst bald zu dumm werden, dachte ich, aber es dauerte und dauerte, und als ich meinte, unter ihren Blicken in Krümel zu zerfallen, platzte mir der Kragen.

»Was ist denn?«, fuhr ich sie an. »Sag schon, was ist los?«

»Das dürftest du selbst wohl am besten wissen.« Sie krächzte, als sei ihre Stimme eingerostet.

Ich hatte das Theater satt. Auf Ratespielchen würde ich mich nach den Schweigeminuten gewiss nicht auch noch einlassen. Stumm sah Judith mir zu, wie ich mich aus dem Sessel erhob, die Zeitung, die mir von den Knien geglitten war, aufnahm und auf die Tür zusteuerte. Ich hatte den Raum schon fast verlassen, zufrieden darüber, dass ich mindestens so stur sein konnte wie meine Tochter, als sie wieder sprach.

»Erinnerst du dich an Renate?«, fragte sie hinter mir.

Ich spürte, dass meine Augenbrauen hochschnellten. Sie zuckten seit einiger Zeit öfter unkontrolliert.

»Renate? Welche Renate?« Ich wandte mich betont ruhig um, merkte aber, dass meine Stimme schrill klang – zumindest von innen.

»Welche wohl?« Judiths Ton war kalt, feindselig. »Renate Eschenborn natürlich, deine Freundin aus dem Internat.«

»Freundin? Wie kommst du darauf?«

Ich musste mich wieder setzen und ging zu meinem Sessel zurück, mit etwas unsicheren Schritten. Renate – wann hatte ich sie zuletzt gesehen? War es dreißig Jahre her? Oder vierzig? Wieso tauchte sie jetzt plötzlich auf?

»Woher kennst du sie überhaupt?«, fragte ich, die Hände im Schoß zu einem weißen Knäuel gewunden.

Judith schien die Spannung zwischen uns zu genießen. Sie lehnte sich zurück, verschränkte die Arme im Nacken unter ihrem Pferdeschwanz, der ihr ernstes Gesicht noch strenger wirken ließ, und legte den rechten Fuß lässig über das linke Knie. Ihr grünblauer Pullover war vorn hochgerutscht und gab einen Streifen weiße, zarte Haut frei. Das sah man bei vielen jungen Dingern, es war nichts Ungewöhnliches, aber in diesem Moment empfand ich beinahe schmerzhaft den Kontrast von weichem Mädchen-Bauch und dahintersteckender Härte.

»Aus Berlin«, sagte Judith, »wir haben uns auf der Straße getroffen.« Ihre Mundwinkel verzogen sich zu einem kleinen bösen Lächeln. »Und sie hat mir Dinge erzählt, Sachen – du lieber Gott ...«

»Was für Sachen?« Ich legte meine Hände auf die Armlehnen des Sessels, um souverän und locker zu erscheinen, obwohl ich spürte, dass sich an den Rändern meines Bewusstseins etwas Bedrohliches in Bewegung setzte.

Judith beobachtete mich, spöttisch grinsend. »Von früher«, sagte sie, »von deinem Vater, dass er ein Erz-Nazi war. Und deine Mutter, behauptet Renate, war eine ganz verkommene Person, eine Hure! Wirklich toll, diese Bagage!«

»Sei still!« Mit einem Satz war ich auf den Beinen. »Wie kannst du es wagen, so ein Zeug zu erzählen? *Renate behauptet* – wenn ich das schon höre! Renate hat immer gelogen, sie lügt, sobald sie den Mund aufmacht!«

Ich stand vor Judith mit erhobener Hand. So wenig ich sie gestreichelt hatte, hatte ich sie je geschlagen. Im letzten Moment merkte ich, was hier vor sich ging, und ließ den Arm aus der Bewegung fallen. Den Triumph würde ich Renate nicht auch noch gönnen, dass ich in wilder Wut über meine Tochter herfiel.

»Und du?«, fragte Judith in süffisantem Tonfall, mit immer noch höhnisch verzogenem Gesicht. Mein Sprung auf sie zu hatte offenbar wenig Eindruck gemacht. »Du lügst natürlich nie! Dumm nur, dass dann plötzlich die längst totgesagte Großmutter aus dem Jenseits aufkreuzt. Die feine Linda, fast noch lebendig. Wer von euch ist denn nun die Märchenerzählerin, Renate oder du? Ich finde, es spricht einiges für dich.«

Alles an mir bebte vor Zorn. »Hör sofort auf«, zischte ich. »Lass mich in Ruhe mit Renates Geschichten. Ich will sie nicht hören!«

»Das kann man sich denken. Du gerätst ja auch ganz schön ins Gedränge. Erklär mir doch bitte, wieso Linda in deiner Version friedlich und engelhaft im Bett gestorben ist, dem englischen Brief nach aber in einem Heim für geistig Verwirrte als – wie Renate sagt – ehemalige Hure.«

Wieder dieses Wort – wie ein Messerstich. Ich musste die Luft anhalten.

»Komm schon«, Judith bohrte beinhart weiter, »sag mir, was stimmt. Du musst es doch wissen.«

»Ich weiß nur das, was ich dir erzählt habe. Ich war sehr jung, als sie starb.«

»Aha, du bleibst also bei deiner Variante. Und der Brief aus England ist wohl nur ein schlechter Scherz, oder?«

»Vielleicht ein Irrtum.«

Bloß raus hier, weg von dieser aberwitzigen Debatte! Ich hatte mich abgewandt und ging aus dem Raum. Nein, ich stolzierte. Mit durchgedrücktem Rücken, wie jemand, der fürchtet, von hinten angefallen zu werden.

Ehe meine Schlafzimmertür ins Schloss fiel, hörte ich Judith drüben lachen. Es klang gar nicht gut.

Es war wie damals, zu Internatszeiten. Die ganze Nacht hindurch wälzte ich mich von einer Seite auf die andere, versuchte, hierhin und dorthin zu denken, und sah doch immer nur Renate. Und wenn ich für eine Weile einnickte, erschien sie in meinen Träumen.

Ihre Augen, eigentlich hübsche, dunkelgraue Augen, waren Lupen, die die kleinste Schwäche, den geringsten Fehler ihrer Opfer wahrnahmen und ins Ungeheuerliche verzerrten. Für alle sichtbar. Denn sie liebte es, ihren *Auserwählten* Etiketten anzuheften, ihnen Stempel aufzudrücken, die während der gesamten Schulzeit hängenblieben.

Mich taufte sie *Stinky*, weil ich, als ich mit zwölf Jahren ins Pensionat nach Hellerndorf kam, noch immer Bettnässerin war. Auf den vorhergehenden Schulen und Internaten hatte man alles nur Denkbare probiert, um mir das Übel auszutreiben. Ab mittags bekam ich nichts mehr zu trinken, ich musste das Laken von Hand in einem kleinen Becken auswaschen und es persönlich neben der Spielwiese aufhängen; manchmal ließ man mich abends wieder zwischen die noch feuchten Tücher kriechen; oft wurde ich pünktlich zu den Mahlzeiten an die Wand vor dem Refektorium gestellt mit einem Schild um den Hals: *Wenn ich wäre dicht, stünde ich hier nicht.* Eine ideale Beute für Renate.

Aus heutiger Sicht weiß ich natürlich, dass sie mit ihren Spielchen eigene Schwächen zu kompensieren suchte. Nie nahm sie es mit einem starken Gegner auf, sondern immer nur mit angeschlagenen Typen, die ohnehin schon Schräglage hatten. Ich war mehr als geeignet für die Rolle.

Meine schlimmsten Spitznamen – ich besaß eine ganze Reihe – stammten allesamt von Renate: *Selbstfresser*, weil ich meine Fingernägel bis ins Fleisch abnagte; *Brüllaffe*, weil ich manchmal, wenn mir ein undefinierbares *Alles* zu viel wurde, hemmungslos auf Lehrer oder Erzieher einschrie. Irgendetwas hängte sie mir auch an, weil ich oft stundenlang an meinen Haaren riss und etliche kahle Stellen produzierte. Ich kann mich nicht an alle Namen erinnern, die sie mir verpasste, aber ich weiß noch, dass Renate trotzdem vorgab, meine Freundin zu sein, sogar meine beste. Überall verkündete sie es laut – so wie jetzt wieder beim ersten Zusammentreffen mit meiner Tochter.

Ich hatte mich nicht wehren können. Vielleicht wollte ich es auch gar nicht, denn schließlich galt es als Ehre, als Auszeichnung, von Renate überhaupt wahrgenommen zu werden. Mehrere Jahre lang war sie unangefochtene Königin des Schulheims, umgeben von Vasallen, die sich an ihren bissigen Bemerkungen weideten, die bewunderten, wie sie turnte, wie sie ihre Haare mit Spangen feststeckte, aus denen einzelne weiche Locken fielen, und die ihr beim Nachmittagskaffee Brote mit Butter und Marmelade zuschoben, während armselige Würstchen wie ich immer nur butterlose Stullen abbekamen.

Anfangs himmelte ich sie mit allen anderen um die Wette an. Renate war drei Jahre älter als ich, was eine Menge ausmacht und reichlich Stoff für Schwärmereien hergibt, wenn man zwölf oder dreizehn ist. Außerdem schien sie vor Selbstbewusstsein zu strotzen, verschenkte strahlende Blicke aus ihren dunklen Augen und wurde wegen ihrer roten Wangen und rundlich geschmeidigen Formen von Lehrern und Erziehern für die Verkörperung eines gelungenen Internatszöglings gehalten.

Mein Panzer war noch nicht sehr hart, als ich sie kennenlernte, ich hoffte wohl auf einen kleinen Abglanz ihrer Größe. Weshalb sonst hätte ich die Wechselbäder zwischen Zuwendung und erbarmungsloser Häme hinnehmen sollen?

Diese Willfährigkeit – ich nannte es später *Schafsnasenphase* – endete kurz vor meinem vierzehnten Geburtstag, als ich, ziemlich spät und völlig ahnungslos, meine erste Periode bekam. Wie immer hatte Renate ihre Lupenaugen überall und offenbar beobachtet, dass ich blass und verstört die Toilette vor unseren Schlafräumen verließ. Und schon war sie bei mir, legte ihren Arm um meine Schultern.

»Was ist? Was hast du, Stinky?« Der Name hatte sich längst eingebürgert. »Los, sag schon!«

Sie schüttelte und knuffte mich und bohrte sich mit ihren Blicken in mein Innerstes. Es war zwecklos, ihr etwas vormachen zu wollen.

»Ich – ich hab – da ist –«, stammelte ich und spürte den Druck der Tränen hinter meinen Augen.

»Mach nicht so ein Theater!« Während ich kämpfte, wurde ich erneut geschüttelt. »Jetzt sag endlich, was ist!«

»Blut«, murmelte ich mit abgewandtem Gesicht. »Blut – zwischen meinen Beinen.«

»Blut?« Sie drehte meinen Kopf herum und starrte mich

sekundenlang todernst an – und brach dann urplötzlich in schallendes Gelächter aus. »Blut! Sie hat Blut zwischen den Beinen und glaubt, sie muss sterben! Wie alle blöden kleinen Mädchen!«

Es stimmte. Weil ich sonst keine Erklärung hatte, dachte ich natürlich, von einer schlimmen Krankheit befallen zu sein. Ich stand da – hilflos, in Panik und den Blicken der Neugierigen ausgesetzt, die von Renates amüsiertem Geschrei angelockt worden waren. Manche von ihnen machten betretene Gesichter, einige kicherten hinter vorgehaltener Hand – schließlich sprach man damals über solche Dinge nur in größter Heimlichkeit –, während Renate mich wie ein Beutestück umklammert hielt.

Es war Laura, die mir zu Hilfe kam. Ein ruhiges, freundliches Mädchen von ungefähr sechzehn Jahren, das ich kaum kannte.

»Wer ist hier wohl blöd?«, sagte sie laut und in verächtlichem Ton.

Dabei drängte sie sich durch den Kreis der Gaffer, schob Renates Arm von meinen Schultern und zog mich den Flur entlang um die nächste Ecke. Vorsichtshalber warf sie noch einen Blick zurück, doch es folgte uns niemand.

Ich lehnte an der Wand, tief beschämt, verwirrt und fühlte den kalten Ölanstrich durch den dünnen Stoff meiner Bluse. Die schwimmbadgrüne Farbe machte ihn noch kälter.

»Dumme Gänse«, sagte Laura und hob eine Hand, um mir über die Wange zu streichen, aber sie ließ es, als sie sah, wie ich zurückschreckte. Stattdessen lehnte sie sich neben mich, die Arme hinter ihrem Rücken verschränkt. »Was du da hast, ist ganz normal«, erklärte sie mit verschwörerischem Grinsen. »Das haben alle Mädchen, es zeigt, dass sie erwachsen werden. Krank wärst du, wenn es dir nicht passierte. Also, keine Sorge. Geh zu Fräulein Bremer, die gibt dir was, damit's nicht tropft.« Sie grinste noch breiter und gab mir einen kleinen Stoß in die Rippen. »Los, geh schon.«

Mit hängendem Kopf trottete ich den Gang hinunter und klopfte an die Tür der Erzieherin.

»Nun, Kind, was gibt es? – Ach, sieh an, du hast deine Tage?«

Den Begriff hatte mir Laura gerade beigebracht. Ich nickte, feuerrot vor Verlegenheit, während Fräulein Bremer mich mit professionellem Interesse betrachtete. Ob sie sich vorstellen konnte, was es hieß, in einem Körper zu stecken, der einem plötzlich fremd und unheimlich war? Ohne zu wissen, wieso das geschah? Und Fremde um Hilfe angehen zu müssen?

Fräulein Bremer bat mich in ihr mit klobigen braunen Möbeln vollgestopftes Zimmer, auf dessen Fensterbank steife Topfpflanzen paradierten, und ließ mich neben der Tür stehen, bis sie aus einer Kommodenlade die nötigen Utensilien hervorgekramt hatte. Die Klämmerchen waren ihr dabei im schwarzgrau gesträhnten Haar verrutscht, sie musste sie erst neben ihrem Mittelscheitel feststecken, ehe sie mir erläutern konnte, was ich mit den merkwürdigen Sachen tun sollte. Der fleischfarbene Gummigürtel und die mit grobmaschiger Gaze überzogenen Wattepolster, die an ihm befestigt wurden, erinnerten mich an den Tropfenfänger, den ich im Besuchsraum an der Tülle einer Kaffeekanne gesehen hatte. Es gefiel mir nicht, ebenfalls nach so hässlich-praktischen Gesichtspunkten ausgestattet zu werden, aber es gab keine Wahl.

Laura wartete draußen auf dem Korridor, um mich zu meiner mit Vorhängen abgeschirmten Koje im hinteren Eck des Schlafsaales zu begleiten, vorsichtshalber, wie sie sagte, damit ich nicht wieder unter die Hyänen fiele. Und als sie merkte, dass ich tatsächlich keine Ahnung hatte, hockte sie sich neben mich auf mein Bett und erklärte ruhig und sachlich die komplizierten Abläufe im weiblichen Organismus. Zwischendurch fragte sie mehrmals erstaunt, ob denn wirklich niemand mit mir darüber geredet habe – keine Mutter, keine Oma, keine Tante oder Cousine? Laura nahm mir die Angst und die Scham, aber nicht die Verlorenheit, in die ich noch tiefer als gewöhnlich sank.

Ich musste mich besser abschotten, niemand sollte mich je wieder so verletzen können, wie es Renate vorhin gelungen war. Von diesem Tag an hatte sie ausgespielt. Weder ihre Schmeicheleien und Freundschaftsofferten noch ihre Gemeinheiten tangierten mich mehr. Stundenlang übte ich vor dem schmalen Toilettenspiegel eine undurchdringliche Mimik und brachte es darin, wie ich den Reaktionen meiner Umwelt bis heute entnehmen kann, zu einer beachtlichen Fertigkeit.

Vermutlich um diese Zeit war es auch, dass meine Augen einen veränderten Ausdruck annahmen. Eine Lehrerin auf der Grundschule hatte sie immer als traurig und leer bezeichnet, jetzt plötzlich hieß es unter meinen Mitschülerinnen, sie seien wie Gletscherbonbons – blau, klar und eiskalt. Mich störte das nicht, ich blitzte die Lästerer nur frostig an.

Renate fand sich schwer ab mit meiner demonstrativen Gleichgültigkeit. Sie beherrschte die Rituale der Macht – damals hätte ich das natürlich nicht in Worte fassen können, aber ich empfand es umso deutlicher –, und sie war nicht daran gewöhnt, dass jemand es wagte, sich ihr zu entziehen, ihr die kalte Schulter zu zeigen, sie vor die Wand laufen zu lassen.

Als ihre zahlreichen Ansätze, mich wieder an die Leine zu legen, nicht griffen, versuchte sie, meine neue, mühsam errungene Stärke zu unterminieren. Eine Art *Stille Post* wurde in Gang gesetzt: Man wisperte, tuschelte und flüsterte hinter meinem Rücken, und mit jeder Runde klangen die Gerüchte wilder, verwerflicher. Es ging um meine Mutter, das konnte ich aus einigen aufgeschnappten Wortfetzen schließen. Anfangs hieß sie *Rabenmutter*, dann *Verräterin*, *Schlampe* und schließlich *Hure*. Und ich musste mich bemühen, mir nichts anmerken zu lassen. Ich wusste zu wenig über meine Mutter, um dem Gerede etwas entgegenzusetzen.

Hure – so hatte auch Judith meine Mutter, ihre Großmutter genannt, offenbar von Renate ferngesteuert. Ich versuchte mir auszumalen, was Renate meiner Tochter erzählt, mit ihr besprochen haben mochte, aber eine schwarze Wand schob sich durch meinen Kopf und legte dichtes Dunkel über alles, bis ich irgendwann einschlief.

Die Regenwolken hatten sich während der Nacht verzogen. Als ich gegen acht Uhr das Fenster meines Schlafzimmers öffnete, hing ein grau-goldener Dunstschleier über dem Park, die Luft roch nach feuchter Sommererde, und ich beschloss, auf der Terrasse zu frühstücken, um mir etwas von der morgendlichen Frische einzufangen. Schließlich ist es in meinem Metier – seit vielen Jahren betreibe ich unter dem Namen *Susanna Corell* ein exklusives Kosmetikunternehmen – nicht unwichtig, welches Bild die Chefin bietet. Allerdings hätte ich auch ohne berufliche Gründe nicht gewollt, dass mir jemand eine durchgrübelte Nacht ansähe.

In einen warmen Pullover gehüllt, trank ich gerade den ersten Schluck Milchkaffee, als Judith herauskam, mit zerzaustem Haar, verknittertem Schlafanzug und ausgelatschten braunen Puschen. Gähnend ging sie an die Brüstung, steckte ihre Nase in die lachsfarbenen Rosen, die zwischen Lavendel und Salbei in den Terrakotta-Wannen gerade ihre Knospen zu öffnen begannen, und drehte sich dann gemächlich zu mir um. Ihre Blässe verriet, dass auch sie nicht friedlich geschlafen hatte. Der Gesichtsausdruck war streng und abweisend, bis sich plötzlich wieder das bösartige Lächeln des vergangenen Abends zeigte.

»Du siehst ziemlich mitgenommen aus«, sagte sie unter erneutem herzhaftem Gähnen. Dabei rubbelte sie ihre Oberarme, statt eine Hand vor den Mund zu halten. Es sollte wohl besondere Missachtung mir gegenüber bekunden.

Ich stand wortlos auf, ging in die Küche und holte ihr ebenfalls eine große Tasse Kaffee, die ich auf den Tisch mir gegenüber hinstellte. Fürsorglichkeit war sonst absolut nicht meine Art, aber ich hatte keine Lust, die Situation nochmals so eskalieren zu lassen wie am Abend zuvor.

»Komm, trink erst mal etwas«, sagte ich und schob die Tasse ein bisschen weiter in Judiths Richtung.

Sie zögerte einen Moment. Schließlich zuckte sie die Achseln, kam betont langsam näher, ließ sich auf einen Stuhl fallen, nahm die Tasse in beide Hände und begann mit aufgestützten Ellbogen zu nippen. Dabei hielt sie die Augen misstrauisch auf mich gerichtet. Judith war viel zu sehr meine Tochter, um an zweckfreie Freundlichkeiten zu glauben.

Ihre Spekulationen interessierten mich wenig. Ich wollte so schnell wie möglich zurück zu unserer gewohnten Unverbindlichkeit – ohne süffisantes Gehabe und abstruse Anschuldigungen.

»Hör zu«, sagte ich, als ich fand, dass sie genügend Skepsis über den Tassenrand verbreitet hatte, »lass uns den Streit von gestern begraben. Ich kenne Renate wie meine Handfläche, sie ist eine notorische Lügnerin, sie dreht die Welt auf links, wenn es ihr passt. Warum sie dir all das verquere Zeug erzählt hat, weiß ich nicht, aber ich rate dir dringend, es zu vergessen. Vergiss es einfach!«

Bewusst sprach ich in dem Ton und setzte die Miene auf, mit denen ich bislang sämtliche Gegner niedergezwungen hatte. Aber Judith war aus dem gleichen Lehm geknetet und nicht im Geringsten beeindruckt.

»Nein.« Seelenruhig trank sie ihren Kaffee weiter und sagte einfach nein.

Ich hielt die Luft an. »Wieso nein? Soll das etwa heißen, dass du ihr eher glaubst als mir?«

»Keine Ahnung. Es klingt jedenfalls sehr plausibel.« Judith beobachtete mich mit schräg gelegtem Kopf aus schmalen Augen. »Und es passt ziemlich gut zu unserem Leben.«

»Warum denn das?«

»Na ja – so ganz ohne Verwandtschaft, ohne Fotos von früher, nur mit ein paar mageren, unpersönlichen Geschichten. Meinst du, man spürt als Kind nicht, dass da der Wurm drin ist, dass etwas nicht stimmt?«

Ich war verwirrt, wusste nicht weiter. Was sollte das bedeuten? Ich hatte Judith doch alles mitgeteilt, woran ich mich erinnerte. Wozu brauchte man eine Familiengeschichte, die ganze Archive füllte und zig Fotoalben?

Ihr Gesicht verriet, dass solche Argumente nichts ausrichten würden. Also ergriff ich die Flucht nach vorn.

»Gut«, sagte ich, »wenn es so ist, erzähl mir, was du von Renate erfahren hast. Fang ganz zu Anfang an, mit dem Moment, als du ihr begegnet bist.«

Und sie sprudelte los, redete und redete, während ich atemlos zuhörte und erst nach einer Weile merkte, dass meine Fäuste taub wurden, weil ich sie so fest zwischen meine Knie geklemmt hatte.

Nachdem Judith fertig war, blieb ich noch einen Augenblick wie angeklebt sitzen, dann sprang ich wortlos auf, schnappte mir in der Diele meinen Schlüsselbund und lief im Eiltempo die Treppe hinunter, so schnell, dass ich auf den frisch gebohnerten Stufen ins Rutschen geriet und mich mit knapper Not noch am Geländer anklammern konnte.

Ich fuhr nicht ins Büro an diesem Tag. Per Handy gab

ich durch, einen unvorhergesehenen Termin zu haben. Ich musste allein sein, wollte nachdenken über das, was Judith mir berichtet hatte.

Mein Auto scheint völlig selbsttätig gefahren zu sein, denn als ich anhielt, wusste ich nicht, wie und warum ich an dieser Stelle gelandet war, auf einer schattigen Wiese kurz vor Münsing, etwas abseits der Straße, mit weitem Blick über die Alpen. Vage erinnerte ich mich, dass Sven bei unseren Sonntagsausflügen hier manchmal Rast gemacht hatte, um das Panorama zu genießen.

Mir war der Fernblick egal. Ich breitete meinen Pullover ins noch kühle Gras und legte mich mit im Nacken verschränkten Armen darauf. Mechanisch folgten meine Augen den zotteligen Wolkenbäuschchen hoch über mir, während meine Gedanken ganz andere Wege gingen.

Renate. Sie habe durch die Schaufensterscheibe einer kleinen Boutique in der Schlüterstraße zugesehen, hatte Judith erzählt, wie sie selbst drinnen einen Schal um sich dekorierte, einen Paisley-Schal, der weder zur Jahreszeit noch zu ihrem Outfit passte, aber in wunderschönen Farben gemustert war. Geradezu gestarrt habe Renate – übrigens eine sehr elegante Dame – und sich ihr, als sie den Laden verließ, sofort zugewandt. Sie konnte sich, Judiths Beschreibung nach, seit früher nicht allzu sehr verändert haben, ihre Haare waren allerdings nicht mehr dunkelblond, wie ich sie kannte, sondern kupferrot gefärbt.

»Verzeihen Sie den Überfall«, sagte sie, »aber sind Sie vielleicht verwandt mit einer gewissen Sigrid Macksiepen?«

Dabei fühlte sich Judith von dunkelgrauen Augen durchleuchtet und nickte spontan. »Ja, wieso?«

»Na ja, wegen der verblüffenden Ähnlichkeit.« Die Fremde lächelte und stellte sich, weil Judith sie irritiert anschaute, als Renate Eschenborn vor, meine alte Schulfreundin.

Bestimmt hat Judith daraufhin noch skeptischer geblickt, denn sie wusste von keinen Freunden, sondern kannte nur meine konsequente Ablehnung jeder Nähe und Vertraulichkeit. Vielleicht ging sie deshalb mit in das Café schräg gegenüber, wohin Renate sie einlud – aus Neugier. Ich sah die beiden vor mir, wie sie die Straße kreuzten, Judith sicher noch einen halben Kopf größer als Renate, die mich zu Schulzeiten immer um ein paar Zentimeter überragte.

Glich Judith mir tatsächlich so sehr, dass sie auf Anhieb als meine Tochter zu identifizieren war, oder bewies das Erkennen einmal mehr die Schärfe von Renates Lupenblick? Jedes Detail ließ ich Revue passieren, aufmerksam, wie man sonst selten jemanden aus dem nächsten Umfeld erforscht. Die Haare hatten das gleiche fuchsig angehauchte Hellblond wie die meinen früher, ehe ich anfing, erste Grausträhnen mit einer etwas dunkleren Tönung zu kaschieren. Ich strich über meinen Nasenrücken und stellte fest, dass er bei Judith genauso schmal und schnabelartig gebogen war. Auch ihr Mund, breit, mit leicht nach oben geschwungenen Winkeln, hatte den gleichen Schnitt wie meiner. Ebenso das kleine energische Kinn. Ihre Wangenknochen dagegen waren weniger ausgeprägt als meine. Vielleicht wirkte ihr Gesicht aber auch nur schmaler, weil sie die Haare meistens streng zurückgekämmt und zum Pferdeschwanz gebunden trug, während meine lose fast bis auf die Schultern fielen. Es gab in der Tat eine Menge Übereinstimmungen. Und dennoch meinte ich, dass es vor allem die Augen gewesen seien, unsere gemeinsamen Gletschereisaugen, die Renate auf die Verwandtschaftsspur führten. Judiths Augen waren zwar größer und runder als die meinigen, hatten jedoch den gleichen frostigen Ausdruck.

Mir selbst fiel das niemals auf, doch erinnerte ich mich, ein paarmal mitbekommen zu haben, wie Judith ihre Wirkung erwähnte.

Sie muss etwa neun Jahre alt und noch in der Grundschule gewesen sein, als ich eines Nachmittags zufällig in die Küche kam, wo sie am großen Tisch saß und auf einem Arbeitsblatt die Münchner Parks grün anmalte. Karola legte neben ihr Wäsche zusammen.

»Du, Karola«, hörte ich Judith sagen, »die Kinder in meiner Schule reden immer so blöd über mich.«

»Wieso, was sagen sie denn?«, fragte Karola.

Judith hielt den Kopf über ihre Aufgabe gesenkt und schniefte, ehe sie antwortete.

»Dass ich so komisch gucke, so – so – so … Ach, ich weiß nicht, irgendwie kalt.«

Judith schien mein Eintreten nicht bemerkt zu haben, sie malte eifrig weiter, während Karola mir einen erschrockenen Blick zuwarf und sich dann schnell abwandte. So als habe ein Schwerkranker ahnungslos über sein Befinden gesprochen.

Ich war neben der Tür stehen geblieben und weiß noch, dass mir ihre Reaktion absurd vorkam. Wie konnte sie das

Gebrabbel von Kindern so ernst nehmen? Kommentarlos drehte ich mich um und ging hinaus.

Eine ähnliche Szene, die mir im Gedächtnis blieb, spielte sich ungefähr zehn Jahre später ab, zu einer Zeit, als bei uns pausenlos das Telefon klingelte und irgendein Tim, Tom, Till oder wie auch immer Judith zu sprechen wünschte. Sie nahm die Anrufe in der Diele entgegen, zwangsläufig bekam man mit, wie sie einen um den anderen abservierte. Obwohl mir klar war, dass ich selbst nicht unbedingt herzlich mit Leuten umging, beschlich mich oft eine merkwürdige Beklommenheit, wenn ich sie reden hörte, etwas wie Angst oder Sorge, ohne dass ich wusste, wovor oder weshalb. Und ich ging der Frage auch nicht nach.

Eines Abends, ich prüfte gerade am Schreibtisch meinen Terminplan für den nächsten Tag, hörte ich durch die angelehnte Tür, dass sie ein Telefongespräch in bewährter Manier beendete. Danach war es eine Weile still, bis Karolas schlurfende Schritte näher kamen.

»Was machst du denn da?«

»Ich will wissen, was mit meinen Augen ist«, sagte Judith, »immer diese Bemerkungen!«

Leise erhob ich mich und linste durch den Türspalt. Draußen stand Judith über die Kommode gebeugt und starrte ihrem Spiegelbild aus nächster Nähe ins Gesicht, die Augen weit aufgerissen. Karola lehnte zwei Schritte weiter an der Wand.

»Was für Bemerkungen?«, fragte sie. Dabei hielt sie den Blick auf ihre Fußspitzen gerichtet, so als sei es völlig überflüssig, die Objekte der Diskussion zu begutachten.

»Micha gerade wieder«, sagte Judith. »Er behauptet, dass er schon eine Gänsehaut kriegt, wenn er nur an meine Augen denkt. Und gestern Harry. Er sagte: ›Schau mir in die Augen, Kleines, damit mir schön kalt wird.‹«

»So ein Blödsinn! Warum rufen sie denn dann am laufenden Band hier an, die dummen Kerle?« Karola legte ihren Arm um Judiths Schultern und zog sie mit sich in ihr Küchenrevier.

Ich wusste, wie gut das tun konnte, aber ich hatte auch Karolas besorgte Miene bemerkt. Immer machte Karola den Eindruck, als sehe sie etwas hinter den Dingen, das ich nicht wahrnahm, irgendeinen verborgenen Zusammenhang. Sie versuchte zwar, Judiths Problem herunterzuspielen, doch dachte sie, wie mir schien, im Grunde ganz anders darüber.

Bestimmt, ich war mir plötzlich völlig sicher, hatte Renate mich in Judiths Blick wiedererkannt, offenbar ohne den geringsten Zweifel.

»Du bist also Sigrids Tochter«, sagte sie, als sich beide an einem Bistrotischchen in Fensternähe gegenübersaßen. Nach Judiths Schilderung keine Frage, sondern eine Feststellung, und sofort mit vertraulichem *Du*. Typisch, dachte ich, gleich wieder ihre Überlegenheit zu demonstrieren und ihre Netze auszuwerfen.

»Du hast gewiss schon von mir gehört, nicht wahr?«, fragte Renate, während sie die Speisekarte studierte, und schaute erstaunt auf, als Judith verneinte. »Soll das etwa heißen, dass deine Mutter mich nie erwähnt hat? Ihre engste Freundin?«

Renate schien es nicht glauben zu wollen.

Ich sah Judith vor mir, wie sie gleichgültig mit den Achseln zuckte. »Sie erzählt eigentlich kaum etwas von früher.«

»Kein Wunder, es sind ja auch eine Menge unschöner Dinge dabei«, sagte Renate mit leicht gekränktem Unterton, wohl wenig erfreut von dem Gedanken, so vollständig aus meinem Leben gestrichen worden zu sein.

Sie winkte die Kellnerin heran und bestellte eine Quiche mit Salat, dazu ein Glas Rotwein. »Was ist mit dir, Kind? Meine Güte, wie heißt du eigentlich?«, wandte sie sich an Judith. »Hast du schon zu Mittag gegessen? Komm, ich lade dich ein.«

»Das Gleiche«, sagte meine Tochter, »ich hätte gern das Gleiche, vielen Dank. Und ich heiße Judith.«

Nach einem kurzen Moment des Erstaunens warf Renate laut lachend den Kopf in den Nacken. »Judith«, rief sie prustend, »ausgerechnet Judith! Wie sind deine Eltern denn auf die Idee gekommen?«

Mit dem schrillen Heiterkeitsausbruch konnte Judith wenig anfangen. Unwirsch zog sie die Stirn kraus. »Was ist daran so komisch?«, fragte sie und bat die Kellnerin, die gerade vorbeikam, ihr ein Glas Wasser zu bringen. »Ich nehme an«, fuhr sie fort, »dass der Name ihnen einfach gefallen hat. So macht man es doch normalerweise, oder?«

Renate lachte noch immer, wenn auch leiser, sodass die Gäste an den Nebentischen sich wieder ihren eigenen Gesprächspartnern oder ihren Tellern zuwandten. »Sicher«, nickte sie, »normalerweise schon.«

Die Zähne zwischen ihren dunkelrot ausgemalten Lippen waren groß und standen etwas schief und übereinander verschoben. So als habe sie ständig versucht, besonders harte oder zähe Brocken zu zerbeißen, dachte Judith, während Renate ihren fülligen Busen in den Bogen ihrer auf die Tischplatte gestützten Unterarme legte und sich herüberbeugte, um ihr Gegenüber eindringlich zu fixieren.

»Ich weiß nicht, was Sie meinen …«

»Natürlich, genau wie die Mutter. Du kannst mich übrigens ruhig duzen, ich gehöre ja schließlich fast zur Familie. Sie hat dir also tatsächlich nichts erzählt? Du hast keine Ahnung?«

»Was soll das eigentlich – nichts erzählt, keine Ahnung? Wollen Sie mir nicht endlich …«

»Du«, fuhr Renate dazwischen.

»Okay«, Judith gab widerstrebend nach. »Könntest du mir nicht endlich mal erklären, wovon hier die Rede ist? Was hat mein Name mit solchen Andeutungen zu tun?«

Die Kellnerin hatte inzwischen das Essen und den Wein gebracht, und Renate fiel offenbar heißhungrig darüber her, schmauste und trank, ohne davon Notiz zu nehmen, dass ihrer Tischgenossin der Appetit vergangen war. Judith leerte nur ihr Wasserglas in einem Zug, genervt wartete sie auf Antwort. Aber Renate ließ sich Zeit. Ehe sie zu einer Entgegnung ansetzte, schob sie noch ein paar Bissen zwischen ihre Zähne.

»Du wirst doch sicher wissen, dass Judith ein jüdischer Name ist, nicht wahr?«, sagte sie kauend.

Judith starrte auf das breiige Gemisch aus Quiche und Salatblättern, das dabei sichtbar wurde, und es fiel ihr ein, wie streng ich immer darauf geachtet hatte, dass sie mit geschlossenem Mund aß, weil das eklige Gemengsel im Internat als eine Art Wunderwaffe verwendet worden war. *Lass das, oder ich zeig dir mein Gekautes!,* galt dort als effektvolle Drohung. An Renate schien diese Erfahrung abgeprallt zu sein.

»Jüdisch – hörst du?«, wiederholte sie, als keine Reaktion kam.

»Ja und?« Judith zuckte gleichgültig mit den Achseln. »Das ist doch nichts Besonderes, es wimmelt nur so von Davids und Sarahs und Daniels.«

»Richtig, aber in deiner Familie! Und dann noch Judith!« Renate stopfte sich wieder den Mund voll und sah plötzlich sehr ungeduldig aus. »Herrje, kapierst du denn nicht?« Ihr Blick fiel auf Judiths unberührten Teller. »Los, Kind«, sagte sie, »iss schon, das ist kein Grund zum Verhungern.«

Gehorsam stach Judith ein kleines Stück Quiche ab und mümmelte lustlos darauf herum. Auch von dem Wein nahm sie einen Schluck, merkte aber sofort, dass er ihr bei fast leerem Magen und ohnehin schon dröhnendem Kopf nicht guttat.

Renate schob ihren leer gegessenen Teller beiseite, tupfte den Mund ab und beugte sich wieder über den Tisch. »Anscheinend bist du wirklich völlig ahnungslos, genau wie deine Mutter zu unserer Schulzeit, nur hoffentlich nicht ganz so borniert. Sigrid hat nämlich alles bestritten, was ich ihr über ihre Eltern erzählt habe, sogar dann noch, als ich ihr Fotos zeigte. Anstatt stolz zu sein – zumindest auf ihren Vater, wie ich auf meinen.«

»Wieso? Was war mit euren Vätern?«

Nachdem sie einen kurzen sichernden Blick in die Runde geworfen hatte, beugte sich Renate noch weiter vor und dämpfte ihre Stimme fast bis zum Flüsterton.

»Sie waren ganz hohe Tiere, du weißt schon, damals im Dritten Reich. Sie gehörten zur Elite, zum harten Kern. Lauter fabelhafte Leute.«

»Mein Großvater in diesem Kreis?«

»Ja, und mein Vater auch. Sie kannten sich aus der Zeit. Ich habe irgendwann zu Hause mal Sigrids Nachnamen erwähnt, und da kam es heraus. Macksiepen – mein Vater erinnerte sich sofort. Ein begehrter Arzt unter den Prominenten, sagte er, mit *begnadeten Händen*, wie es hieß, und schon ganz früh Parteimitglied. Er habe ständig das *Bonbon* am Rockaufschlag getragen.«

»Bonbon? Was soll das denn sein?« Judith saß wie erstarrt da. Die Arme hatte sie um sich geschlungen, als wollte sie sich dahinter verschanzen.

»Das Parteiabzeichen natürlich, du Dummchen. Die beiden waren überall dabei, wo sich Nationalsozialisten von Rang und Namen trafen. Mein Vater erzählte oft von erhebenden Momenten, wenn man den Größen aus Partei und Militär begegnete.« Mit einem Seufzer lehnte sich Renate auf ihrem Stuhl zurück. »Gar nicht auszudenken, was der alte Macksiepen empfunden haben muss, als er erfuhr, wie seine Frau ihm mitgespielt hatte.«

»Hat sie ihn betrogen?«, fragte Judith mit ganz kleiner Stimme, weil sie fürchtete, ein weiteres Mal als Dummkopf hingestellt zu werden.

»In gewisser Weise schon«, nickte Renate, »aber nicht auf die Art, wie du denkst. Sie hatte keinen Liebhaber. Es war viel schlimmer, sie betrog das ganze Volk, das System, letztlich den – den *Führer*. Sie war britische Spionin, eine Verräterin, die sich bei deinem Großvater eingeschlichen hatte. – Darum ist auch dein Name so aberwitzig.«

»Wieso denn bloß? Ich verstehe das alles nicht.«

»Du hast wirklich keine Ahnung von der Geschichte deiner Namensgeberin?« Kopfschüttelnd griff Renate nach ihrem Glas, trank den letzten Schluck aus und setzte, als Judith nicht reagierte, zu einer Erklärung an. »Hör zu«, sagte sie in gönnerhaftem Ton, »mit 15 oder 16 Jahren habe ich in Kassel, wo meine Eltern wohnten, Hebbels Drama *Judith* gesehen. Als Gastspiel einer Berliner Bühne, und so beeindruckend, dass ich es nie wieder vergessen konnte. Das Stück geht auf die alttestamentarische Legende von Judith zurück, einer Jüdin, die sich, um ihre Heimat zu retten, ins Lager der assyrischen Feinde einschleicht, das Vertrauen des Heerführers Holofernes gewinnt und ihm dann den Kopf abschlägt. Na?« Renate zog spöttisch die Brauen hoch. »Fällt dir die Parallele auf? Nicht dich selbst betreffend natürlich, aber doch Linda, deine Großmutter. Wenn sie auch nicht das Schwert geschwungen hat – ihre Pläne waren in jedem Fall mörderisch.«

Während Judith von diesem Gespräch berichtete, kam es mir vor, als habe sie ein Knäuel Unverdauliches verschluckt, das sie sich jetzt wieder aus dem Schlund ziehen musste – scheußlich und erschreckend.

Ich meinte, die beiden da sitzen zu sehen, und hatte plötzlich den Eindruck, Renate spräche zu mir – so wie früher. Ihre Stimme nahm, weil ich ihr nicht glauben wollte, einen bissigen Klang an.

»Doch«, hörte ich sie sagen, »es ist wahr. Mein Vater hat es mir erzählt, und er sagt immer, ein SS-Mann lügt nicht.«

Auf einmal stand das Bild wieder deutlich vor mir. Ein sonniger Nachmittag im September oder Oktober. Nebeneinander hockten Renate und ich auf einem bröckeligen Mäuerchen am Rand unseres Völkerballfeldes und knackten Bucheckern, die wir im Internatspark gesammelt hatten.

Eigentlich mochte ich den Geschmack nicht, ich biss nur an den harten Schalen und den öligen Kernen herum, damit ich meine Angst besser kaschieren konnte, eine unbestimmte Angst, die mich befallen hatte, als ich merkte, dass ich eingeklemmt war. An meiner linken Seite versperrte mir ein dicker Baumstamm den Weg, und rechts von mir saß Renate und streckte ihre Beine – viel längere als meine – so aus, dass ich bei einem Versuch wegzulaufen unweigerlich darüber gestolpert wäre.

Ich wusste nicht, weshalb sie mich hierhergelotst und festgesetzt hatte, weit weg von den Mitschülerinnen, deren Gelächter durch dichte Büsche gedämpft zu uns herüberscholl. Aber dass sie etwas im Schilde führte, verriet das tückische Glitzern in ihren Augen.

»Letztes Wochenende war ich zu Hause«, fing sie plötzlich zu reden an, und ich dachte schon, ich hätte mich geirrt. Aber dann kam sie sehr schnell zur Sache. »Eigentlich müssten dir um die Zeit die Ohren geklingelt haben. Meine

Tante Ria sprach nämlich von irgendwelchen Kindern in der Nachbarschaft, deren Mutter gerade gestorben war, und ich erzählte, dass deine schon starb, als du noch ganz klein warst. Das behauptest du doch immer, was, Stinky?«

Sie schnappte sich einen meiner Zöpfe und zog so heftig daran, dass die braune Hornspange in die Brennnesseln hinter der Mauer sprang und ich meinte, skalpiert zu werden. In mein Schmerzgeheul redete Renate ungerührt weiter.

»Die Reaktion meines Vaters hättest du sehen sollen! Wir saßen gerade beim Mittagessen, und er warf seinen Löffel in die Suppe, dass es nur so spritzte. *Die Mutter von der kleinen Macksiepen – schon früh gestorben? Vielleicht 43 oder 44? Und womöglich in aller Unschuld?* Er brüllte lauter, als ich ihn jemals sonst gehört habe, und ich fürchtete, sein Kopf würde platzen, so rot und geschwollen sah der aus. Alles deinetwegen, Schätzchen.« Noch einmal riss sie an meinem Zopf. »Meine Mutter brachte ihm ein Glas Wasser, aber es dauerte eine Weile, bis er wieder ruhig sprechen konnte. Und was er uns dann eröffnete, klang entschieden anders als dein harmloses Gesumse.«

Ich hatte Schwierigkeiten, Renates Nacherzählung in allen Details zu verstehen. Unsere Lehrer hielten sich nämlich im Geschichtsunterricht gern bei Bismarcks Bündnispolitik auf, während das Dritte Reich nur am Rande und vorsichtig wie eine scharfe Mine behandelt wurde. Deshalb waren mir viele Kürzel und Begriffe aus dieser Zeit, die Renate offenbar von zu Hause her kannte und mit denen sie ganz selbstverständlich umging, vollkommen fremd, und ich musste sie mehrmals – wenn auch widerwillig – unterbrechen, um zu fragen, was das bedeuten sollte: Secret Service oder Braunes Haus oder NSDAP.

Am liebsten hätte ich ihr gar nicht zugehört, aber erstens steckte ich fest an meinem Platz, und zweitens besaß die Geschichte eine eigenartige finstere Faszination. Ich wollte nichts damit zu tun haben, es ging mich auch – das stand außer Zweifel – eigentlich nichts an, und dennoch fühlte ich mich wie unter einem Bann.

Nach Darstellung von Renates empörtem Vater wurde Linda Ende Mai 1940 – Churchill hatte die Engländer kurz zuvor zum unerbittlichen Kampf gegen Hitlers Herrschaft aufgerufen – vom britischen Secret Service nach Deutschland und in Gustav Macksiepens Praxis eingeschleust. Gezielt.

Sie eine zweiundzwanzigjährige sommersprossige Schönheit mit leuchtend rotem Haar, die unter dem Decknamen *Schneider* daherkam, später auf den Kosenamen *Rotfüchslein* hörte und sich im medizinischen Alltag äußerst geschickt anstellte. Er ein nicht unattraktiver, blöndlicher Mittdreißiger, der Frau und vier Kinder hatte, an seine gut gehende Praxis in der Thierschstraße durch den spottbilligen Verkauf eines zur Flucht entschlossenen jüdischen Kollegen gekommen war und als unschlagbare Kapazität auf dem Gebiet der manuellen Therapie galt. Durch seine Hände ging alles, was damals in Deutschland wichtige Posten bekleidete.

»Ein Luder war sie, diese Linda«, hatte Karl Eschenborn laut Renates Bericht geschäumt. »Spannt Helga, der langjährigen Ehefrau und vierfachen Mutter, den Mann aus, um unseren Siegeszug zu stoppen. Eine Hure im Dienst fürs Vaterland! Wenn es davon nicht so viele gegeben hätte – wer weiß, wie die Sache ausgegangen wäre.«

Ob eine Liaison zwischen den beiden zum Plan gehörte, kam nie heraus, aber dass Gustav Macksiepen sich in die *falsche Schlange* verliebte, die Familie verließ und sie heiratete, stand fest. Sie wechselte aus ihrer Denninger Mietwohnung in sein prachtvolles, großbürgerliches Haus, spielte perfekt die Rolle der Hausfrau und Gastgeberin, blieb aber auch als Ehefrau weiterhin seine medizinische Assistentin. »Klar«, sagte Karl Eschenborn, »sie wollte jede Quelle ausschöpfen.«

Was genau ihre Aufgabe war, wonach sie suchte, blieb ihr Geheimnis. Manche meinten nach ihrer Flucht und der Entdeckung ihrer hinterlistigen Aktionen, sie habe an der Seite Gustav Macksiepens, der immer und überall dabei, gefragt und geladen war, auskundschaften sollen, welche Nazigrößen sich wann wo aufhielten, um Attentate vorbereiten zu können. Andere hielten es für wahrscheinlicher, dass sie undichte Stellen aufspüren sollte, Leute, die man anzapfen, sprich erpressen konnte, weil sie unter tabuisierten Krankheiten litten oder als Homosexuelle, Päderasten oder Ehebrecher ein Doppelleben führten. Eventuell, auch das wurde ins Repertoire der Möglichkeiten aufgenommen, habe sie beabsichtigt, von Schmerzen geplagte Parteimitglieder dazu zu bringen, geheime Pläne zu verraten. Einige wenige glaubten sogar, sie sei in die Entschlüsselung der Codiermaschine Enigma eingebunden gewesen.

Man fasste Linda nicht, was Karl Eschenborn noch immer heftig bedauerte.

Kurz bevor die Gestapo an Macksiepens Tür klingelte, verschwand sie, und in hilfloser Wut hängte man ihr alle möglichen Namen an: Verräterin, Viper, Schlampe, böser Finger und natürlich Hure. Wüst, aber zutreffend, wie er fand.

»Rabenmutter wurde sie selbstverständlich auch genannt«, erklärte Renate, »weil sie dich zurückließ wie ein überflüssiges Hemd, als sie sich aus dem Staub machte. Und dein Vater wollte dann ebenfalls nichts mehr mit dir zu tun haben. Kein Wunder, schließlich warst du ein Kuckucksei, eins von der übelsten Sorte. Schlimmere Nestbeschmutzung gäb's nicht, sagt mein Vater.« Renate grinste mich von der Seite an. »Sie haben dich abgehängt, Schätzchen, dich sitzengelassen, dich weggedrückt wie einen ekligen Mitesser. Du solltest froh sein, dass ich mich um dich kümmere.«

Ich saß stocksteif da, schluckte krampfhaft und presste die Zacken der Bucheckern mit aller Kraft in meine zusammengeballten Fäuste. Es tat weh, aber nicht genug, um das Stechen in meinem Innern zu übertönen.

»He, Stinky?« Renates Stimme bebte vor Hohn. »Warum sagst du nichts? Du bist sprachlos, wie?«

Das war ich wirklich, und deshalb nutzte ich einen kurzen Moment, in dem Renate ihre in langen braunen Strümpfen steckenden Beine achtlos übereinanderschlug, um aus meiner Ecke zu entwischen. Ein Satz und ich rannte den Parkweg entlang, so schnell ich konnte, gehetzt von dem Gedanken: Das hat nichts mit mir zu tun! Das ist alles nicht wahr! Das stimmt nicht!

»Das stimmt nicht.« Von meinem eigenen Gemurmel wurde ich in die Gegenwart zurückgeholt. Ich spürte, wie Tränen aus meinen Augenwinkeln rannen und in den Schläfenhaaren versickerten. Energisch setzte ich mich auf und rieb, weil ich in meinen Jeans kein Taschentuch fand, mein Gesicht mit dem Handrücken trocken. Wie konnte ich mich von Renates bösartigem Geschwätz so beunruhigen lassen? Und woher kam plötzlich wieder dieses längst überwunden geglaubte Empfinden, dass etwas Hartes, Scharfkantiges in mir jede Verbindung zu anderen Menschen abschnitte?

Die Sonne war inzwischen um die Kronen der hohen Bäume am Rand der Wiese gewandert, Stirn und Nase brannten mir von den Strahlen, und mein Pullover muffelte nach feuchter warmer Wolle. Es ging sicher schon auf Mittag zu. Bei meinem überstürzten Abgang hatte ich die Uhr vergessen, ich war auch nicht richtig gekämmt, in meinem derzeitigen Aufzug würde ich normalerweise nie das Haus verlassen haben. Alles schien verdreht zu sein und aus dem gewohnten Takt geraten – höchste Zeit, das Ruder wieder fester in die Hand zu nehmen. Als Erstes musste ich mit Judith sprechen, Klartext reden, damit diese Welle von Anklagen, Verdächtigungen, Vorwürfen und Hirngespinsten, die uns vor sich herspülte, endlich zum Stillstand käme. Auf keinen Fall wollte ich zulassen, dass zwei so obskure Gestalten wie Linda und Renate – egal, ob tot oder lebendig – aus der Vergangenheit auftauchten und in meinem Leben die Weichen stellten.

Die schwarzen Ledersitze meines Wagens verströmten eine Gluthitze, gegen die auch der feste Jeansstoff nur wenig Schutz bot, und ehe die Klimaanlage für ein erträgliches Maß an Kühlung sorgen konnte, waren die Kopfschmerzen, die ich unterschwellig schon seit einer Weile spürte, explodiert. Zu viel Sonne, sagte ich mir und wusste doch, dass das Hämmern und Pochen unter meiner Schädeldecke von den vertrackten Geschichten herrührte, die mein Hirn durcheinanderwirbelten.

So aufgeheizt wie ich von der Wiese kam, hätte ich Judith vielleicht angebrüllt, wenn sie mir beim Heimkommen über den Weg gelaufen wäre, gut möglich, dass ich versucht hätte, ihr meine Sicht der Dinge aufzuzwingen. Aber sie hielt sich wieder einmal bedeckt.

Tagelang erschien sie kaum zu Haus, und bei den zwei oder drei zufälligen Begegnungen auf unserem promenadenlangen Flur strahlte sie eine solche Kühle, eine solche Ablehnung aus, dass mir die Sprache im Mund gerann. Misstrauen und Feindseligkeit türmten sich wie eine ständig wachsende Mauer zwischen uns auf.

Die Spannung war immer schwerer zu ertragen. Abends streckte ich mich auf der Couch aus, ließ den Fernseher laufen, obwohl ich gar nicht hinschaute, sondern nur darüber nachgrübelte, wie wir, wenn schon nicht zu einer Übereinstimmung, so doch wenigstens zu einem leidlichen Burgfrieden finden könnten. Dabei hätte ich es gerade zu dieser Zeit dringend nötig gehabt, während meiner Mußestunden aufzutanken, weil sich in der Firma der Ärger häufte, nachdem neue wissenschaftliche Tests ergeben hatten, dass ein

Zusatzstoff unserer renommiertesten Nachtcreme gesundheitsschädlich sein sollte. Ausgerechnet der, dem die Creme ihre unvergleichliche Duftnote verdankte, den speziellen Hauch von Luxus. Ohne ihn würde sie nicht viel mehr hermachen als ein fetter Brotaufstrich, fand ich.

»Kaust du etwa Fingernägel?«

Es muss am fünften Tag nach unserem Terrassen-Gespräch gewesen sein, dass Judith spätabends ihren Kopf zur Wohnzimmertür hereinstreckte und mich in meiner jüngst entwickelten Gewohnheitspose vorfand: schlaff im Sofa hängend, den Blick am sinnlos vor sich hin flimmernden Fernseher vorbei ins Leere gerichtet und – ja, sie hatte recht, ich kaute an den Fingernägeln. Wie früher, zu meiner Kinderzeit, als ich ständig unter Strom stand.

Erst durch Judiths Frage und ihren erstaunten Blick wurde mir bewusst, was ich da tat. Ich starrte meine Hände an, sah die zerrupften, geröteten Fingerkuppen mit den vielen kleinen Hautzipfelchen, die fast unwiderstehlich zum Weiternagen reizten, und hörte wieder die von Abscheu triefende Stimme Fräulein Beckmanns, meiner ersten Englischlehrerin, während sie mir mein Aufgabenheft aufs Pult klatschte:

»Widerlich, etwas anfassen zu müssen, was du berührt hast mit deinen ekligen Fingern. Kultivierte Menschen fummeln sich nicht im Mund herum, das tun höchstens Affen!«

Wie damals rollte ich meine Hände zu Fäusten und stopfte sie eilig in die Ärmel. Aber da konnte ich sie nicht lassen, und es blieb mir auch keine Zeit zu überlegen, ob der hässliche Anblick mit Hilfe künstlicher Nägel aus dem Maniküre-Programm meiner Firma vielleicht zu kaschieren wäre, denn Judith hielt mir einen Packen Fotos hin und forderte mich auf, sie zu betrachten. Grobkörnige Kopien alter Schwarz-Weiß-Aufnahmen.

»Von Renate – Erinnerungsstücke ihres Vaters«, sagte Judith, während sie sich in einen Sessel neben mir fallen ließ. »Die Bilder würden ja wohl Beweis genug sein, schreibt sie. Hier …« Judith griff nach einem der Fotos und drehte es um, »hier auf der Rückseite hat sie vermerkt, wer darauf zu sehen ist.«

Ich erkannte Renates raumgreifende Schrift, und obwohl mir große, markante Schriftzüge viel angenehmer sind als kleine, zarte, krumpelige, fühlte ich mich von diesen hier überrollt. So, als stünde ihre Urheberin vor mir in gewohnter herrschsüchtiger Art. Am liebsten hätte ich die Bilder ignoriert, aber Judith ließ das nicht zu. Vornübergebeugt saß sie an meiner Seite, nahm ein Foto nach dem anderen in die Hand, betrachtete es eingehend, wendete es hin und her und las laut vor, was Renate dazu notiert hatte.

»Siehst du?« Das graumelierte Bild einer steif in die Kamera lächelnden Tischgesellschaft wurde vor meiner Nase geschwenkt. »Karl Eschenborn – das ist Renates Vater – und Gustav Macksiepen – also deiner – in einer Runde von Parteigrößen beim Mittagessen im Münchner Restaurant *Osteria Bavaria*.«

Das nächste sollte meinen Vater an Görings und Bormanns Seite beim Spaziergang in Berchtesgaden zeigen, im

Hintergrund Hitlers berühmter Berghof. Auf dem folgenden waren Eschenborn und Macksiepen – laut Renates Angaben – bei einem Empfang im *Braunen Haus,* der Münchner Parteizentrale, zwischen glattgestriegelten Uniformierten zu sehen. Danach Macksiepen auf der *Wolfsschanze*, dem zeitweiligen Hauptquartier bei Rastenburg, den rechten Arm stramm zum Gruß erhoben. Und dann Eschenborn und Macksiepen vor dessen Haus in der Münchner Thierschstraße. *Links, an dem eleganten Benz*, hatte Renate dazugeschrieben, *lehnt die britische Spionin!* Gemeint war meine Mutter, von hinten aufgenommen.

Zwar ließ ich fügsam Bild für Bild durch meine Hände wandern, um einen neuen Ausbruch unseres schwelenden Streits zu verhindern, doch schaute ich keines wirklich an. Ich tat nur so. Von Judith skeptisch beobachtet, starrte ich in Wahrheit auf meine abgefieselten Daumen, unter denen die Fotos klemmten, und blendete alles aus, was rund um sie zu sehen war.

Ich spürte, dass sich etwas regte an den Rändern meines Bewusstseins, etwas Vages – Neugier vielleicht oder der Rest eines längst vergangenen Gefühls für einen der Männer auf den Bildern, der mein Vater sein sollte. Gleichzeitig schienen Warnlampen in meinem Hirn aufzuleuchten: Man musste sich hüten vor solchen Anwandlungen, musste sie abblocken, sich verbieten, darüber nachzudenken.

Ohne es zu merken, schüttelte ich den Kopf, wieder und wieder, bis Judith mich bei der Schulter packte und ihr Gesicht direkt vor meines schob.

»Lass das!«, fauchte sie. »Hör auf mit dem Getue! Willst

du etwa immer noch behaupten, dass Renate lügt, dass deine Eltern harmlose, anständige Leute waren, nur leider früh gestorben?«

Ihr rüder Ton wirkte wie ein Wecksignal. Augenblicklich setzte ich mich aufrecht hin, stupste die Fotos auf meinen Knien zu einem akkuraten Packen zurecht und legte sie beiseite. »Allerdings«, sagte ich, ohne Judith anzusehen, und erschrak selbst vor dem schneidenden Ton meiner Stimme. »Das sind natürlich Fälschungen, nichts als plumpe Fälschungen. Jedes Kind weiß doch, wie einfach es ist, irgendwen in x-beliebige Szenen zu montieren. Mein Vater mit Hitler und Konsorten! Dass ich nicht lache!«

Ich hörte Judith die Luft durch die Zähne einziehen. Ihr Arm schnellte vor, sie schnappte die Fotos und war mit zwei, drei langen Schritten aus dem Raum. Krachend flog hinter ihr die Tür ins Schloss. Ein mittlerweile gewohntes Geräusch, dennoch fuhr ich zusammen, als der Rahmen bebte und der Schlüssel scheppernd unter meinem Schreibtisch landete.

Kurz nach Mitternacht, ich hatte mich gerade hingelegt, brach draußen das Gewitter los, das schon abends in den Nachrichten angekündigt worden war. Tosend jagte der Sturm durch die Parkbäume, trieb abgestorbene Zweige und regenschwere Blätter über meine Terrasse, Blitze malten Feuerzeichen auf Dielen und Wände, gefolgt von Donnerschlägen, unter denen das Haus zu erzittern schien.

Ich hätte ohnehin nicht schlafen können in dieser Nacht. Zu sehr fand ich mich bedrängt von Gesichtern, die der

Sperre entkommen und am Daumen vorbei unbemerkt von meinen Augen registriert worden waren. Konturlose Gesichter, an denen höchstens ein Name oder eine Rangbezeichnung hing. Wie aufgespult zogen sie wieder und wieder durch meinen Kopf.

Nur eines hob sich ab von den übrigen, eines, das auf allen Fotos zu finden war und das sich immer mehr in den Vordergrund schob. Es sah genauso verschwommen aus wie alle anderen, als wäre es verhüllt von einem Schleier, der seine Züge verbarg. Aber das machte nichts. Ich spürte einfach, dass dieses Gesicht meinem Vater gehören musste, ich meinte, es lächeln zu sehen, fühlte das Kratzen seines Bartes, empfand seine Zärtlichkeit, seinen Stolz – und auch seine unbändige Wut. Auf mich. Aber weshalb? Was hatte ich verbrochen? Wieso wusste ich nichts von früher? Und warum glaubte ich mich plötzlich von Stiefeln umringt, schwarzen Stiefeln, glänzend poliert und – aus meiner Kinderperspektive – so hoch wie ich selbst?

Würgende Angst schnürte mir den Hals zu, als ich versuchte, näher hinzudenken, mich an die undeutlichen Bilder heranzutasten. Und die Angst war genauso vage wie ihre Auslöser. Angst vor Verletzung, vor Ablehnung, vor eigener Schuld? Ich konnte es nicht orten. Je mehr ich mich bemühte, desto stärker wurde der Druck. Panisch warf ich die Decke zur Seite, die ich mir über die Ohren gezogen hatte, um das Poltern der beiden dicken, mit Buchsbaumkugeln bepflanzten Terrakottatöpfe zu dämpfen, die der Sturm gegen die Wand unter meinem Fenster rollte. Ich machte Licht, schnappte nach Luft. Zwei Uhr war es auf dem Wecker neben meinem Bett, und das Gewitter trat allmählich den Rückzug an. Nur vereinzelt rappelte noch eine Windböe an den Läden, krachte irgendwo in der Ferne ein Donnerschlag.

Ich stand auf und ging ins Bad und trank schnell hintereinander vier Gläser Wasser, als müsste ich irgendetwas aus meinem Innern wegspülen. Und obgleich ich es eigentlich hatte vermeiden wollen, wohl aus Furcht, im Spiegel zu entdecken, was ich dann tatsächlich sah, schaute ich mir dabei in die Augen und fand das Eis in ihnen so dünn geworden, dass es nichts mehr kaschierte. Schrecken lag darunter, Verlorenheit, Schmerz aus längst vergangener Zeit.

Schnell wandte ich mich ab. Vielleicht, schoss es mir durch den Kopf, sollte ich die unterdrückten Tränen zu einer neuen Eisschicht gefrieren lassen. Aber das würde nicht mehr klappen. Zu viel war inzwischen geschehen, zu viel in Bewegung geraten.

»Du kannst so nicht weitermachen«, erklärte ich mir selbst, als ich zurück in mein Bett kroch. Nur wusste ich nicht, wie sonst.

Das Licht ließ ich brennen.

Ich mochte das Kind nicht, das sich neuerdings ständig in meiner Nähe herumtrieb, dieses dürre Mädchen mit den schlampig geflochtenen Zöpfen, das nie lachte und mich bei allem, was ich tat, belauerte. Kommentare gab die Kleine auch noch ab, als ob ihre Anwesenheit allein nicht schon nervtötend genug gewesen wäre.

»Eigentlich solltest du ja Strohsterne schneiden, platt gebügelte Halme zurechtstutzen«, sagte sie und starrte mich im Spiegel an. Ich kämmte mir gerade die Haare. »Aber dann hast du die Bastelschere genommen, und ratzfatz waren deine Zöpfe ab.«

Verdutzt starrte ich zurück, während sie grinsend mit ihren blonden Zottelschwänzchen wedelte. »Gab das einen Wirbel! Destruktiven Charakter haben sie dich genannt«, – seltsam klang das aus ihrem Kindermund – »sähest aus wie von Ratten angefressen, ein Schandfleck für die Schule.«

Dieses Grinsen kam mir irgendwie bekannt vor, es schien das Einzige zu sein, was ihre düstere Miene aufhellen konnte. Richtig verbiestert sah sie aus, fand ich, und mit ihren spitzen, abgewinkelten Ellbogen unentwegt kampfbereit.

»Erinnerst du dich etwa nicht?« Sie kicherte kurz. »Danach bist du von der Schule geflogen. Wieder mal.«

Oh ja, ich konnte mich gut an die Unbehaustheit erinnern, den Wechsel von einer fremden Bleibe in die andere. Aber sie …?

»Woher weißt du das?«, fragte ich kühl. »Überhaupt – was machst du hier? Was willst du?«

Sie hockte auf dem Badewannenrand, als wäre sie bei mir zu Hause.

»Stell dich nicht so dumm«, sagte sie mit aggressivem Unterton. »Wenn du mich nicht kennst, wer dann?«

Ich zuckte mit den Schultern und knipste das Licht aus. Sollte sie sehen, wo sie blieb. Mir war es egal.

Im Auto – ich versuchte gerade, mich mit Tricks und Drängelei durch den Morgenstau zu schlängeln und war eben am Odeonsplatz bei *Hellrot* über eine Ampel gebraust – meldete sie sich schon wieder.

»He«, tönte es aus dem Fond, »dafür hätte es früher drei Tage Pudding-Entzug gegeben. Oder Zauberer-Verbot oder sechsmal Schulhof-Fegen oder …«

Im Rückspiegel war niemand zu sehen. Erst als ich mich kurz umdrehte, entdeckte ich sie auf dem Sitz hinter mir wie einen Schatten. Die Knie hochgezogen, saß sie da in ihrem altmodischen Kattunkleidchen – eins von den geblümten mit rundem Kragen, die, wie ich mich erinnerte, hinten von einer Schleife zusammengehalten wurden –, starrte aus dem Fenster und kaute an ihren Fingernägeln.

Oh Gott!

Ich tat so, als hätte ich nichts gehört und nichts gesehen. Vielleicht würde sie ja verschwinden, wenn man sie beharrlich ignorierte. Aber leise Knurpsel- und Schmatzgeräusche verrieten, dass ich umsonst hoffte, und plötzlich steckte sie ihren Kopf in die Lücke zwischen den Vordersitzen, um mich von schräg unten anzusehen.

»Weißt du noch, wie grässlich die Paste schmeckte, die sie einem gegen das Nägelbeißen auf die Finger schmierten?«

Obwohl ich eigentlich nicht reagieren wollte, nickte ich schaudernd.

»Stundenlang musste man würgen, wenn nur mal kurz mit den Lippen dran gerührt hatte. Igitt.« Die Kleine schüttelte sich, während sie wieder nach hinten rutschte und sich so platzierte, dass sie immer in meinem Visier war, wenn ich in den Rückspiegel schaute. »Aber genutzt hat es nichts«, fuhr sie fort. »Genauso wenig wie die Handschuhe, in denen die Hände nachts am Bettrand festgebunden wurden. Stimmt's?«

Schlagartig überfiel mich die alte Panik, die mir früher Nächte hindurch die Luft abgeschnürt hatte, wenn ich gefesselt auf dem Rücken liegen musste, unfähig, mich zu rühren, ohne eine Idee, wie ich den erbitterten Versuchen der Erwachsenen, mich zurechtzubiegen, entkommen könnte. Stunden, das weiß ich heute, in denen allmählich mein Panzer wuchs.

Meine Hände waren feucht, ich glaubte zu ersticken und öffnete das Fenster bis zum Anschlag, taub für das Protestgezeter von hinten, wo der Fahrtwind der Kleinen den Schopf durcheinanderwirbelte. Es reichte. Wollte sie mich etwa verrückt machen? Um ein Haar wäre ich auf einen grünen Volvo geprallt, der vor mir einzufädeln versuchte.

»Schluss jetzt! Verschwinde endlich!« Ich schrie mit aller Kraft und drehte gleichzeitig das Radio auf volle Lautstärke, um definitiv klarzustellen, dass ich nichts mehr von ihr hören wollte. Aus dem Augenwinkel bemerkte ich die ironisch hochgezogenen Brauen des BMW-Fahrers auf der linken Nebenspur und den Finger, mit dem er sich an die Stirn tippte. Schnell schloss ich das Fenster.

Was irgendein Mensch auf der Straße von mir hielt, konnte mir egal sein, aber dass man mich im Büro plötzlich so fixierte, als sei ich ein Pflegefall oder zumindest ein Anlass für erhöhte Besorgnis, ging mir entschieden gegen den Strich.

»Fühlen Sie sich wohl heute Morgen?«, fragte meine Sekretärin, Frau Hofer, neuerdings, wenn ich zur gewohnten Zeit eintraf. Und die Blicke, mit denen ich sie dafür bedachte, Eisblicke, wie ich meinte, unter denen sie bislang erstarrt war, schienen auf einmal nicht mehr zu wirken. Nachsichtig lächelnd brachte sie mir meinen Kaffee.

Angefangen hatte das, soweit ich weiß, an einem Vormittag Ende August, für den eine Konferenz unserer Marketingabteilung angesetzt war. Alex Thiersen, der Verkaufsleiter, platzte mit kurzem Anklopfen und einem forschen »Guten Morgen allerseits!« in mein Büro und blieb überrascht stehen.

»Ich – ich dachte – ich habe doch Stimmen gehört«, stammelte er, nach einem Rundblick durch den Raum eilig den Rückzug antretend.

Die Kleine war ihm offenbar nicht aufgefallen. Dabei

hing sie schon eine ganze Weile bei mir herum, anscheinend mit keinem anderen Ziel, als mich aus der Balance zu bringen. Erst kommentierte sie die Raumausstattung: Die schweren schwarzen Ledersessel, in deren einem sie sich zu einem winzigen Knäuel zusammengerollt hatte, nannte sie *Nester für verlorene Seelen*, die weißen Seidenvorhänge *Unschuld vom Meter*. Das ließ mich noch ziemlich kalt, doch ihre Attacken auf meine Produkte konnte ich nicht unwidersprochen hinnehmen. Ich war gerade dabei, ihr mit Nachdruck zu erklären, dass Schönheitspflege keineswegs mit dem Zukleistern fauler Stellen gleichzusetzen sei, wie sie behauptet hatte, als Thiersen hereinstob – und sofort wieder hinaus.

»Aha«, sagte sie und grinste süffisanter denn je, »hier hast *du* also das Sagen. Hier hast *du* die Macht, jeden rauszuschmeißen, der nicht richtig spurt, wie?«

Meine Sicht der Dinge hätte sie, wie ich annahm, ohnehin nicht akzeptiert, deshalb setzte ich eine geschäftsmäßige Miene auf und wandte ihr den Rücken zu, um am Schreibtisch ein paar Rechnungen abzuzeichnen.

Reines Theater, denn in Wahrheit kam ich nicht los von ihren Bemerkungen. *Du* hast das Sagen – *du* hast die Macht – *du* kannst rausschmeißen … Hatte ich mir meine Position, diesen oft beneideten Chefsessel, etwa nicht nur erobert, damit ich mich selbst unangreifbar fühlen konnte? Ging es daneben vielleicht tatsächlich um die Möglichkeit, andere zu scheuchen – Rache zu nehmen für die Art, in der man früher mit mir umgesprungen war? Irgendwen spüren zu lassen, was jemand empfindet, der wie ein falsch adressiertes Paket herumgeschickt wird, von niemandem gewollt?

Es schien, als könnte die Kleine meine Gedanken lesen.

»Die Spinnen-Geschichte«, sagte sie aus ihrem viel zu großen Gehäuse mit einem quieksenden Kichern, einem Laut zwischen Schluchzen und Lachen. »Du denkst gerade an die Spinnen-Geschichte, stimmt's?«

Ich starrte sie an und merkte, wie meine Augenbrauen hochschnellten. Woher nur konnte sie so genau wissen, welchen Knopf sie drücken musste, um mich zurückzukatapultieren in längst vergessene Zeiten?

Weihrauchgeruch steigt mir in die Nase. Oben auf der holzvergitterten Empore, nahe dem dunklen Kirchengewölbe, verklingt dünner, viel zu hoher Nonnengesang. Engelsgleich, ätherisch sollten diese Stimmen tönen, hat man uns erklärt, wie himmlische Chöre. Aber mir gehen die Rühreireste nicht aus dem Kopf, die gestern an Mater Angelas Mundwinkel klebten, und die Kratzer über Theklas linkem Auge, Spuren einer handfesten Auseinandersetzung in der Klausur, wie gemunkelt wird. Das Altarglöckchen bimmelt zur Wandlung, ich knie auf der schartigen Holzbank, zwei Finger unter das zu stramme Hutgummi geschoben, von dem mein obligatorischer Sonntags-Kirch-geh-Hut über meinen Zöpfen festgehalten wird. Stille. Nur leises Atmen. Und mitten hinein ein schriller Schrei. Die Spinne ist fett, mit dicken, haarigen Beinen. An einem sacht schwingenden Faden seilt sie sich von der Kirchendecke ab und landet zwischen sauerländischen Wanderabzeichen und einer gesprenkelten Feder auf Ilonas Jägerhut. Ilona, die immer Vernünftige, kniet vor mir in Andacht versunken, nicht ahnend, was über die Hutkrempe auf ihren fromm gebeugten Nacken zukrabbelt.

Ich fuhr hoch, eine Faust vor den Mund gepresst, als müsste ein erneuter Aufschrei gestoppt werden.

»Na, immer noch die alte Spinnenangst?«, fragte die Kleine höhnisch, während sie mich aus schmalen Augen interessiert beobachtete.

»Sei still!« Ich hielt meinen Kopf fest umklammert, weil er zu platzen drohte unter dem Ansturm der Stimmen, die plötzlich in ihm loszeterten. – *Ungeheuerlich! – Unverzeihlich! – Wie kann man es wagen, den Moment höchster Andacht zu entweihen! Durch Gekreische! – Abscheulich! – Verworfenes Geschöpf! – Ein hoffnungsloser Fall! –*

Bruchstückhaft kam die Erinnerung zurück. Ich sah mich wieder im Konferenzzimmer stehen, umringt von schwarzen Gestalten, deren weiß gerahmte Gesichter zornig auf mich einhacken, während meine Augen den hellen Linien im braunen, blankpolierten Steinboden folgen. Sie könnten irgendwann einmal Fluchtwege für kleine Käfer in einem von Riesen belagerten Berg gewesen sein, dachte ich damals.

»Das alles berührt dich wohl gar nicht!« Schwer atmend zog die Mutter Oberin eine Hand aus den weiten Ärmeln ihres Habits, um mich beim Kinn zu fassen, aber ich drehte mein Gesicht zur Seite.

Natürlich, sie wollten mich weinen sehen. Betteln sollte ich, nicht weggeschickt zu werden, doch den Gefallen tat ich ihnen nicht. Stumm stand ich da und wartete ab, was mit mir geschehen würde. Längst war ich daran gewöhnt, dass man mich weiterschob, dass ich nirgends dazugehörte.

»Ein fauler Apfel verdirbt die ganze Ernte!«, zischte es aus dem Drohkreis. Den Spruch kannte ich bereits. Schon bei meinem letzten Rauswurf war er mir um die Ohren gefetzt worden, als ich einer wochenlangen Versuchung nicht mehr hatte widerstehen können und nach einer rasanten Rutschpartie über das Treppengeländer an den Kronleuchter gesprungen war, dessen geschnörkelter Schatten die gesamte Eingangshalle der Schule ausfüllte – bis er unter meinem Ansturm aus vollem Schwung herunterstürzte und zu einem Haufen von Holz- und Glassplittern zerfiel.

Obwohl ich mir Mühe gab, nicht hinzuhören, bekam ich mit, welche Überwindung es gekostet habe, eine Kreatur wie mich überhaupt aufzunehmen, ein so bockbeiniges Wesen mit derart schlechten Leistungen.

»Anstatt dankbar zu sein! Überleg doch nur mal, wie viel Geld es deinen Vater kostet, dich hier …«

Ruckartig hob ich den Kopf und sah gerade noch, wie ein schwarzer Ellbogen in Mater Angelas Rippen stieß.

Mein Vater? Zum ersten Mal erlebte ich bewusst, dass er in meinem Beisein erwähnt wurde. Anscheinend zahlte er dafür, dass man mich ertrug.

Wo ist er? Kann ich mit ihm reden?, wollte ich fragen. Aber die verschlossenen Mienen nahmen mir den Mut. Wortlos wurde ich bei den Schultern gepackt und aus dem Raum geschoben. Ich weiß nicht mehr, was ich fühlte. Wut? Angst? Trauer?

»Was ist mit Ihnen?« Eine besorgte Stimme ließ mich aufschrecken. »Geht es Ihnen nicht gut?«

Fest in meine Arme gewickelt hockte ich auf meinem Bürostuhl und schaute verwirrt um mich.

Die Kleine war verschwunden, an ihrer Stelle saß meine Sekretärin in dem großen Sessel mit einem Gesichtsausdruck, als habe sie mich schon eine Weile beobachtet.

»Kann ich Ihnen irgendwie helfen?« Frau Hofer bemühte sich, distanziert zu erscheinen, sachlich kühl wie gewohnt, aber ihre Augen verrieten sie. Blaue Augen, das bemerkte ich zum ersten Mal, von denen das linke – auch das hatte ich nie zuvor registriert – ständig zur Seite abschweifte, als ob es das Umfeld überwachen müsste. Das rechte jedoch blieb auf mich gerichtet, eindringlich, mit einer Mischung aus Neugier und Anteilnahme.

Ich schüttelte den Kopf und rieb meine weiß gewordenen Fingerknöchel.

»Möchten Sie die Konferenz verschieben?« Hastig griff Frau Hofer nach dem Terminkalender, der neben ihr auf der Armlehne lag. Vielleicht wollte sie den Eindruck verwischen, mir zu nahe gerückt zu sein, vielleicht erkannte sie aber auch, dass Marketingfragen im Moment nicht mein Thema waren. »Morgen hätten wir …«

»Nein.« Wieder schüttelte ich den Kopf, energischer dieses Mal. »Thiersen soll das machen.«

»Thiersen?« Hörbar hielt Frau Hofer die Luft an, und als ich kurz zu ihr hinüberblickte, sah ich eine steile Falte über ihrer Nasenwurzel.

»Thiersen, allerdings.« Ich stand auf und begann, die

Papiere auf meinem Schreibtisch zu ordnen. »Sie sollten ihn informieren, damit er sich vorbereiten kann«, sagte ich über meine Schulter. Aber Frau Hofer rührte sich nicht, und sie saß auch noch mit staunend aufgerissenen Augen da, als ich die Bürotür hinter mir schloss.

Es muss etwa fünf Wochen nach Judiths Berlin-Reise gewesen sein, als Karola sich entschloss einzugreifen. An einem Samstagabend, das weiß ich noch, weil ich, wie immer an diesem Tag, früher aus dem Büro heimgekehrt war und Judith wegen irgendwelcher Wochenendverabredungen laut im Flur herumtelefonierte. Wir hatten eines von Karolas köstlichen Gerichten gegessen, einen Auberginenauflauf, glaube ich, und saßen danach beim Kaffee. Stumm, an drei Seiten des Granittisches.

Schließlich machte Judith Anstalten zu gehen, legte ihre Serviette neben die Tasse, trank ihr Wasserglas leer und hatte sich schon halb erhoben, als Karola ihr zuvorkam. Trotz ihrer maroden Hüfte sprang sie mit einem Satz vor die Küchentür und versiegelte sie mit ausgebreiteten Armen.

»Nein!«

Das erste Wort seit mindestens einer Stunde, dazu so schneidend herausgestoßen, dass Judith sich auf ihren Stuhl zurückfallen ließ und ich zusammenzuckte. Wir starrten sie an. Karola, die immer Sorgende, Helfende, Berechenbare, Verlässliche, so geduldig wie ein altgewohnter Fußabstreifer, stand da und hielt uns mit einem einzigen Wort und zornsprühenden Blicken in Schach.

Einen Moment lang war ich sprachlos. Dass sie sich

traute! Dass sie sich an solch einen Rollentausch wagte! Ich lächelte sie besänftigend an und begann, meinen Stuhl zurückzuschieben, was auf dem Steinboden ein grässlich kratzendes Geräusch verursachte und Karola zu einem zweiten Sprung anregte. Urplötzlich stand sie neben mir und schlug mit der flachen Hand auf den Tisch. Ein Knall, fast so scharf wie ein Pistolenschuss.

»Schluss jetzt!«, schrie sie, zur Unterstützung ihrer Worte mit beiden Fäusten auf den Tisch trommelnd. »Jetzt wird nicht mehr weggerannt, sondern geredet!«

Weil ich saß, wegen des Schreckens sogar noch ein wenig eingesunken, während Karola zu voller Höhe aufgerichtet, mit ihrer strengen schwarzen Jacke und der aus ihrem Kraushaar blitzenden Brille übergroß und machtvoll erschien, kam ich mir auf einmal wie ein Kind vor, der Überlegenheit eines Erwachsenen ausgeliefert. Ein schneller Seitenblick verriet mir, dass Judith sich ähnlich fühlte. Sie war ein Stück weit unter die Tischkante gerutscht und hatte die Schultern bis fast an die Ohren hochgezogen.

Genau das muss Karola gewollt haben, wenn auch sicher nicht bewusst. Ich glaube, es war die unerträgliche Spannung zwischen uns, die sie schließlich dazu brachte, unser aggressives Schweigen zu brechen, die Wälle einzureißen, hinter denen jede von uns sich verschanzt hatte.

Über Wochen schon hatte sie etliche Anläufe gemacht, mich in ein Gespräch zu ziehen und mit scheinbar nebensächlichen, wie achtlos hingeworfenen Bemerkungen in eine bestimmte Richtung zu lenken. Als ich eines Abends mit neuen Riemchenschuhen nach Hause kam, fielen ihr die

Holzsandalen ein, mit denen kleine Kinder nach dem Krieg durch die Gegend klapperten. Oder es ging um ein zerbombtes Waisenhaus in Kabul, von dem sie in den Abendnachrichten gehört hatte. Dann der Prozess gegen einen der letzten noch lebenden Nazi-Schergen. »Wegen Alter und Krankheit freigelassen!«, empörte sich Karola. »Haben die denn etwa Rücksicht genommen auf Kleine oder Schwache?«

Ich hatte sehr wohl bemerkt, wie sie über den Rand der Zeitung zu mir herüberspähte, aber ich war versiert im Abschotten und reagierte nicht. Auf keines ihrer Angebote reagierte ich, bis sie mich dazu zwang – festgesetzt in der Küche.

»Aber ich muss …«

Sie hob ihre Hand wie ein Stoppschild und funkelte mich so energisch an, dass mein Widerstand zusammenbrach. »Gar nichts musst du, außer endlich mit deiner Tochter reden und bekennen, was geschehen ist!«

Die Küche war Karolas Domäne. Ursprünglich hatte die Einrichtung natürlich meinen Vorstellungen entsprochen: die Arbeitsflächen aus grauem Granit, viel Edelstahl, alle Geräte vom Feinsten. Ästhetisch perfekt, kühl und funktionell von einem Küchendesigner ein paar Jahre zuvor gestaltet. Sehr bald jedoch hatte Karolas Gegenmodell mein Alessi-Konzept wieder überlagert. Neben der Spüle stand ein großer, grobgeflochtener Korb mit Zwiebeln, Knoblauch und Äpfeln, auf dem Fensterbrett stapelten sich Kochbücher zwischen Blümchentassen voller verschiedener Kräuter. Typisch

Karola auch der mit blankgewetztem braunem Velourleder bezogene breite Sessel rechts hinter der Tür, in dem sie hin und wieder, die Füße auf einen Hocker gelagert, eine Ruhepause einlegte.

Ich kann nicht mehr genau orten, wie es früher war, aber soweit ich mich erinnere, hat es um sie herum immer so ausgesehen, erdverbunden, warm, sinnlich und ohne jeden Anspruch, etwas darzustellen, was sie nicht hier, in ihrem Revier hätte leben können. In einem anderen Raum würde sie die Konfrontation mit uns beiden vermutlich nie riskiert haben.

Karola rückte ihren Stuhl zurecht, ein bequemes, abgestoßenes Stück vom Trödel, wie der Sessel, die Blümchentassen und die bauchige Kanne, in die sie ihren Kaffee aus der silbrigen Thermoskanne umzufüllen pflegte, und setzte sich. Wir schwiegen alle drei. Das Einzige, das die Stille unterbrach, war das Schaben von Karolas rauer Handfläche auf dem Tisch. Hin und her strich sie, hin und her.

Plötzlich wandte sie sich halb um und griff nach der Tasche, die an der Stuhllehne hinter ihr hing. Angelegentlich begann sie, darin zu wühlen, bis schließlich ein Taschentuch zum Vorschein kam, eins von den großen weißen, die sie ständig bei sich trägt und das sie eigentlich auf Anhieb hätte entdecken müssen. Das Geräusch, mit dem sie sich schnäuzte, glich dem Signalton eines ablegenden Raddampfers. Aber hier, bei uns, kam gar nichts in Bewegung. Ich beobachtete Karola, wie sie ihr Schnupftuch zusammenlegte und verstaute und die Tasche wieder an die Stuhllehne hängte. Ihre Hände fingen erneut an, über den Tisch zu wischen.

Die Tasche. Ich konnte meinen Blick kaum von ihr abwenden, weil sie ein angenehmes, warmes Gefühl in mir auslöste. Plötzlich fiel mir ein, dass Karola all die Jahre hindurch so ein ausgebeultes Ding aus weichem Leder mit sich herumgetragen hatte, dessen Farbe zwischen Braun und Schwarz und Dunkelblau wechseln mochte und dessen Henkel je nach Mode mal kurz, mal lang ausfielen, aber immer war die Tasche groß genug gewesen, dass Karola ihren Arm bis zum Ellbogen hineintauchen konnte. Ich meinte, mich an das geheimnisvolle Knistern, Klimpern und Klackern zu erinnern, wenn sie im Taschenbauch kramte, als ich noch klein genug war, um mit meinem Ohr ganz nah dabei zu sein. Und ich sah wieder vor mir, wie sie ein paar Wunderdinge herausfischte und mir mit verschwörerischem Blinzeln zusteckte, sobald wir einen Moment unbeobachtet waren. Blaue Zopfspangen mit Edelweiß darauf, ein Armkettchen, an dem Marienkäfer, Hufeisen, winzige Kaminkehrer und andere Glücksbringer baumelten, eine kleine Blechschachtel mit Buntstiften, die noch am selben Abend von der Erzieherin konfisziert wurde, weil sie glaubte, ich habe sie gestohlen. Später dachte ich manchmal, dass diese Geschenke die Druckknöpfe waren, an denen mein Kinderhimmel hing.

Karolas Hände lagen jetzt ruhig auf dem Tisch. »Du musst es versuchen«, sagte sie in die Stille.

Ich wusste, dass ich gemeint war, und drückte sofort meinen Rücken durch. »Was? Was muss ich?«

»Offen mit Judith reden. Du darfst ihr nicht länger was vormachen!« Die Hände begannen wieder zu wandern, in entgegengesetzte Richtungen, bis jede eine Tischkante erreichte und sich dort festklammerte.

Karola schaute mich an, so eindringlich, wie selten zuvor, und ich schaute zurück. Aber ich konnte sie nicht richtig erkennen, alles verschwamm plötzlich vor meinen Augen. Was verlangte sie da von mir? Es war, als forderte man einen völlig ungeübten Menschen auf, eine Steilwand zu erklimmen, oder zwänge einen Nichtschwimmer, den Kanal zu durchqueren. Ich merkte, dass meine Handflächen feucht wurden, von meinen Schultern aus stieg ein Stechen den Nacken hoch. Stumm schüttelte ich den Kopf.

Erst viel später kam mir in den Sinn, Karola könnte damals tatsächlich nicht gewusst haben, an wie wenig ich mich erinnerte. Als ich sie irgendwann darauf ansprach, nickte sie. »Ja, ich hatte keine Ahnung, was in dir vorging. Während deiner Kinderjahre gab es nie eine Gelegenheit, freimütig über die Familie und die Vergangenheit zu reden. Wenn ich herausgefunden hatte, in welcher Schule du gerade stecktest, und mit allen möglichen Tricks erreichte, dass ich dich kurz sehen durfte, blieben wir keinen Augenblick unbewacht. Und als du erwachsen warst und wir die Möglichkeit gehabt hätten, wolltest du nicht mehr. Nicht ein einziges Mal hast du nach deinen Eltern gefragt oder von früher gesprochen. Nicht ein einziges Mal. Sobald ich davon anfing, und das habe ich immer wieder getan, bist du entweder weggegangen oder hast mich so angefunkelt, dass ich mich wie eingefroren fühlte.« Karola lächelte, aber ihre Augen blieben ernst und traurig.

»Der Eisklotz.« Ich versuchte ebenfalls ein Lächeln, merkte, dass es mir schief im Gesicht hing, und legte ihr sekundenlang die Hand auf die Schulter. Für mich eine Geste großer Vertraulichkeit, die es früher niemals gegeben hatte.

Stumm blieben wir drei am Tisch sitzen, minutenlang. Bis Judith, die gespannt zwischen Karola und mir hin- und hergeblickt hatte, nach Karolas Arm griff und daran rüttelte.

»Du hast dieses Gespräch doch unbedingt gewollt! Also musst du auch anfangen, wenn sie's nicht schafft.« Aus dem Augenwinkel wurde ich kurz und abschätzig taxiert. »Komm schon!« Judith rüttelte noch einmal, als Karola unschlüssig die Schultern hochzog. »Schließlich bist du die ganze Zeit dabei gewesen und warst schon erwachsen. Du kennst die Geschichte wahrscheinlich viel besser!«

»Ich weiß nicht, ob es mir zusteht ...« Mit einem Seufzer strich sich Karola langsam über das Gesicht, als wollte sie eine Maske abstreifen. »Es ist eure Geschichte.«

»Und du bist ein Teil davon!« Kerzengerade saß Judith da und warf ihr beschwörende Blicke zu.

Karola holte tief Luft, ehe sie sich an mich wandte. »Ich habe dich neulich schon einmal gefragt, Sigrid«, sagte sie, »kannst du dich an deine Mutter erinnern?«

»Die Hure?« Plötzlich gebrauchte ich selbst dieses Wort und in einem so schrillen Ton, wie er gar nicht zu mir gehörte.

»Also doch!«, spottete Judith. »Aber mir willst du ...«

»Schweig!« Karola legte ihr wenig sanft eine Hand auf den Mund. »Nein«, sagte sie dabei mit Nachdruck, »sie war keine Hure.«

»Und was bitte dann?«, fragte Judith, nachdem sie sich von der Hand befreit hatte.

Karola zögerte einen Moment, ehe sie antwortete. »Das kommt auf die Perspektive an, für die einen war sie sicher eine Heldin, für die anderen – das haben wir ja ausreichend mitbekommen – eine Verräterin, vielleicht kann man sie auch als ein Opfer der Umstände ansehen. Was weiß ich. Für dich«, das galt mir, »war sie jedenfalls deine Mutter.«

»Eine schöne Mutter! Heißen Dank!« Wie an einer Schnur hochgerissen, sprang ich auf die Füße.

»Hiergeblieben!«, herrschte Karola mich an. »Du rennst nicht wieder weg!«

Aber ich hatte gar nicht vor wegzulaufen, ich konnte nur nicht länger ruhig dasitzen. Die Hände tief in die Taschen meiner grauen Leinenhose gebohrt, drehte ich zwei, drei Runden um den Tisch, ging dann zum Spülbecken und trank ein paar Gläser kaltes Leitungswasser. Doch den schalen Geschmack, der mir seit einer Weile auf der Zunge klebte, wurde ich nicht los. Im Rücken spürte ich die Blicke der beiden. Karola kannte mich gut genug, um zu wissen, dass ich trotz meiner ablehnenden Haltung die Ohren spitzen würde, wenn sie weitersprach. »Drei Jahre warst du alt, als sie ging. Viele Kinder können sich schon an diese Zeit erinnern. Versuch's doch wenigstens mal!«

Hielt sie meine Reaktion etwa für infantilen Trotz von der Art: Sie haben mich nicht gewollt, also will ich auch nichts von ihnen wissen? So hörte es sich an. In Wirklichkeit jedoch, das wurde mir plötzlich klar, sollte es ein erneuter, dringlicher Anstoß sein, endlich die Gefühle aufzudecken, die ich vor vielen Jahren in mir vergraben hatte. Wenn sie doch nur akzeptieren würde, dass es nicht ging, dass ich nur Dunkel sah, wenn ich an meine Kindheit dachte, und dass ich mich gegen die Bilder, die mich in letzter Zeit immer häufiger überfielen, wehren musste, weil sie nicht in die Vorstellung passten, die ich mir von meinem Leben gemacht hatte.

Die Hände um die stählerne Einfassung geklammert, blieb ich am Spülbecken stehen, bis Karola mich zurück an den Tisch rief – nein, befahl. Sanft, aber unerbittlich. »Komm, setz dich wieder. Ich muss dir etwas zeigen.«

Vor ihr lag ihre Brieftasche, braun und abgestoßen, der sie mit fast andächtigen Bewegungen ein kleines, etwa fünf mal fünf Zentimeter großes Schwarz-Weiß-Foto entnahm. »Hier, das ist sie. Das ist deine Mutter, und die Kleine auf ihrem Schoß bist du.«

Ich glaube, dass meine Hände zitterten, als ich danach griff. Noch nie hatte ich ein Foto meiner Mutter gesehen und entdeckte jetzt, dass die Phantasiebilder von ihr, die hin und wieder in meinem Kopf aufgetaucht waren, vollkommen an der Wirklichkeit vorbeigingen. Diese Frau hier sah nicht hart aus oder böse oder hässlich, wie die in meinen Visionen. Im Gegenteil. Auf ihrem hellen, weich fallenden Haar lag warmer Sonnenglanz, und sie lächelte zärtlich und strahlend, aber nicht etwa in die Kamera, sondern dem Kind zugewandt, das sich mit dem Ausdruck größter Zufriedenheit in ihren Arm kuschelte.

»An deinem dritten Geburtstag«, erklärte Karola, während sie weiter in ihrer Brieftasche kramte.

Wie war das möglich? Die Sigrid späterer Aufnahmen

wirkte niemals so glücklich und gelöst. Plötzlich fiel mir das Klassenfoto des ersten Schuljahres ein, nur drei Jahre später geknipst, auf dem sie ernst zwischen den anderen Kindern stand, mit abweisend verkniffenem Mund und gerunzelter Stirn. Wenn jemand das finsterste Gesicht auf dem Bild hätte markieren sollen, wäre das ihres gewesen.

Zu betäubt, um reagieren zu können, rührte ich mich nicht, als Judith das Foto aus meinen Fingern zog und Karola mir ein zweites hinschob.

»Die ganze Familie«, sagte sie, »du mit deinen Eltern.«

Einen Moment lang spürte ich wieder den Drang aufzuspringen, wegzustürzen, um bloß nicht hinsehen zu müssen, aber wie gebannt blieb ich sitzen und nahm das Bild vom Tisch. Erst als darauf nur schwarzgraue Schlieren ineinanderflossen, merkte ich, dass ich durch einen Schleier von Tränen blickte und meine Augen trocknen musste, bevor ich die beiden lachenden Erwachsenen erkennen konnte, die zwischen sich ein kleines Mädchen mit Schutenhut in die Luft schwenkten. *Engelchen flieg*, fiel mir ein, das Spiel hatte ich geliebt.

Jetzt also auch mein Vater. Dieses Mal schaute ich nicht an ihm vorbei, sondern studierte ihn aufmerksam: über den Ohren hochrasiertes Haar mit einem strengen Seitenscheitel, etwas zu nah neben der langen schmalen Nase stehende Augen, kräftige Zähne, die beim Lachen blitzten, genauso hell wie ein kleines Abzeichen am Revers seines Anzugs. Wie glücklich wir drei aussehen, das Bild einer harmonischen, fröhlichen Familie beim Spaziergang unter hohen Bäumen.

Karola reichte mir ein frisches Taschentuch. »Fünf Tage später ist sie gegangen.«

»Gegangen?« Judith, die noch immer das Bild meiner Mutter mit mir anschaute, hob gespannt den Kopf. »Wohin denn?«

»Nach England natürlich, Schatz. Irgendwie muss sie Kontakt zu den alliierten Truppen aufgenommen haben, die standen damals schon in erreichbarer Nähe. Genau weiß ich es auch nicht. Vermutlich hat sie sich mit deren Hilfe Richtung Holland durchgeschlagen und ist an der Küste von einem Schnellboot abgeholt und über den Kanal gebracht worden.«

»Und ihr Kind ließ sie einfach zurück. Na, fein.« Judiths Stimme bebte vor Empörung. »So leicht macht man sich's also als Spionin.«

Ich hockte auf meinem Stuhl wie das willenlose Objekt einer Verhandlung, unfähig, mich einzumischen.

»Leicht! Du hast doch keinen blassen Schimmer!« Jetzt wurde auch Karola zornig. »Was blieb ihr denn anderes übrig?«, schnaubte sie. »Die Gestapo war hinter ihr her, seit Wochen schon. Wenn man sie mit Sigrid auf der Flucht erwischt hätte, wäre es ihnen beiden an den Kragen gegangen. Oder meinst du, dass Leute, die kleine Kinder ins KZ transportieren, gerade in diesem Fall eine Ausnahme gemacht hätten? Natürlich, sie hat zuerst die eigene Haut gerettet, aber sie muss geglaubt haben, dass der Vater sich um die Kleine kümmern würde.«

»Woher willst du das wissen?«

»Weil sie ihr Kind geliebt hat, verflixt noch mal! Nie

würde sie es zurückgelassen haben, wenn sie geahnt hätte, wie man mit ihm umsprang!«

Geliebt. Ich spürte, wie ein würgendes Schluchzen mir den Hals zudrückte und sich in einem merkwürdig gurgelnden Ton Luft machte. Die beiden anderen hörten es nicht, denn Karola war im gleichen Moment aufgestanden, um das Licht in der dämmrigen Küche anzuschalten. Ihre Hand lag noch auf dem Schalter, als es klingelte.

»Ich geh schon«, sagte sie, ehe eine von uns sich rühren konnte, und humpelte in den dunklen Flur hinaus.

»Niklas wahrscheinlich.« Achselzuckend warf mir Judith einen schnellen Blick aus den Augenwinkeln zu. »Vielleicht wimmelt sie ihn ab.«

Das hoffte ich auch, denn tränenverschmiert, mit zugeschnürtem Hals und einem Kopf, der dröhnte von ungelösten Fragen und widersprüchlichen Gedanken, hatte ich nicht die geringste Lust, diesen Niklas oder sonst wen zu empfangen. Bei Karola allerdings konnte man nie sicher sein, dass sie tun würde, was allen anderen als das Beste erschien oder was man von ihr erwartete. So war es auch jetzt. Wir hörten von draußen das Hin und Her weniger Worte, und schon betrat er hinter ihr den Lichtkreis um den Küchentisch.

»Hallo.«

»Hallo«, antwortete Judith lahm, ohne sich vom Stuhl zu bewegen.

Ich nickte nur, während ich kurz zu ihm aufsah, und erinnerte mich, ihm einmal im Treppenhaus begegnet zu sein, als er mit Judith hinunterlief.

»Niklas Balder«, hatte sie im Vorbeirennen gesagt, »ein Bekannter.«

Durch Karola wusste ich, dass er Anwalt in einer großen Münchener Kanzlei an der Briennerstraße war, ein frischgebackener Strafverteidiger. Und wie ihre Stimme beim Erzählen verriet, hielt sie mehr von ihm als von den übrigen Galanen, die Judith umschwirrten.

Seine Jacke trug er am Zeigefinger aufgehängt über der rechten Schulter und fuhr sich mit der freien Hand durch die dicken braunen Haare, während er uns aufmerksam musterte.

»Ich weiß nicht«, begann er stockend, »Verzeihung …« Es klang, als wollte er sofort den Rückzug antreten.

»Nein, nein«, fiel Karola ihm ins Wort. »Sie müssen sich nicht entschuldigen. Wir hatten nur eine kleine Diskussion. Judith wird es guttun, auf andere Gedanken zu kommen. Was ist, meine Liebe?« Sie stand jetzt hinter Judiths Stuhl und ruckelte leicht an der Lehne. »Ihr seid doch verabredet, oder?«

»Okay, in Ordnung.« Judiths Gesicht war der pure Missmut, als sie sich erhob und dem jungen Mann mit einem gegrummelten Gute-Nacht-Gruß durch die Tür folgte. Draußen hörte man noch ihre Schlüssel klappern, dann schlug die Wohnungstür zu. Sie waren weg.

»Was soll das?« Verwundert starrte ich Karola an, die mit zufriedenem Lächeln einen Krug Wasser und zwei Gläser auf den Tisch stellte.

In aller Ruhe schenkte sie ein und schob mir ein Glas zu, ehe sie antwortete. »Das sind harte Brocken, die wir uns hier vornehmen. Ich glaube nicht, dass es vernünftig wäre, Judith zu viel auf einmal zuzumuten. Außerdem«, sie lächelte wieder, »gefällt mir dieser junge Mann. Ich mag ihn, er ist klug. Neulich hab ich mich mal eine Weile mit ihm unterhalten, als Judith auf sich warten ließ, und die Art, in der er von ihr sprach ... Weißt du, er macht sich eine Menge Gedanken über sie.«

Ich konnte mir schon vorstellen, in welche Richtung diese Gedanken gingen. Besser nicht nachfragen. Ich nickte nur.

Während ich an meinem Glas nippte, drehte sich Karola um und holte aus dem hinteren Dunkel einer Schublade, in der vorne unsere Küchenbretter gestapelt lagen, ein längliches, in braunes Packpapier eingeschlagenes Paket hervor, das sie mir zuschob, nachdem sie sich wieder gesetzt hatte.

»Hier«, sagte sie mit einem seltsam weichen Anflug in ihrer rauen Stimme, »wenn wir schon Erinnerungsstücke anschauen ... Bei diesem, dachte ich, sollten wir zwei lieber unter uns sein.«

Das Papier sah fleckig und zerknittert aus, so als hätte das Paket schon seit Jahren in irgendwelchen finsteren Ecken gelegen. Ich weiß nicht, warum mein Herz so heftig zu klopfen begann, als ich es zögernd auswickelte.

»Klunta!« Auf den ersten Blick erkannte ich meine alte Puppe, die Zopffrisur aus gelber Wolle, ihr vom Schmusen schmuddeliges Gesicht mit dunklen Knopfaugen und gesticktem Mund, das rotkarierte Dirndl, aus dem die mit bräunlichem Strickstoff bezogenen Beine ragten, eins etwas länger als das andere, weil ich Klunta daran herumgetragen hatte. »Woher hast du sie?« Wie vorhin schon steckte mir wieder ein Schluchzer im Hals und ließ nur ein dünnes Krächzen durch.

Die Arme auf den Tisch gestützt, sah Karola mich prüfend an, so als fürchte sie irgendwelche unberechenbaren Reaktionen.

»Ich hatte sie immer – die ganze Zeit.«

»Auch die Fotos?«

»Ja, in meiner Brieftasche.«

Sie streckte eine Hand herüber und zupfte an Kluntas Kleidchen. »Du durftest sie nicht mitnehmen damals, da hab ich sie eben genommen.«

»Wann – damals?«

»Als sie dich weggebracht haben.«

»Wieso weggebracht?«

Ihre Hand wanderte von Klunta zu mir und legte sich auf meinen Arm, aber ich schüttelte sie ab. Ich wollte keinen Trost, sondern nur, dass sie weitersprach.

»Sag doch, wieso weggebracht?«, hakte ich noch einmal nach. Weggebracht – wie das klang! So als würde jemand abgeführt, ein Gefangener, ein Verbrecher, ein Psychopath, einer, der freiwillig nicht mitwill. Und nach dem Muster war es wohl auch abgelaufen.

»Hat es dir denn nie jemand erklärt?«, fragte Karola vorsichtig. »Und du hast wirklich alles vergessen? Ich dachte – ich dachte immer, du wolltest nur nicht daran denken. Na ja«, fuhr sie mit einem Seufzer fort, nachdem sie mein Kopfschütteln registriert hatte, »als herauskam, dass deine Mutter nicht die war, für die er sie gehalten hatte, als die Gestapo das Haus auf den Kopf stellte und das Gerede losging, tobte dein Vater wie ein Irrer. Persönlich stopfte er ihre zurückgelassenen Kleider in den Küchenherd, den Volksempfänger, *dieses verfluchte Ding*, knallte er gegen die Wand. Damit hätte sie Feindkontakt gehalten, schrie er. Ihre Schuhe, ihre Bücher, alles, was von ihr übrig blieb, schmiss er durchs Fenster auf die Straße. Aber da warst ja auch noch du.«

Karola zögerte, doch ich ruckte drängend mit den Schultern. Sie sollte weiterreden. »Bis dahin«, sagte sie, »warst du sein Ein und Alles, seine Prinzessin, sein Liebling, sein Glanzstück, sein Stolz, sein Sternenkind. Wie hat er angegeben mit seinem hübschen kleinen Mädchen, das auch schlaftrunken noch süß aussah, wenn es im Nachthemd den Gästen vorgeführt wurde, um Knickschen zu machen und ein Liedchen vorzusingen.« Karolas Stimme klang jetzt hart. »Und auf einmal entpuppte sich der kleine Goldschatz als *Kuckucksei*, so nannte er dich nun, oder *Blindgänger* oder *Bankert*, was weiß ich. Er ertrug deinen Anblick nicht mehr, du musstest weg, schon am Morgen nach ihrem Verschwinden. Verbindungen hatte er ja genug, kein Problem also, dich in eins der Münchner Kinderheime abzuschieben. Den Namen weiß ich nicht mehr, aber wohl, dass ich Wochen brauchte, um dich zu finden.« Karola schluckte schwer. »Es ging alles ruckzuck, ich hatte dich gerade angezogen und wollte dir dein Frühstück geben, Brot mit Rübenkraut und ein Glas Milch. So gegen halb zehn muss es gewesen sein, da platzten sie ins Esszimmer, drei Männer, zwei davon in Uniform, schnappten dich und schleppten dich kurzerhand aus dem Haus.«

»Ja.« Hinter geschlossenen Lidern sah ich sie wieder vor

mir, gesichtslose Riesen, die nach mir greifen, grauen Stoff, Stiefel, mein Kopf baumelt im Tempo ihrer Schritte, und mein Schreien klang mir in den Ohren. Verzweifeltes Gebrüll.

»Klunta hast du die ganze Zeit festgehalten«, hörte ich Karola sagen, »bis ihr am Auto wart und einer der drei sie nahm und in den Hausflur zurückwarf. Nichts durfte dir mitgegeben werden, das war ein ausdrückliches Gebot deines Vaters, absolut nichts. Erst zwei Tage später befahl er irgendeinem Handlanger, ein Köfferchen mit etwas Kleidung und Schuhen ins Heim zu bringen, nachdem er persönlich kontrolliert hatte, dass nur das Allernotwendigste drin war. Sonst hätte ich deine Puppe mitgeschickt.« Karola zögerte wieder einen Moment. »Er war unvorstellbar wütend, dein Vater, und weil er deiner Mutter nichts anhaben konnte, ließ er es an dir aus. So ein Zorn auf ein kleines Kind ...«

»Warum ...«, fing ich an, brachte aber die Frage nicht zustande.

»Warum er dermaßen grausam war?« Karola schien meine Gedanken lesen zu können. »Ach, weißt du, da kam wohl manches zusammen. Verletzte Eitelkeit, vielleicht auch die Befürchtung, sich lächerlich gemacht zu haben, und dann natürlich Angst. Angst um seine Position unter den Mächtigen der Partei und ganz sicher Angst vor Strafe. Schließlich hatte er eine Spionin geheiratet, mit der er womöglich unter einer Decke steckte. Wie hätte er seine Unschuld besser beweisen können als durch die sofortige Trennung von dir? Konsequent, gnadenlos – ganz nach dem Muster der Zeit.«

Wenn ich an diesen Abend zurückdenke, glaube ich wieder die unendliche Müdigkeit zu fühlen, die mich urplötzlich überfiel, und ich weiß noch, dass ich spätnachts – der Wecker zeigte kurz vor drei – in meinem Bett aufwachte, Klunta fest im Arm. Ich legte die Puppe neben mich auf mein Kopfkissen und streichelte ihren Stoffbauch. Wie vertraut sie roch. Nach Pudding, Keksen, Kakao? Nach warmer Gartenwiese oder Penatencreme? Sie hätte mein Zuhause sein können, damals, als ich zwischen all die unbekannten Kinder geriet und fremde Erwachsene mich durch den Tag und nachts in den Keller scheuchten, sobald die Sirenen heulten und rings um uns alles zu krachen und zu beben begann.

Seit Jahren schon fürchtete ich die Stunden in tiefer Dunkelheit, in denen, sobald man auch nur für einen Moment aufwacht, der Kopf sein Eigenleben startet, sich aus Hirn und Herz und Bauch nimmt, was er gebrauchen kann, und daraus mal Vermutungen formt, mal Zusammenhänge konstruiert, mal wild rundum spekuliert. Bei mir ging es immer bedrohlich zu, immer habe ich mich schuldig gefühlt und leitete aus den Erfahrungen des Tages ab, dass ich nicht wert sei, geliebt zu werden.

In dieser Nacht meinte ich, ein Malbuch vor mir zu haben, wie man es Kindern gibt, damit sie die leeren Konturen mit Eindrücken ihres eigenen Lebens füllen. Das Waisenhaus hatte schiefergraue Mauern, die im der Straße zugewandten Trakt zu rußgeschwärzten Zacken zerborsten waren und abends während der Dämmerung aussahen wie dunkle Bergketten. Verschreckt bestaunten wir den von schwarzen Baumstümpfen umstandenen Bombentrichter in der Mitte des Gartens, dem man sich bei Androhung von Prügeln nicht nähern durfte. Grüngemasertes Linoleum, immer feuchtglänzend und rutschig vom Wischen, bedeckte die Böden der Flure und Schlafräume, in denen die Betten getürmt und eng beieinanderstanden und Weinen streng verboten war. »Du hörst sofort auf zu jammern!« Graue Haare hatte sie, in denen ein weißes Häubchen festgesteckt war, trug einen weißen Kittel mit rot-silberner Brosche am Stehkragen, und ihre harten Hände stopften die Bettdecke fest. »Noch ein Ton, und es setzt was!« Hieß er Kurt oder Walter, der kleine Kerl, genauso verheult wie ich, der Scharlach bekam und im Kopfkissenbezug in den Luftschutzkeller transportiert wurde? Ein kariertes Bündel, in hinterster Ecke abgesetzt, damit *der böse Herr Bazillus* nicht überspränge. Bombenangriffe waren mir nicht neu, ich kannte die grellen Alarmtöne, die Aufregung, den hektischen Spurt über Gänge und Treppen, die Rufe und die ängstlichen Augen ringsum. Bislang hatte es immer vertraute Gesichter in der Nähe gegeben, die Hand oder den schützenden Arm eines Erwachsenen. Jetzt kümmerte sich niemand um mich. Ohrenbetäubendes Krachen, eine Druckwelle sprengt die Tür auf, drückt Wolken von Rauch und Staub herein, wie Schnee rieselt Kalk von der Decke, die Glühbirne flackert und verlischt. Schrilles Kindergeschrei. Im Dunkeln rollt ein Stein vor meine Füße, auf einer Seite fühlt er sich glatt an, auf der anderen rau und schartig. An ihm halte ich mich fest.

Irgendwann muss ich wieder eingeschlafen sein, nur kurz, denn es dämmerte noch nicht, als ich erneut wach wurde.

Statt des Steins hielt meine Hand Klunta umklammert. Ich schnupperte nochmals an ihr, atmete in ihr Kleid, es war wie die Wiederentdeckung einer längst vergangenen Schutzzone, eines vergessenen Glücks.

Was hatte Karola am Abend über Linda gesagt? »Weil sie ihr Kind geliebt hat…« Ihr Kind – das war ich. Soweit ich zurückdenken konnte, stieß ich nicht auf das Gefühl, geliebt zu werden. Gut, später von Sven, aber sicher mehr als attraktive Frau, die er begehrte, jedenfalls könnte es so sein. Doch einfach um meiner selbst willen? Nur, weil es mich gab, so wie ich war?

Plötzlich fielen mir die oft erwähnten Experimente ein, die Wissenschaftler vor Jahren schon mit winzigen Kindern veranstaltet hatten und in denen bewiesen wurde, dass kleine Menschen ohne Zuwendung, ohne Liebe zugrunde gehen. Mehrfach hatte ich davon gelesen, aber nie einen Bezug zu mir selbst entdeckt. Wenn es tatsächlich so wäre, dachte ich, dass man mich behandelt hätte wie eines dieser Testkinder, müsste ja auch das Ergebnis dasselbe gewesen sein: Ich wäre eingegangen, verdorrt, gestorben an Entzugserscheinungen. Aber das war ich nicht. Ich war nur eingefroren.

Wie mit einem starken Scheinwerfer fing ich an, die dunklen Nischen meiner Erinnerung auszuleuchten. Und auf einmal meinte ich, meine Mutter ganz leise singen zu hören, nur für mich, direkt in mein Ohr. Lieder, deren Wörter anders klangen als die, mit denen man sonst zu mir sprach. Ich meinte, wieder ihre Hände zu spüren, wenn sie – was selten vorkam – mein Haar bürstete oder mir das

Knie verband. Und schlagartig erkannte ich in ihrem Abschiedsgesicht die Trauer und auch die Angst, die sie getrieben hatte.

Wie mochte ihr zumute gewesen sein, als sie mich erwartete, ein sicher nicht erwünschtes Kind? Damals gab es kaum Möglichkeiten, so einen *Unfall* zu verhindern, sie musste mitspielen, wenn sie nicht auffliegen wollte. Konnte sie dennoch Liebe für dieses lebende *Missgeschick* empfunden haben, wenigstens einen Hauch von Zuneigung? Karola, die schließlich Zeugin der gemeinsamen Jahre war, schien fest davon überzeugt. Unversehens fing ich an, die Mosaiksteinchen meiner Erinnerung zu einem entsprechenden Bild zusammenzuschieben. Immerhin, dachte ich, ist sie noch einmal gekommen, um Abschied zu nehmen. Sie hätte ja auch ohne jede Geste verschwinden können. Diese andere, die grußlos ging, passte zu den Geschichten, die über meine Mutter verbreitet wurden, zu dem Gezischel und Gehechel, das mich jahrelang verfolgt hatte, bis ich mir einbildete, sie sei wirklich so gewesen: lieblos, gewissenlos, verworfen. Eine Mutter, für die man sich in Grund und Boden schämen musste.

Es tat nicht gut, in diese Richtung zu denken, denn sofort sprangen mich Zweifel an. Vielleicht irrte Karola ja, und die Spionin hatte nicht nur überzeugend als Ehefrau fungiert, sondern ebenso glaubhaft die Rolle der liebenden Mutter gespielt. An was sollte ich mich halten, was für sie fühlen?

»Hätte sie denn nicht aussteigen und bleiben können?«

Meine Frage traf Karola völlig unvermittelt, als sie am nächsten Morgen gerade ihren Mantel in den Garderobenschrank hängen wollte.

Verwundert drehte sie sich um. Normalerweise wäre ich zu dieser Zeit längst außer Haus gewesen, aber nun saß ich wartend im Flur und platzte mit meiner Ungeduld schon heraus, ehe Karola richtig angekommen war.

Sie rückte den Bügel zurecht, rollte die Ärmel ihrer grauweiß gestreiften Bluse hoch, streifte, eine Hand an den Türrahmen gestützt, die Straßenschuhe ab und stieg in ihre Birkenstock-Sandalen, die sie gewöhnlich bei der Hausarbeit trug. In aller Ruhe. »Wer? Wieso?«, fragte sie dabei über die Schulter.

»Linda natürlich!« Ich brachte es nicht fertig, *meine Mutter* zu sagen. »Wenn ihr tatsächlich etwas an mir lag, wie du sagst, warum hat sie dann das Spionieren nicht aufgegeben, sie hätte doch …«

»Aufgegeben!« Mit beiden Händen ordnete Karola ihr Haar, aber es wirkte eher so, als hielte sie sich den Kopf. »Aufgegeben! Wie stellst du dir das vor? Dafür war es längst zu spät! Außerdem …«

Ich ließ sie nicht ausreden. »Und warum bitte hat sie sich später nie gemeldet? Als der Krieg vorbei war? Das passt doch alles nicht zusammen!«

Im Nachhinein kann ich nicht mehr orten, was ich mir von diesen Fragen versprach. Nochmals eine Bestätigung der fernen Liebe meiner Mutter? Oder im Gegenteil eine Verstärkung für die Barriere in meinem Kopf, die zwar erschüttert worden war, aber keineswegs zusammengebrochen?

Mag sein, dass unsere Stimmen Judith aus ihrem Vormittagsschlaf aufgeschreckt hatten, doch es kam mir fast so vor, als habe sie, genau wie ich, auf die nächste Gelegenheit gelauert, das Gespräch vom vergangenen Abend fortzusetzen. Urplötzlich stand sie neben mir, sogar schon angezogen, mit hellwachen, neugierigen Augen. »Bitte, Karola«, drängte sie, »erzähl uns, was du weißt. Auch wenn's ganz schlimm kommt, ist das immer noch besser als nichts.«

»Schlimm, was ist schon schlimm.« Grummelnd zog Karola die Schultern hoch, während sie voraus in die Küche ging.

Als Letzte in unserem Gänsemarsch blickte ich auf Judiths schmalen Rücken, und zum ersten Mal kam mir die Idee, sie könne sich sehr ähnlich fühlen wie ich. Ein alleingelassenes, verfrorenes Kind, von vagen Ängsten verfolgt – weil ich sie nach demselben Muster behandelte, mit dem man mich großgezogen hatte.

Wieder ließ Karola sich Zeit. Ohne sich um unsere fast greifbare Anspannung zu kümmern, rückte sie mit auffordernder Geste zwei Stühle für uns zurecht, setzte den Wasserkocher in Gang, hängte in die blaue, bauchige Kanne ein Sieb mit Johanniskrauttee, auf dessen beruhigende Wirkung sie große Stücke hielt, nahm Tassen aus dem Schrank, stellte Zucker auf den Tisch und einen Teller mit *Schweinsöhrchen*, die Judith besonders liebte, und verbat sich jeden Ansatz ihr zu helfen mit einem energischen »Bleibt sitzen!«. Vermutlich brauchte sie die Zeit, um den in langen Jahren angewachsenen Wust an Erinnerungen und Empfindungen so zu sortieren, dass sie uns davon berichten konnte.

Endlich saß sie bei uns, der Tee dampfte unbeachtet in den Tassen, das klebrig braune Gebäck blieb unberührt. Ich habe noch Judiths Hände vor Augen. Mit weiß hervorstechenden Knöcheln lagen sie umeinandergekrampft auf der Tischplatte, bis Karola zu sprechen begann.

Sie hatte Linda erst kennengelernt, als die bereits schwanger war, hörten wir, im Herbst 1940. Das Kindermädchen sollte rechtzeitig im Haus sein, damit es lerne, sich auf die werdende Mutter einzustellen. Macksiepen sei zunächst skeptisch gewesen, weil sie so jung war, aber patent war sie schließlich auch, und deshalb habe sie bleiben können. Beim Gedanken daran zog Karola die Nase kraus und lachte kurz auf. Von Thea Maierhofer, der Hausmeistersfrau, einer knochigen Person mit flinken Augen, die im Nachbarhaus wohnte und alles über jeden wusste, habe sie gleich zu Beginn ihres Dienstantritts erfahren, dass Linda – natürlich die *Frau Doktor* genannt – ein paar Monate zuvor als Sprechstundenhilfe in Macksiepens Praxis eingetreten war. *Eine reizende Person*, hatte Thea Maierhofer gesagt, und *so unverhofft aufgetaucht wie ein Sterntaler*. Karola beschrieb uns den lauernden Gesichtsausdruck der Nachbarin bei solchen Sprüchen. Garantiert sei sie eine von denen gewesen, die schließlich die Gestapo auf Lindas Spur hetzten.

Obwohl ich weiß, dass ich zwischendurch immer mal kurz in die Firma fuhr und verschiedene dringende Termine wahrnahm und dass auch Judith ab und zu wegen irgendwelcher Vorlesungen oder Seminare aus dem Haus musste – nach Anläufen in Jura und Geschichte hatte sie sich in diesem Sommer für Philosophie eingeschrieben –, kommt es mir rückblickend so vor, als hätten sich die folgenden Tage allein um früher gedreht, als seien wir vollkommen in der Vergangenheit versunken. Draußen goss es unentwegt, eine graue Wand aus Dunst und Regen trennte uns von der übrigen Welt. Karola erzählte, und wir hörten zu und erfuhren nach und nach, wie die Fäden geknüpft worden waren, an denen wir immer noch hingen.

Den Beginn der Beziehung zwischen Linda und Macksiepen kenne sie wie manches andere, das sie uns berichten werde, nur vom Hörensagen, erklärte Karola eingangs, denn zu der Zeit habe sie ja noch nicht im Haus an der Thierschstraße gelebt. Gustav Macksiepen sei aber ein begeisterter Erzähler gewesen, und da es zu ihren Pflichten gehörte, während des Abendessens zu servieren, hätten die lebhaften Schilderungen, mit denen er vor allem an den sogenannten *Herrenabenden* seine Gäste unterhielt, ihr das Gefühl gegeben, alles müsse sich tatsächlich so abgespielt haben, wie es sich in ihrer Vorstellung zusammenfügte.

»Für die meisten Gäste«, sagte Karola, »war ich im dunkelblauen Kleid, mit Häubchen und weißer Schürze nichts anderes als ein Möbelstück, von dem kein Mensch annahm, es könne einer Unterhaltung folgen. Und eigentlich wollte ich auch gar nicht lauschen. Nur langweilte sich mein Kopf beim Auf- und Abtragen, beim Eingießen und Anreichen zu sehr, um nicht zu speichern, was am Tisch geredet wurde. In meinem Dorf war Lesen als Faulheit verpönt. Ich war aber immer schon wissbegierig. Von klein auf habe ich überall genau hingehört und beobachtet, weil ich erfahren wollte, was Menschen alles denken können und was sie damit anstellen. Meine Großmutter Hermine, übrigens eine sehr lebenskluge Frau, obwohl sie während ihrer 94 Jahre höchstens dreimal aus Leberskirchen herausgekommen ist, hielt mich für zu schlau. Eindringlich hat sie mich gewarnt vor den Folgen meiner *Durchblickerei*, wie sie es nannte. *Wenn du schon nicht dumm bist*, sagte sie immer, *mach wenigstens ein dummes Gesicht. Die Stadtleute verzeihen dir nie, wenn du ihnen draufkommst.* Anscheinend habe ich meine Rolle als Dummchen oder als Möbelstück oder was auch immer recht überzeugend gespielt, denn niemand nahm ein Blatt vor den Mund, weil ich im Raum war. Ich kriegte also vieles mit, jedenfalls die wichtigsten Ereignisse, und ich sehe heute noch dazugehörige Stimmungslagen oder Wetterverhältnisse vor mir, weil Macksiepen alles so anschaulich beschrieb. Und an verschiedenen Begebenheiten war ich ja auch selbst beteiligt.«

Sie wolle sich bemühen, uns die Geschichte möglichst wahrheitsgetreu zu schildern, sagte Karola, dennoch sei natürlich nicht auszuschließen, dass manches sich in ihrer Erinnerung verschiebe oder dass sie sich schlicht irre. Aber in den Grundzügen, da sei sie ganz sicher, müsse es sich so abgespielt haben.

Ich fraß in mich hinein, was sie erzählte.

Der 8. März 1940 war ein nasskalter Tag. Es roch noch nach Winter und Hausbrand, und in der Maximilianstraße sprangen die Passanten vom Fahrbahnrand zurück, als Macksiepens Wagen gegen sieben Uhr im hochspritzenden Schneematsch vor dem Hotel *Vier Jahreszeiten* bremste. Tröger, der Chauffeur, hielt, während er den Wagenschlag aufriss, zum Schutz gegen die dicken Flocken einen dunkelblauen Schirmhimmel bereit. Als Macksiepen sich vorbeugte, um seiner Frau aus dem Fond zu helfen, fuhr dicht hinter ihnen der nächste Wagen vor, ein hellgrauer Wanderer, wie er mit einem schnellen Seitenblick feststellte, dessen Insassen er nicht kannte. Merkwürdig, denn normalerweise traf er bei offiziellen Abendessen auf lauter vertraute Gesichter. Ein jüngerer, offenbar hoher Offizier stieg aus und grüßte knapp, bevor er seiner Begleiterin den Arm reichte. Vor den Macksiepens erreichten die beiden die glasblinkende Eingangstür, und Gustav bemerkte eher gewohnheitsmäßig, mit dem Blick des taxierenden Mediziners, dass die junge Dame schlank und gut trainiert war. Ihm gefiel die Art, wie sie ihr rotblondes Haar unter dem flachen Hut locker hochgesteckt hatte, und er mochte auch das sandfarbene, schmal geschnittene Kostüm aus fließendem Stoff, über dem sie eine kleine braune Pelzstola trug. Als seine Frau ihn zu einer

Gruppe von Bekannten zog – Fiehler, der Oberbürgermeister, winkte ihnen entgegen, neben dem der rundköpfige Gauleiter Wagner schon von weitem sein Sektglas zur Begrüßung schwenkte –, verlor er sie aus den Augen. Aber einige Male an diesem Abend, wenn sein Blick über die Menge und zufällig in ihre Richtung wanderte, hatte er den Eindruck, dass die fremde junge Dame zu ihm hinübersah und sich eilig abwandte, sobald sie dabei ertappt wurde.

Das zweite Mal begegnete er ihr am folgenden Samstag, wieder in Begleitung des Offiziers, an der Garderobe der Staatsoperette am Gärtnerplatz.

»Die *Fledermaus*, ein schöner Anlass, sich wiederzusehen«, sagte der junge Mann, der plötzlich an seiner Seite stand. »Darf ich mich vorstellen, Dieter Solinger, nur kurz dienstlich in der Stadt. Und dies hier«, er schob seine Begleiterin näher heran, »ist meine Cousine Linda Schneider, eine Neu-Münchnerin.«

Macksiepen, ohne Interesse an einer näheren Bekanntschaft, murmelte seinen Namen, wunderte sich allerdings über den ungewöhnlich festen Händedruck der jungen Frau. »Zugezogen also«, sagte er höflichkeitshalber, während die Garderobenschlange langsam vorrückte. »Woher denn bitte?«

»Aus Glücksburg, an der Ostsee.«

Macksiepen lachte. »Flensburger Förde, hab schon davon gehört. Aber da gewesen bin ich noch nie. So weit rauf kommt kaum einer von uns hier.«

»Ich weiß«, sie nickte lächelnd. Doch ihre Augen lächelten nicht mit.

Diese Augen, fand Macksiepen, passten genauso wenig zu ihrem schmalen Mädchengesicht wie die große, scharf geschnittene Nase. Zu ernst, dachte er, und zu prüfend.

Als wollte Linda seine Gedanken widerlegen, kicherte sie plötzlich wie eine kleine alberne Göre und schob dabei den Paillettengürtel ihres roten Seidenkleides zurecht. »Das ist ja gerade das Schöne«, sagte sie, »irgendwohin zu kommen, wo man keinen kennt. Wie auf einen anderen Stern.«

Kurz schoss es Macksiepen durch den Kopf, ob eine so junge Person während des Krieges nicht besser in der Nähe ihres Zuhauses bleiben sollte, aber andererseits gab der bisherige Verlauf keinen Anlass zur Beunruhigung, und es kam ihm außerdem sehr verständlich vor, dass man in diesen Zeiten lieber im Zentrum des Geschehens leben wollte als an den äußersten Rändern der Provinz. *Hauptstadt der Bewegung* – das musste dort noch faszinierender klingen als hier vor Ort.

»Und?«, fragte er, »haben Sie schon eine Idee, wie Sie das Dasein auf diesem Stern gestalten wollen?«

»Mit Arbeit natürlich.«

»Aha – keine Ehe?«

»Nein.« Das klang sehr entschieden.

»Und welche Art von Arbeit soll es sein?«

»Im medizinischen Bereich. Sprechstundenhilfe oder Krankenschwester, diese Richtung.«

»Aha.«

Macksiepen ließ ihr und ihrem Begleiter den Vortritt am Garderobentisch und musterte sie erneut. Eine merkwürdige Mischung aus Zerbrechlichkeit und Energie, aus Kindlichkeit und Abgeklärtheit. Auf jeden Fall freundlich und sympathisch. Vielleicht könnte sie die Richtige sein für den vakanten Posten in seiner Praxis. Aber er wollte nichts überstürzen.

»Wenn Sie möchten«, sagte er, als die beiden sich zum Gehen wandten, »höre ich mich gern für Sie um. Ich müsste dann nur Ihre Adresse haben.«

Sie strahlte ihn an und nickte. »Natürlich.«

Von der Garderobenfrau erbat sie einen Zettel und beschrieb ihn auf der Rückseite ihres zum Gürtel passenden Täschchens mit Namen, Anschrift und Telefonnummer.

»Einen eigenen Anschluss habe ich nicht«, erklärte sie, »aber Frau Hölzl, bei der ich wohne, richtet mir alles aus. Vielen Dank.«

»Auch ich bedanke mich.« Der Offizier verbeugte sich leicht und schob sie durch das Gedränge dem Treppenaufgang entgegen.

»Kennst du die Leute?«, fragte Helga Macksiepen, die neben einer riesigen Zimmerpalme auf ihn gewartet hatte.

»Nein, nur ein kleiner Ratsch. Ganz nett.«

Zufrieden klopfte er auf die Hosentasche seines Fracks, in der der Zettel steckte. Eigentlich war die Entscheidung schon gefallen. Dieses Fräulein Schneider – so hieß sie doch? – würde ein hervorragender Ausgleich zu der resoluten Leni sein, die seine hochgestellten Patienten oft recht ruppig abfertigte. Wenn sie nur nicht so zart wäre …

Als ihm Jahre später im Rahmen der Gestapo-Ermittlungen zu Ohren kam, Linda sei 1940 in einer eiskalten, mondhellen Winternacht auf einem Acker nahe bei Augsburg gelandet, abgesetzt von einer dieser kleinen, schwarz-silbern bemalten Lysander-Maschinen, die ohne spezielle Rollbahn zurechtkamen und Flüge weit hinter die feindlichen Linien riskierten, mochte er es zunächst nicht glauben. Andererseits wusste er inzwischen von etlichen Paradebeispielen ihrer Tollkühnheit. Und bei den scharfen Verhören, denen er sich nach ihrer Flucht hatte unterziehen müssen, war für ihn zumindest herausgesprungen, dass er anschließend genug über die Raffinesse und Skrupellosigkeit von Agenten wusste, um sich nicht als kompletter Idiot zu fühlen. Niemand, darauf war er bereit zu schwören, hätte in diesem fragilen Geschöpf einen so bedingungslosen Einsatzwillen und so viel technisches Wissen vermutet.

SS-Gruppenführer Schellenberg, ein enger Mitarbeiter Himmlers und – zum Glück – sein langjähriger Freund, hatte ihm, nachdem er endlich aus der Schusslinie war, erklärt, über welche Fähigkeiten Agenten verfügen mussten. Und wer sollte es besser wissen als einer, der selbst für den Geheimdienst arbeitete?

Zuallererst, hatte Schellenberg gesagt, sei eine perfekte Beherrschung der Landessprache erforderlich, mit allem Drum und Dran. Kinderlieder gehörten dazu, Witze, Anspielungen, Dialekte, außerdem natürlich die Kenntnis von Landschaften, Eigenarten, Bräuchen und – ganz wichtig – eine absolut waschechte Biografie. Aber das sei längst noch nicht alles. Weiter gehe es mit der Fähigkeit, Waffen und Funkgeräte handhaben zu können, Beobachtungen anzustellen, Täuschungen vorzunehmen, eigene Entscheidungen zu treffen, hart gegen sich selbst und andere und vor allem verschwiegen zu sein.

Wie hätte er das alles bei ihr vermuten sollen, sagte Macksiepen. Trotzdem, er hätte kritischer sein müssen, misstrauischer.

Nur war er das damals nicht. Als er fünf Tage später die angegebene Nummer wählte und Frau Hölzl sich am Apparat meldete, bat er sie, Fräulein Schneider auszurichten, dass er sie am übernächsten Morgen gegen zehn Uhr in seiner Praxis erwarte. Ja, eine Arztpraxis, Thierschstraße. Ja doch, es könne schon sein, dass sie über ihn in der Zeitung gelesen habe. Besten Dank.

Linda erschien auf die Minute pünktlich zur angegebenen Zeit und zeigte sich nicht wenig erstaunt, von ihrer Operetten-Garderoben-Bekanntschaft anstatt einer Empfehlung ein Angebot zur Zusammenarbeit zu bekommen.

»Sie haben sich also bei sich selbst umgehört?«, fragte sie mit einem kleinen spöttischen Gickser in der Stimme.

»Na ja, so etwas will gut überlegt sein – bei meiner Klientel…« Wieder musterte er sie aufmerksam. In ihrem bis zum Hals zugeknöpften, taillierten Wollmantel bemühte sie sich offenbar um eine lockere Haltung, aber er sah die hochgezogenen Schultern und den unruhig herumirrenden Blick. Natürlich. Wer wäre nicht angespannt, wenn es um die erste Anstellung in einer fremden Stadt ging?

Da, meinte er später, in diesem Moment, hätte er merken müssen, dass die Sache faul war. Stattdessen studierte er die Papiere, die sie vorausschauend mitgebracht hatte. Schulzeugnisse, ausgezeichnete Referenzen aus dem Kreiskrankenhaus Glücksburg, ein polizeiliches Führungszeugnis ihrer etwas weiter südlich gelegenen Heimatgemeinde Scheersberg.

»Vor allem muss ich mich auf Ihre Verschwiegenheit verlassen können«, sagte Macksiepen, während er ihr die Papiere zurückreichte.

Und sie, die Fußknöchel in allmählicher Entspannung kreuzend, nickte. »Ja, das versteht sich von selbst.«

Schon zum nächsten Ersten trat Linda ihren neuen Posten an.

Im Nachhinein überlegte Macksiepen oft, ob auch die Anteilnahme, die Fürsorglichkeit und Wärme, die sie seinen Patienten entgegengebracht hatte, nur vorgetäuscht waren. Mit unendlicher Geduld hörte sie sich Jammergeschichten an und ging selbst auf medizinische Lappalien mit feierlichem Ernst ein. Sie brachte sogar das Kunststück zustande, Himmler, der auf seinem Weg von Berlin zum Obersalzberg häufig in München Station machte und, von Magenkrämpfen geplagt, einige Male, wenn sein Leibarzt Kersten nicht zur Stelle war, Macksiepens Praxis aufsuchte, so zu behandeln, dass der heikle Patient in dem Gefühl aufgehen konnte, gleichzeitig sowohl ein mächtiger, gefürchteter Mann als auch ein unvergleichlich Leidender zu sein.

Bei Himmlers erstem Praxisbesuch nach Lindas Arbeitsbeginn kam es Macksiepen einen Moment lang so vor, als erkenne sie den Reichsführer SS und Gestapo-Chef nicht. Durch eine halbgeöffnete Tür sah er, wie sie den Eintretenden unbefangen grüßte, der, von zwei SS-Männern eskortiert, mit einem gequälten Lächeln auf seinem blassen, gedunsenen Gesicht näher kam. Dann runzelte sie kurz die Stirn und sprang im nächsten Augenblick wie abgeschossen hinter dem Pult hervor, an dem sie Papiere geordnet hatte, riss die Tür zu einem kleinen Salon auf, dem Wartezimmer für Patienten der Extraklasse, und rückte die schweren Ledersessel einladend zurecht. Sie werde den Herrn Doktor sofort informieren, hörte er sie sagen und beobachtete, dass sie auf dem Weg zu ihm tief durchatmend die Hände an ihrem Kittel rieb.

Doch nur dieses eine Mal bemerkte er Anzeichen von Nervosität, vielleicht auch Beklemmung. Die erstaunliche Gelassenheit, die sie sonst an den Tag legte, schob er auf die Ahnungslosigkeit einer Provinzlerin. Da oben, wo sie herkam – er sprach gern vom *Rand der bewohnbaren Welt* –, kannte sicher niemand den Reichsstatthalter in Bayern Ritter von Epp, Hitlers persönlichen Finanzberater Max Amann oder den Reichsminister Alfred Rosenberg. Und Leute aus dem engeren Führerkreis wie Martin Bormann oder Rudolf Heß erschienen ihnen vermutlich wie Phantome aus anderen Gefilden. Linda ging mit solchen Größen aus Partei und Staatsapparat, die ständig oder auf Durchreisen in Macksiepens Praxis kamen, herzlich und völlig ungezwungen um, und gerade das schienen sie zu schätzen. Mit einigen von ihnen verschwand sie gelegentlich für mehr als eine Stunde im Labor, obwohl es nur um eine Blutentnahme oder einen Verbandswechsel ging, und durch die Tür war angeregtes Gemurmel zu hören. Wenn Macksiepen fragend die Brauen hochzog, zuckte sie meistens nur mit den Achseln und machte vage Andeutungen auf Himmlers Frauengeschichten zum Beispiel oder auf Bormanns Figurprobleme.

Durch Frau Maierhofer, die ratschsüchtige ehemalige

Nachbarin, erfuhr Karola später bei einem zufälligen Zusammentreffen, dass Macksiepens Frau noch Jahre danach, als er längst zu ihr zurückgekehrt war, zu ergründen versuchte, warum er sich damals in *diese Person* verliebt hatte. Der Name der Rivalin wurde bei solchen Bohrgängen nicht ein einziges Mal erwähnt. Hatte sie ihn becirct? Ihm schmachtende Blicke zugeworfen, vielleicht die Bluse unterm Kittel halb offen getragen? Oder ihn mit Schmeicheleien umgarnt?

Nein, behauptete Macksiepen entschieden, nichts von alldem. Sie habe es durchaus nicht darauf angelegt, ihn zu ködern. Im Gegenteil, eher distanziert sei sie ihm begegnet, aber gerade das habe ihn vermutlich gereizt, sie so weit zu bringen, dass sie sich mit ihm einließ und ihn schließlich sogar heiratete.

Vielleicht lag die Erklärung auch in ihrer ungewöhnlichen Behutsamkeit im Umgang mit den Patienten. Wer würde sich nicht danach gesehnt haben, selbst derjenige zu sein, der von ihren kräftigen und doch weichen Händen berührt wurde und den ihre dunkelblauen, ernsten Augen mitfühlend anschauten?

Lieber noch sprach er über die fast schwärmerische Zustimmung, die dieser Person gerade von denjenigen entgegengebracht worden sei, an deren Fersen sie sich zu heften plante. In der *Osteria Bavaria*, wo er sich regelmäßig mit örtlichen Parteigrößen zum Mittagessen traf, habe man ihn wiederholt zu seiner so einfühlsamen Assistentin beglückwünscht. Als *toller Fang* wurde sie tituliert, charmant, bezaubernd und dergleichen mehr. Das werde ihn wahrscheinlich angestachelt und Feuer an seine anfangs interesselose Sympathie gelegt haben, meinte er. Auf jeden Fall habe es ihm die Augen verschlossen für die doppelte Falle, in die er geriet: Er selbst sei – egal, ob mit oder ohne Absicht – von ihr eingefangen worden und dann der ideale Köder gewesen, um diejenigen an den Haken zu bekommen, auf die sie es eigentlich abgesehen hatte. »Wie hätte ich denn misstrauisch werden können«, fragte er seine Inquisitoren nach Lindas Flucht, »wenn nicht einmal die Spitzen der Partei und des Geheimdienstes hellhörig wurden?«

Natürlich spielte auch der Sommer eine Rolle bei der vertrackten Geschichte, dieser wundervolle, heiße Sommer 1940, in dem einfach alles nach Wunsch zu laufen schien und viele sich dem Gefühl hingaben, in einem Rausch zu leben. Kaum mehr als sechs Wochen hatte die Wehrmacht gebraucht, um, angefangen bei Polen, über Norwegen, Dänemark, Luxemburg, Holland, Belgien und Frankreich einen Großteil Europas zu besetzen und obendrein die Briten vom Kontinent zu verscheuchen.

Das Triumphgeschrei in Rundfunk und Presse und der Jubel in seinem Bekanntenkreis hätten ihn mitgerissen und leichtsinnig gemacht, sagte Macksiepen rückblickend, und seine Frau, die ihm auch 15 Monate nach der Geburt des vierten Kindes noch etwas ehemüde erschien, sei – wie jedes Jahr – mit dem Nachwuchs für die warmen Monate auf den Familiensitz, ein Bauernhaus in Herrsching am Ammersee, gezogen, sodass er sich sowohl mit der Arbeit in seiner expandierenden Praxis als auch im nationalen Überschwang ziemlich alleingelassen habe fühlen müssen.

Mehr als eine kurze Liaison, eine kleine Affäre, hatte ihm anfangs sicher nicht vorgeschwebt. Für solche Hopplahopps und selbst für Ehebrüche größeren Kalibers gab es unter den Parteispitzen genügend Vorbilder: Bormann, Goebbels, Heydrich, lauter bekannte Schürzenjäger. Oder Himmler, der zur Zeit von Lindas Ankunft gerade ganz offiziell seine Ehefrau gegen seine Sekretärin Hedwig Potthast einwechselte. Von oben stand also nichts zu befürchten.

Angeblich hatte Tröger als Erster die Nase im Wind gehabt, jedenfalls gab er damit an, solange die Sache wie eine gewöhnliche Liebesgeschichte aussah, ohne politische Untiefen. Normalerweise chauffierte er den Benz, wenn *der Doktor* zu Terminen oder Einladungen fuhr, doch in diesen Sommermonaten setzte sich Macksiepen häufig selbst hinters Steuer. Oft abends und fast immer am Wochenende. Und Tröger, in seinem Stolz verletzt, zählte anderntags beim Mittagessen in der Küche auf, was ihm hinterlassen wurde: Schlammspuren an den braun-beigen, von ihm persönlich stets auf Hochglanz polierten Kotflügeln, die Fußmatten voller Gras und Tannennadeln, im Kofferraum leere Champagnerflaschen zwischen anderen Picknickresten. »Wozu müssen zwei erwachsene Leut in den Wald?«, grantelte er beim Saubermachen.

Das Personal im Macksiepen-Haushalt – neben Tröger gab es Resi, die Köchin, und Frau Schmalhuber, die dreimal wöchentlich zum Putzen kam – wunderte sich zwar, dass die junge Frau, die nach und nach als neue Dame des Hauses eingeführt wurde, so ganz und gar unbayerisch sprach und manchmal das R auf erstaunliche Weise rollte, aber nachdem der Fahrer auf seiner Straßenkarte festgestellt hatte, dass Glücksburg ganz weit oben lag, wohin niemand, den sie kannten, je gekommen war, fanden sie sich damit ab. Glücksburg wurde zum Symbol für alles, was ihnen an Linda fremd oder merkwürdig erschien. Das war ja schon annähernd Dänemark, eine andere Welt.

Als Karola Anfang Oktober ihren Dienst bei Macksiepens antrat, fand sie, dass Linda nicht glücklich wirkte, jedenfalls nicht so, wie man es von einer Frau, die nach sechswöchiger Ehe beinahe noch in den Flitterwochen war, hätte erwarten können. Irgendein Schatten schien auf ihr zu liegen, ein geheimer Kummer. Sie lachte fast nie, höchstens im Beisein ihres Mannes und so wenig frei, so wenig von innen heraus, dass es mehr einer Pose glich als einem Ausbruch echter Fröhlichkeit. Wenn Karola sie mit hängenden Schultern und leeren Augen aus dem Fenster starren sah, musste sie unweigerlich an ihre Großmutter Hermine denken und deren beharrliche Warnung, nie sein Glück auf dem Unglück anderer aufzubauen. Vielleicht setzte es der jungen Frau doch zu, dass eine andere unter Tränenströmen und mit vier Kindern – das hatte Frau Schmalhuber schon beim ersten gemeinsamen Kaffee dünnlippig erzählt – für sie das Haus räumen musste. Vielleicht machte ihr aber auch nur die Schwangerschaft zu schaffen.

Karola nahm sich vor, als werdendes Kindermädchen sorgfältig auf die werdende Mutter zu achten, und da sie vorläufig außer ein paar kleinen Handreichungen nichts weiter zu tun hatte, fiel ihr manches auf, das sie bei einem größeren Arbeitspensum wahrscheinlich übersehen hätte. Merkwürdig kam ihr vor, dass Linda, die neue Frau Doktor, trotz ihres augenfälligen Unwohlseins darauf bestand, weiter in der Praxis mitzuhelfen, und dass Macksiepen es trotz aller Bedenken zuließ. »Es wäre mir lieber, wenn du dich schontest, Schatz«, hörte sie ihn eines Abends hinter der halbgeöffneten Esszimmertür sagen, »aber ich kann dich tatsächlich kaum entbehren. Heute Morgen wollten wieder zwei Patienten unbedingt mit dir sprechen, nur mit dir. Ich weiß, dass Frau Bruckmann dazugehörte. Sehr wichtig für uns, sehr wichtig.« Elsa Bruckmann, die Frau des Kunstverlegers und enge Hitler-Vertraute, war Karola damals kein Begriff, genauso wenig wie eine Reihe anderer Leute, die offenbar zu den von Macksiepen Betreuten zählten und deren Namen häufig erwähnt wurden, während sie das Abendessen servierte, sodass ihr allmählich aufging, um welche Größen aus Stadt oder Partei es sich handelte. An jedem Einzelnen schien Linda großen Anteil zu nehmen, sprach ausführlich über die jeweiligen Beschwerden und brachte ihren Mann durch interessierte Fragen dazu, ihr eingehend von familiären Verhältnissen, Intrigen oder ehrgeizigen Plänen zu erzählen.

Ende November wurde Lindas Klavier geliefert, ein edles Stück aus Nussbaumwurzelholz von der Firma Schramm in der Rumfordstraße. Ein verfrühtes Weihnachtsgeschenk, erklärte Macksiepen, damit sie endlich nicht mehr auf papierne Übungen angewiesen sei. Sie schrieb nämlich, das hatte Frau Schmalhuber noch vor Karola entdeckt und im

Haus herumgetratscht, seit Monaten Noten, auf echtem Notenpapier, mit diesen vielen Linien. Ein ganzer Stapel davon lag in ihrer Schreibtischschublade, wie Frau Schmalhuber wusste. Einmal hatte sie sich sogar ein Herz genommen und Linda gefragt, warum sie das mache. Da sie kein Klavier habe, kam als Erklärung, sei das besser als nichts.

Die beiden gewaltigen Packer, die das Instrument zwei Treppen hoch und in den Salon schleppten, wo es an der Wand rechts von der Flügeltür zwischen dem vierstufigen Bücherregal und der mit cremefarbenem Chintz bespannten Chaiselongue seinen Platz bekam, wollten noch die ersten Akkorde der neuen Besitzerin abwarten. Für alle Fälle, um zu wissen, ob alles in Ordnung war. Doch als Linda sich auf den mitgelieferten Drehhocker setzte und zu spielen begann, waren sie im Nu verschwunden. Tatsächlich klang diese Premiere – einige Takte einer Fuge von Bach – wenig begeisternd, eher stümperhaft.

»Ihr habt alle viel zu viel erwartet«, sagte Linda mit roten Flecken im sonst meist blassen Gesicht zu ihrem verblüfften Publikum, »aber dass ich Musik liebe, macht mich doch nicht zu einer guten Pianistin!« Danach versuchte sie es noch mit einem Strauß-Walzer, der aber auch nicht besser gelang.

Sie spielte nur selten, meistens – wie zum Beweis ihrer Freude über sein Geschenk – wenn ihr Mann zu Hause war. Kurz also, denn gewöhnlich musste er nach der Sprechstunde schnell weiter in die Parteizentrale oder ins Rathaus oder zu einer Zusammenkunft mit Kollegen. Und dann zog sie sich in ihr Damenzimmer zurück, das im zweiten

Stock etwas abseits, am Ende eines langen, schmalen Parkettflures lag, und hörte Radio. Ihr Volksempfänger – sie hatte unbedingt einen eigenen Apparat haben wollen, um, wie sie sagte, für die Gespräche mit ranghohen Patienten gewappnet zu sein – war oft laut genug gestellt, dass Karola, wenn sie im angrenzenden Kleiderzimmer zu tun hatte, jedes Wort mitbekam. Nachrichten, immer nur Nachrichten. Nicht eine einzige Unterhaltungssendung, keine Volksmusik, kein Hörspiel, keine Soldatenlieder, und bei den ersten Takten des Liedes *Wir fahren gegen Engelland*, ein regelrechter Schlager, den alle Welt summte und pfiff, wurde der Apparat unweigerlich auf der Stelle ausgeschaltet.

So gut wie nie versäumte Linda um acht Uhr den Wehrmachtsbericht, was Karola auffiel, während Macksiepen ohne Arg akzeptierte, entgegen seiner Gewohnheit neuerdings schon um sieben Uhr zu Abend zu essen. Oft rief er seiner Frau etwas Aufmunterndes nach, wenn sie wegen plötzlicher Übelkeit aus dem Raum stürzte – regelmäßig kurz vor acht –, um wenig später offenbar beschwerdefrei wieder zu erscheinen.

Mitte November kam sie eines Abends nicht zurück an den Tisch. Und Karola, die nach einer Weile von Macksiepen gebeten wurde, nach ihr zu sehen, fand sie oben in ihrem Zimmer völlig verkrampft vor dem Kleinempfänger sitzen, das Gesicht zu einer farblosen Maske erstarrt und die Fäuste auf den noch kaum gerundeten Bauch gedrückt, als wollte sie das Kind darin bekämpfen.

Zu erschrocken, um auf die Radiostimme zu achten, nahm Karola nur ein paar Brocken von dem wahr, was schnarrend und mit triumphierenden Beiklängen aus dem Kasten tönte: Coventry sei ausradiert, wie der Führer allen Städten Englands angekündigt habe – ein zehnstündiger Angriff, 900 Brandbomben, 500 Tonnen Sprengstoff –, die gesamte Innenstadt in Flammen, 550 Tote, Hunderte von Verletzten – der Angriff auf London dagegen ein Kinderspiel – das werde Churchill eine Lehre sein … –

Karola streckte die Hand aus, wollte die Stimme zum Schweigen bringen, doch Linda packte stumm ihren Arm und hielt sie zurück. Erst als schneidige Fanfarenklänge das Ende der Sondersendung anzeigten, drehte sie selbst den Knopf. Dann ging sie wortlos aus dem Zimmer und schloss sich im schräg gegenüberliegenden Bad ein, ohne Licht zu machen, wie Karola an der Milchglasscheibe oberhalb der Tür erkennen konnte. Obwohl drinnen der Wasserhahn rauschte, war ein beunruhigendes Geräusch zu hören. Etwas zwischen Würgen und Weinen. Und ein harsches »Nein!« wehrte Karolas zaghaftes Klopfen ab.

Macksiepen lauschte eben den letzten triumphierenden Takten, als Karola in den Salon kam. »Haben Sie's mitgekriegt?« Begeistert wedelte er mit seiner Zigarre und stellte das dröhnende Radio eine Spur leiser. »Ist das nicht großartig? Dieser Churchill! Sich einzubilden, dass er uns aufhalten kann!«

Das Fenster stand halb offen, obwohl Verdunkelungssündern schon seit einem Jahr empfindliche Strafen drohten. Aber wen störte das an solch einem Abend? Von der Straße klangen Heil-Rufe, Pfiffe und Gejohle herauf. Macksiepen sprang auf, um hinauszuwinken. Erst nach einer

Weile, als Karola ihm seinen Cognac serviert hatte, fiel ihm Linda wieder ein. »Wie geht es ihr?«, fragte er, sein Glas schwenkend. »Kohlrouladen sind vielleicht ein wenig mächtig in ihrem Zustand, nicht wahr?«

Karola nickte mit einem gezwungenen Lächeln. Kohlrouladen! Anscheinend war ihm nach vier Kindern das Gespür für die Empfindlichkeit einer Schwangeren abhandengekommen. Sie selbst glaubte, dass die werdende Mutter sich vor einer Zukunft fürchtete, die von Bomben und Brand und Toten bestimmt sein würde. Und der Schrecken lauerte ja nicht nur in Coventry oder Rotterdam oder einer anderen der fremden zerbombten Städte, über die im Rundfunk jubiliert wurde. Unter der Hand hatte inzwischen jeder von den Angriffen der Royal Air Force auf deutsche Städte gehört. Bielefeld, Mönchengladbach, das Ruhrgebiet sollten schwer getroffen worden sein, obwohl der Wehrmachtsbericht diese Bombardements zu läppischen Gegenschlägen herunterspielte und mit höhnischen Kommentaren versah.

Als Linda im fünften Monat war, ließ sich ihr Zustand trotz weiter Kleider und angestrengten Baucheinziehens nicht mehr übersehen.

»Von hinten siehst du aus wie ein schmales junges Mädchen«, spöttelte Macksiepen, »aber wenn du dich dann im Profil zeigst – ein stattlicher Kühler, alle Wetter!«

Offenbar fand sie solche Sprüche überhaupt nicht lustig, sondern schwieg mit pikierter Miene. Im Haus tuschelte man über ihre Launenhaftigkeit und ihre unverhohlene Gleichgültigkeit dem Nachwuchs gegenüber. Resi hatte einmal zu fragen gewagt, wie das Kleine denn heißen solle, und Frau Schmalhuber hatte ihre Hilfe bei der Einrichtung des Kinderzimmers angeboten, doch die scharfe Abfuhr, die sich beide einhandelten, hielt alle anderen Hausbewohner von neugierigen oder gutgemeinten Vorstößen zurück.

Je weiter die Schwangerschaft fortschritt, desto mehr Unternehmungen – Bälle, Empfänge, Theaterabende – wurden gestrichen, zu denen Linda ihren Mann bislang begleitet hatte. Die wichtigen Zusammenkünfte, bei denen es um politische Strategien, den Kriegsverlauf oder dergleichen ging, waren ohnehin reine Männersache, für Damen tabu.

Damit sie nicht verblöde und, sobald diese Sache hier, sie deutete auf ihren Bauch, ausgestanden sei, weiter mitreden könne, verlangte Linda von Gustav, ihr genau zu berichten, was bei den Männerrunden besprochen wurde. Und er, stolz auf seine Position im Kreis der Machthaber, schilderte Görings Überzeugung von der Unschlagbarkeit der deutschen Luftwaffe. Berichtete von dem Plan, trotz der Gegenangriffe und eines in Deutschland noch unbekannten technologisch revolutionären Frühwarnsystems, das die Briten *Radar* nannten, die Operation *Seelöwe*, die Invasion in England, durchzuführen. Dass die britischen Hurricans und Spitfires den deutschen Me 109 von Messerschmitt überlegen seien, habe man als Finte des englischen Nachrichtendienstes entlarvt.

Mit sachlich-interessierter Miene hörte sie sich einige Monate später an, der Luftkampf gegen England sei abgebrochen worden, weil man die Flugzeuge für den bevorstehenden Krieg gegen Russland benötige. Ein streng geheimer Plan, dieses Unternehmen *Barbarossa*.

Vom Berghof, Hitlers Domizil auf dem Obersalzberg bei Berchtesgaden, wohin er von manchen seiner Patienten öfters gerufen wurde, kam Macksiepen Mitte Mai mit der sensationellen Nachricht zurück, Rudolf Heß, der Stellvertreter des Führers, sei eigenmächtig nach England geflogen, um die Briten zum Friedensschluss zu veranlassen. Wie es hieß, hatte Hitler getobt, war außer sich vor Wut geraten, nachdem er den von General Bodenschatz überbrachten Brief *dieses Idioten* mit der fatalen Nachricht gelesen hatte. Verständlich, meinte Macksiepen, denn es stünde zu befürchten, dass Churchill sich nun mit Italien und Japan kurzschließe, die ja fast zwangsläufig an einen Verrat ihres Verbündeten glauben müssten. Und noch viel größer sei die Sorge des Führers, Heß könne die Briten über die *Barbarossa*-Pläne informieren. »In seinem Brief soll er zwar versprochen haben, die Sache geheim zu halten«, sagte Macksiepen, »aber die da drüben werden schon Mittel kennen, ihn zum Reden zu bringen.«

Linda nickte. »Gut möglich. Dumm sind sie sicher nicht.«

Obwohl sie jetzt, gegen Ende ihrer Schwangerschaft, oft müde und kurzatmig war, machte Linda abends, wenn ihr Mann noch außer Haus zu tun hatte, häufig einen späten Spaziergang. Karola wagte als Einzige, etwas dagegen einzuwenden, dass sie trotz ihres Zustands im Stockfinstern allein hinausging.

»Ich brauche die Bewegung, sonst kann ich nicht schlafen«, erklärte Linda.

Begleitung lehnte sie ab, nahm aber, um sich in den verdunkelten Straßen orientieren zu können, eine Taschenlampe mit, deren Schein durch ein blauschwarzes Tuch abgeschwächt wurde. Meistens kam sie nach einer knappen Stunde zurück.

Eines Abends Ende Mai war sie noch unterwegs, als draußen die Feuerwehrsirenen losheulten und eine Kolonne schwerer Einsatzwagen mit quietschenden Reifen und Martinshörnern vorbeirumpelte. Karola stürzte auf die Straße, die Stimme des Doktors schon im Ohr, der bestimmt *sie* verantwortlich machen würde für die verrückten Ausflüge seiner Frau und die Gefährdung des Ungeborenen, wenn den beiden etwas zustieße.

Aus den Isarauen strömte im milden Wind ein Schwall Fliederduft herüber, fast klebrig roch er in der dichten Finsternis. Ein paar schattenhafte Gestalten standen in den Hauseingängen, zogen sich aber, da im näheren Umkreis kein Brand oder sonst ein Gefahrenherd auszumachen war, nach kurzem Herumspähen und Palavern wieder in ihre Wohnungen zurück.

Karola bog von der Thierschstraße nach links ab, rannte im Bogen durch die Liebherr- und die Mannhardtstraße. Einfach der Nase nach, weil sie keine Ahnung hatte, wohin Lindas Streifzüge gewöhnlich führten. Das abgedunkelte Licht ihrer schnarrenden Dynamo-Taschenlampe taugte kaum, um Bordsteinkanten und Schlaglöcher zu erkennen, auf keinen Fall reichte es für einen scharfen Blick in irgendwelche Seitenstraßen. Ans Flussufer würde sich Linda hoffentlich nicht getraut haben, allein und zu dieser Stunde. Durch die Adelgundenstraße lief Karola Richtung Mariannenplatz, eigentlich nur, um nicht allzu bald aufzugeben. An der nächsten Kreuzung wollte sie umkehren. Weiter konnte Linda bei ihrer Schwerfälligkeit und spärlichstem Licht kaum gekommen sein. In Höhe der St.-Lukas-Kirche, die als tiefschwarzer Schatten in die Dunkelheit ragte, riss plötzlich die dichte Wolkendecke auf, und durch wehende graue Schwaden fiel helles Mondlicht. Im selben Augenblick öffnete jemand in der gegenüberliegenden Häuserzeile sein Fenster, der Lampenschein traf sich mit dem des Mondes, nur einen Moment lang, aber für Karolas suchende Augen lang genug. Auf dem Platz, knapp neben der Kirchentür, stand Linda, unverwechselbar mit ihren tropfenförmigen Konturen, und nahe bei ihr ein Mann, wie Karola aus der Körpergröße und den Umrissen von Hut und Schultern schloss.

Sie selbst hatte sich im Dunkeln gehalten, richtete nach einer Schrecksekunde den schwachen Lichtkegel ihrer Lampe auf die Klingelknöpfe der nächsten Haustür, scheinbar jemanden suchend, und rannte, als auf dem Kirchplatz alles ruhig blieb, so schnell wie möglich nach Hause.

Linda traf ungefähr zwanzig Minuten später ein. Nichts in ihrem Gesicht deutete auf etwas Ungewöhnliches hin.

»Ein schöner Abend, so warm und ruhig«, sagte sie, während Karola ihr das leichte Schultertuch abnahm und es an die Garderobe hängte. Kein Wort davon, dass sie einen Bekannten getroffen oder jemand sie angesprochen habe, und das Getöse der Feuerwehr schien ihr auch nicht aufgefallen zu sein.

Karola schaute sie prüfend an, vielleicht eine Idee zu lange, denn Linda stutzte kurz und erwiderte den Blick fest und ebenfalls forschend. Dann lachte sie plötzlich und schüttelte den Kopf, als wollte sie einen verrückten Einfall verscheuchen. Mit einem über die Schulter gerufenen »Schlafen Sie gut!« verschwand sie in Richtung ihres Zimmers.

Warum erwähnte sie diesen Mann da draußen nicht? Ein Krimineller, der sie bedrohte, konnte er kaum gewesen sein, dazu hatte die Situation zu friedlich gewirkt. Nahe beieinanderstehend, schienen Linda und der Fremde in ein angeregtes Gespräch vertieft. Ob er ihr zufällig begegnet war und sie angeredet hatte, etwa, um nach dem Weg zu fragen? Und sie sollte dann im Stockdunkeln bei ihm stehen geblieben sein? Nein, Karola hakte den Gedanken ab, zu unwahrscheinlich. Ein heimlicher Liebhaber vielleicht, der sich tagsüber nicht in ihre Nähe traute? Schwer vorstellbar, wenn man Lindas Zustand bedachte, außerdem war an der Szene, soweit Karola erkennen konnte, nichts Zärtliches gewesen. Blieb also ein Bekannter – aber was für ein Bekannter mochte das sein, der sie nachts auf der Straße abpasste, statt ins Haus zu kommen wie normale Leute? Und wenn er doch etwas im Schilde führte? Ob sie Linda darauf ansprechen, sie warnen sollte? Von Schwangeren hieß es ja manchmal, dass sie sich in einer eigenen Welt verpuppten und die Wirklichkeit nicht mehr wahrnähmen. Nein, dachte Karola, das würde besserwisserisch aussehen, bevormundend, und womöglich die Vertrautheit zerstören, die gerade begann, sich zwischen ihnen beiden zu entwickeln. Lieber wollte sie Linda im Auge behalten, insgeheim natürlich und von ferne, nur um sicherzugehen. Undenkbar war es schließlich nicht, dass sie irgendwelche harmlosen Bekanntschaften geschlossen hatte, auch wenn man hier im Haus nichts davon wusste, sondern sich eher über ihr abgeschiedenes Leben wunderte.

Nahe Freunde gab es anscheinend nicht. Keine der üblichen Freundinnen, mit denen junge Frauen zum Essen oder Einkaufen gehen, ins Kino oder zum Bummeln, intime Gespräche führen über Ehemänner und Kinderkriegen. Anfangs glaubte Karola, es liege an Lindas Fremdheit in dieser Stadt, die jemandem mit unbayerischem Zungenschlag manchmal sehr spröde entgegentrat. Doch je länger sie unter einem Dach lebten, desto klarer wurde ihr, dass solche simplen Erklärungsversuche den Kern nicht trafen. Immer deutlicher spürte Karola die Aura, von der Linda umgeben schien wie von einer undurchdringlichen Wand, eine Aura der Einsamkeit, die sie von allen anderen absonderte.

Erst viel später, als die Zusammenhänge längst aufgedeckt waren, hatte Karola das Ausmaß der Verlorenheit erkannt. »Am einsamsten«, sagte sie, »ist man vermutlich, wenn man sich selbst verliert. Wenn dieses Ich tief im Innern, mit dem man gewöhnt ist, alles zu bereden und zu überdenken, sich plötzlich in einen Fremden verwandelt, dem man nicht mehr trauen kann.«

Was sollte Linda von sich selbst halten in einer heuchlerischen Beziehung, schwanger mit einem Kind, das sie *im Dienst* empfangen hatte und sicher nicht haben wollte? Würde sie sich, nach seiner Geburt, gegen dieses Kind entscheiden und es verlassen dürfen, sobald ihre Mission erfüllt war?

Wieweit heiligte der Zweck die Mittel? Was durfte man Menschen antun, selbst wenn es darum ging, ein Monster zu bekämpfen?

Linda hätte vollkommen unmoralisch sein müssen, meinte Karola, wenn sie sich nicht mit diesen Fragen herumgeschlagen hätte. Zuerst aber musste sie das Kind ungefährdet zur Welt bringen.

Die Wehen setzten am 3. Juni ein, etwas früher als erwartet. Es war der erste warme Abend des Jahres, lau genug, um noch auf der Terrasse zu sitzen und gekühlten Apfelsaft zu trinken, den Resi aus Waakirchen vom Bauernhof ihrer Eltern mitgebracht hatte. Gegen zehn Uhr merkte Gustav, nachdem er anfangs nur einen kleinen Magenkrampf vermutet und seiner Frau seitdem immer wieder beruhigend über den Bauch gestrichen hatte, dass es ernst wurde. Die Wehen kamen in regelmäßigen Abständen. Tröger, der inzwischen einen Einberufungsbefehl bekommen hatte und sich am nächsten Morgen bei seiner Kompanie melden musste, wollte diese letzte Dienstfahrt unbedingt noch machen und fuhr los, um Dr. Schlumberger zu holen.

Wochenlang und nachdrücklich hatte sich Gustav gegen Heinz Schlumberger als Geburtshelfer gewehrt. Der Kollege gehörte zwar – wenn auch am äußersten Rande – zum Macksiepenschen Freundeskreis und galt als vertrauenswürdiger, sachkundiger Frauenarzt, aber aus Altersgründen praktizierte er nur noch selten. Außerdem war er so gut wie taub.

»Neben dem könnte man gleich vier Kanonen abschießen, und er würde höchstens *He?* machen«, erboste sich Gustav, die hohle Hand um sein rechtes Ohr gewölbt.

Doch Lindas Entscheidung stand fest, seit sie den Arzt bei einer Abendveranstaltung kennengelernt und in einem lautstark und gestenreich geführten Gespräch erfahren hatte, dass er Gynäkologe war. Schlumberger erinnere sie an ihren vor zwei Jahren gestorbenen Vater, verteidigte sie ihren Entschluss, und das werde, so weit weg von zuhause, eine große Hilfe sein. Wenn Macksiepen auch keinerlei Ähnlichkeit zwischen dem hakennasigen Knorz hier vor Ort und der dürren Gestalt, die auf einem verblassten Foto am Ostseestrand posierte, erkennen konnte, mochte er doch seinen Willen nicht gegen ihren Wunsch durchsetzen.

Es war ja wirklich nicht einfach für Linda, ohne Rückhalt aus der eigenen Familie, zu der außer ein paar Schnappschüssen und seltenen Briefen keinerlei Verbindung bestand.

Eine Niederkunft im Krankenhaus lehnte Linda ebenfalls kategorisch ab. Das sei ihr zu unpersönlich und zu steril, erklärte sie, als Macksiepen sie in diese Richtung zu steuern versuchte. Schließlich sei eine Geburt keine Krankheit. Ihr Kind solle in seiner eigenen Welt ankommen und gleich von seiner Kinderfrau in Empfang genommen werden. Deshalb wollte sie außer dem Arzt Karola bei sich haben, von Gustav dagegen verlangte sie, dass er das Haus verließe, bis alles überstanden wäre.

»Geh in die *Osteria* oder in die nächste Eckkneipe«, sagte sie, »egal, wohin. Meinetwegen trink dir einen an. Es macht mich verrückt, wenn du hier sitzt und mich schreien hörst.«

Auf seine Einwände, als Mediziner vielleicht im Notfall assistieren oder sonst wie helfen zu können, reagierte sie mit einem an Hysterie grenzenden Widerstand, mit schrillen Neins! und wiederholtem »Ich halte das nicht aus!«. Bis er aufgab und tat, was sie wollte.

In weißer Kittelschürze stand Karola am oberen Treppenaufgang, bereit, Dr. Schlumberger, den Tröger gerade mit quietschenden Reifen vorgefahren hatte, ins Geburtszimmer zu führen. Lindas Anordnungen, dieser ganze häusliche Aufstand, kam ihr wie albernes Theater vor, Wichtigtuerei einer kleinen Frau in der fremden Welt der bayerischen *Großkopferten*. Und weshalb gerade sie, Karola, die zwar als Kinderfrau engagiert war, aber nicht die geringste Eignung hatte, sich bei einer Entbindung nützlich zu machen, dem Doktor zur Hand gehen sollte, war ihr ein Rätsel. Trotzdem half sie, so gut es ging. Sorgte für heißes Wasser und frische Tücher, wischte Linda den Schweiß vom Gesicht, hielt ihre Hände und drückte tröstend ihre Schultern, wenn sie sich im Schmerz aufbäumte.

Natürlich hatte Karola von den Schreien oder auch Verwünschungen gehört, die Gebärende in ihrer Qual ausstoßen sollten, aber dass sich eine einen Knebel zwischen die Zähne steckte, war ihr noch nie zu Ohren gekommen. Linda tat das. Nach ein paar tiefen Atemzügen biss sie immer wieder hastig in ein zusammengedrehtes Baumwolltuch und erstickte darin ihre Schmerzenslaute. Karola hielt das für eine persönliche Marotte, genauso wie die seltsamen, unverständlichen Wörter, die der jungen Frau ganz am Ende entfuhren, als sie zu erschöpft war, um sich den Knebel in den Mund zu stopfen. Nicht nur wegen seiner Taubheit bekam der Doktor davon nichts mit. Er gehörte zu der Art Geburtshelfer, die sich allein auf die unteren Körperregionen konzentrieren, weil schließlich dort die entscheidenden Ereignisse stattfinden.

»Gratuliere! Ein Mädchen!«, brüllte er kurz vor Mitternacht, so laut, dass das blutverschmierte runzelige Wesen zusammenzuckte und ohne den üblichen Klaps auf den Po sofort seinen ersten Schrei tat.

Fast eine Stunde verging, bis Gustav, in eine Wolke von Bierdunst, Bratenfett und Zigarrenqualm gehüllt, hereinstürmte und sich mit Freudenrufen erst über seine Frau und dann über die Korbwiege beugte, in der seine Tochter unter einem fliederfarbenen Schleier schlief.

»Prinzesschen! Mein Prinzesschen!«

Er hielt das in weißen Molton gewickelte Bündel hoch über seinen Kopf und drehte sich damit durch den Raum, so stolz, als sei dieses Kind sein erstes und einziges.

Leicht verdutzt beobachtete Karola, die neben dem Bett Wache gehalten hatte, seinen Jubelausbruch. Mehr noch wunderte sie sich allerdings über Lindas völlig entgegengesetzte Reaktion. Sicher, die Geburt war anstrengend gewesen, aber doch völlig undramatisch. Und hieß es nicht immer, das Glück über ein gesundes Kind vertreibe sofort die Erinnerung an die vorangegangenen Torturen? Linda wirkte eher bedrückt. Sie hatte das Kleine prüfend gemustert und ihm einen flüchtigen Kuss auf die Stirn gegeben, als Karola es in ihre Arme legte, dann aber schnell darum gebeten, es in seine Wiege zu bringen. Blass und still ruhte sie zwischen den frischen Laken, und wenn Karolas Blick ihre Augen traf, schien darin ein Anflug von Zweifel, von Sorge, vielleicht sogar von Angst zu liegen. Trotz aller Versuche, in eine andere Richtung zu denken oder sich einzureden, das seien nur Hirngespinste, wurde Karola das Gefühl nicht los, hier stimme etwas nicht, etwas, das schwerer wog als die nicht ungewöhnliche Niedergeschlagenheit nach der Hochleistung einer Geburt. Irgendetwas lief falsch, oder besser: etwas passte nicht zusammen.

In dieser Nacht, sagte Karola rückblickend, habe sich, davon sei sie überzeugt, die besondere Beziehung zwischen Linda und ihr selbst angesponnen. Bisher waren sie einander mit Sympathie begegnet, allerdings in dem klar abgegrenzten Verhältnis zwischen Vorgesetzter und Angestellter, Herrin und Dienerin, wie auch immer. In der Geburtsnacht jedoch hatte Linda sich ihr ausgeliefert, auf Gedeih und Verderb. Warum hätte sie, Karola, nicht doch ein paar Brocken Englisch verstehen sollen, warum sich nicht den Mund zerfransen über den merkwürdigen Knebel oder den längst abgehalfterten Doktor? Und warum nicht auch über die unterkühlte Beziehung zu dem Neugeborenen, das die junge Mutter nicht einmal in die Arme schloss, als es nach den Turtelrunden seines Vaters jämmerlich zu schreien begann?

Damals hatte Karola noch nicht erkennen können, wie sehr Linda ihr vertraute. Sie spürte nur so etwas wie einen unterschwelligen Strom, der sie beide miteinander verband, ohne dass sie je darüber sprachen. Zwei Verschworene, die sich in der instinktiven Gewissheit, der andere werde tun, was richtig und notwendig war, blindlings aufeinander verließen.

Das Vertrauen, betonte Karola, sei wechselseitig gewesen. Denn genauso wie sie selbst Linda jederzeit habe auffliegen lassen können, sei es denkbar gewesen, dass die Frau eines in höchsten Kreisen verkehrenden Nazi-Arztes der Kinderfrau Fallen gestellt hätte, um ihre Zuverlässigkeit zu prüfen. Denunzianten habe es seinerzeit gegeben wie Flöhe auf einem Straßenköter. Und von einer treuen Volksgenossin sei erwartet worden, dass sie irgendwelche Verdachtsmomente sofort anzeigte.

Schon als kleines Mädchen hatte Karola die Inbrunst beobachtet, mit der junge Mütter sich ihren Neugeborenen widmeten, wie sie gurrten und schuckelten und ohne Ende über Blähungen, Windelinhalt, Schreianfälle und dergleichen redeten. Bei Linda gab es von dem allen keine Spur. Sie platzte beinahe vor Grimm, als der Arzt ihr eine Woche nach der Geburt wegen der schlecht verheilenden Dammnaht drei weitere Tage Bettruhe verordnete. Hausgenossen wie Resi oder Frau Schmalhuber und anderen Besuchern, die mit strahlendem Glückwunsch-Lächeln ihr Zimmer betraten, gewährte sie kaum zwei Minuten Zeit und lehnte es, weil sie Kopfschmerzen habe, ab, dass mitgebrachte oder von Boten gelieferte Blumensträuße, bunt und üppig, um das Bett herum drapiert wurden. Das Stillen schien für sie, trotz der begeisterten Schmatzgeräusche ihres Kindes, eine einzige Geduldsprobe zu sein, bei der ihr immer wieder ein *Mein Gott, dauert das lange!* entfuhr.

Nach wenigen Tagen schon hatte Karola den Eindruck, Linda binde sich nachts heimlich die Brüste ab, um den Milchfluss zu stoppen. *Sigrid* – den Namen hatte Macksiepen im Alleingang schon am Abend der Geburt gewählt, weil er so blond und kernig klang wie Sigrun oder Sieglinde, aber für seine Ohren ein wenig hübscher –, Sigrid wurde nicht mehr satt und brauchte ein Zusatzfläschchen. Von da an nahm die Kinderfrau das Kleine in ihre Obhut, versorgte es, spielte mit ihm und beobachtete mit wachsendem Erstaunen, wie merkwürdig zerrissen sich Linda ihrer Tochter gegenüber verhielt.

An einem Frühsommerabend, als Sigrid im Kinderzimmer schlief, während Karola bei halb offener Tür im angrenzenden Zimmer Strümpfe stopfte, kam Linda plötzlich vom Flur hereingestürzt. Erst kurz vor dem Bettchen bremste sie ihren Sturmschritt, neigte den Kopf und starrte ihr Kind mit einer solchen Feindseligkeit an, dass der Zuschauerin nebenan kalte Schauer über den Rücken liefen. Karola verstand zwar die Worte nicht, die sie dabei durch die Zähne presste, erinnerte sich aber an einen dumpfen, bösen Klang, so wie *Bastard* oder *Monster*. Im nächsten Moment jedoch riss Linda das Kleine aus seinen Kissen und klammerte sich an ihm fest, als wäre es ein Rettungsring.

Manchmal bestand Linda überraschend darauf, selbst für Sigrid zu sorgen. Mit großem Eifer wechselte sie dann die Windeln, wühlte in der Wäschelade nach einem besonders niedlichen Strampelhöschen, bereitete eigenhändig das Fläschchen in der Küche zu, fütterte das Kind, trug es leise summend umher und klopfte ihm zart den Rücken, bis das ordnungsgemäße Bäuerchen kam, bürstete seine hellen, flaumigen Locken, neckte es mit einem seiner Stofftiere oder mit behutsamen Nasenstubsern.

Sehr zärtlich, sehr innig wirkten solche Szenen, so als liebte sie die Kleine aus ganzem Herzen. Natürlich hätten es auch berechnende Posen sein können, um die Umgebung von ihrer hingebungsvollen Mütterlichkeit zu überzeugen und sich dadurch noch besser zu tarnen. Doch rückblickend glaubte Karola eher an ein unseliges Hin- und Hergerissensein zwischen tiefer Liebe und ebenso tiefem Abscheu vor diesem ungewollten *Feindeskind*. Jedenfalls hatte die Zuwendung nie lange gedauert. Fast regelmäßig war Linda schon nach kurzer Zeit nicht mehr bei der Sache, hockte mit abwesendem Blick vor ihrem Volksempfänger, das Kind wie eine Schlabberpuppe im Arm, ohne zu merken, dass das Fläschchen leer war oder der Kopf der Kleinen bedenklich nach unten hing. Oder sie saß an ihrem Sekretär, beschrieb mit einer Hand ihre Notenblätter und schuckelte mit der anderen den rot-weiß bespannten Stubenwagen hin und her, schrieb und schuckelte, schuckelte und schrieb, während Sigrid sich unter dem Stoffhimmel die Seele aus dem Leib brüllte.

Ende Juni, die Kleine war gerade drei Wochen alt, gab es nur noch ein Thema: den Einmarsch deutscher Truppen in Russland, mit dem nach dem zwei Jahre zuvor geschlossenen Hitler-Stalin-Pakt anscheinend niemand gerechnet hatte. Der Wehrmachtsbericht überschlug sich wieder einmal mit stolzerfüllten Berichten von der widerstandslosen Kapitulation russischer Soldaten, vom zügigen Vormarsch, von vernichtenden Siegen an der sowjetischen Südwestfront, der Besetzung von Kiew, Minsk, Białystok und Hunderttausenden Gefangenen.

Linda verbrachte jede verfügbare Minute vor ihrem Radio, klebte beinah mit dem Ohr daran, als seien die Stimmen aus dem Äther ihr Lebenselixier, und sobald Gustav das Haus verlassen hatte, war sie immer wieder draußen unterwegs. Zum Glück hatte das Kind einen gesunden Schlaf, sodass Karola sich an ihren Vorsatz, auf Linda zu achten, halten konnte. Von einer vagen Beunruhigung getrieben, folgte sie ihr wie ein ferner Schatten.

Ein unbefangener Beobachter hätte an Lindas Unternehmungen nichts Ungewöhnliches entdecken können. Scheinbar ziellos wanderte sie durch die Straßen des Lehel, spazierte über die Praterinsel, setzte sich auf eine der Bänke am Isarufer, las, blinzelte in die Sonne oder schien abends im Dunkeln die Sterne zu zählen. Ein harmloses, normales Verhalten, wären da nicht diese merkwürdigen, irritierenden Einschübe gewesen, für die Karola keine Erklärung wusste und von denen ihre Besorgnis ständig neu angefacht wurde. Manchmal verschwand Linda während ihrer Streifzüge plötzlich in einem Hauseingang und kam nicht mehr heraus. Wenn Karola dann nach längerer Wartezeit einen Blick auf die Klingelschilder an den Türen warf, die sich hinter Linda geschlossen hatten, fand sie dort nur gewöhnliche Mairs oder Hubers oder Bierbichlers. Keine Namen von Bekannten der Familie etwa oder einer Arztpraxis. Einige Male sah sie die Gesuchte aus einer völlig anderen Richtung wieder auftauchen. Mehrmals betrat Linda einen Lampenladen, ein kleines, vollgestopftes Geschäft in der Zweibrückenstraße, hielt sich, vom Gewirr der Ausstellungsstücke verborgen, eine Weile darin auf, ohne je etwas zu kaufen und ohne daheim die Notwendigkeit einer neuen Beleuchtung zu erwähnen. Und alle paar Tage beobachtete Karola, wie sich in den Isarauen jemand wie zufällig zu ihr auf eine der Bänke setzte. Angelegentlich schaute er Spaziergängern und tollenden Kindern nach und fing irgendwann mit ihr zu reden an. Zwei- oder dreimal nahm eine Frau neben ihr Platz, die mit eleganten, weit ausholenden Gesten sprach, als beschriebe sie die Aussicht auf die Türme der Stadt, sonst waren es Männer. Verschiedene, wie Karola zunächst meinte, bis ihr der eigenartig schiebende Gang mit nach außen gesetzten Füßen verriet, dass meistens derselbe erschien, nur in unterschiedlicher Aufmachung. Mal im Popeline-Mantel mit Brille und flacher Kappe, mal im bayerischen Janker und Trachtenhut, mal in Sakko und Knickerbockern, mit einem Terrier an der Leine. Mal trug er einen Schnäuzer, mal Vollbart. Einmal sah sie, wie Linda sich nach kurzem Wortwechsel erhob, davonschlenderte und eine Papierrolle liegen ließ, die der Fremde unter ein paar schnellen Blicken in die Runde aufnahm und in die Brusttasche seiner Jacke steckte, bevor er sich ebenfalls wieder auf den Weg machte. Diese weiße Rolle kam Karola vertraut vor, sie glich den aufgerollten Notenblättern, die Linda zuhause in dem Palisanderregal neben ihrem Klavier verwahrte.

Warum aber sollte ein vernünftiger Mensch selbstbeschriebene Notenblätter mit sich herumtragen? Und warum sollte irgendeine Zufallsbekanntschaft solche Papiere an sich nehmen, anstatt der Besitzerin damit nachzulaufen? An einigen Abenden, wenn Karola das Haus nicht verlassen konnte, weil das Kind unruhig war und nicht schlief, fiel ihr der derangierte Zustand auf, in dem Linda heimkehrte. Mal bis auf die Haut durchnässt, als habe sie stundenlang draußen im Regen gestanden, mal völlig außer Atem und mit einem gehetzten Ausdruck in den Augen, wie jemand, der nur knapp einer furchtbaren Gefahr entkommen war.

»Vielleicht hätte ich mir zusammenreimen können, was sie da trieb«, sagte Karola, »ich wurde sehr geübt im Beobachten und habe durch die Tür auch oft genug mitgekriegt, dass sie ausländische Sender hörte, *BBC*, *Beromünster*, *Radio Moskau* oder die *Stimme Amerikas*. Keine einfache Sache mit den simplen Apparaten dieser Zeit, vor allem aber eine gefährliche. Wer sich beim Abhören sogenannter *Feindsender* erwischen ließ, landete im Zuchthaus oder konnte sogar hingerichtet werden. Ich war sehr naiv damals und habe einfach nicht weitergedacht, ich wollte nichts aufdecken und erst recht niemanden denunzieren. Ich wollte, glaube ich, nur verhindern, dass ihr etwas zustieß, ihr und damit auch dem Kind, das mir so besonders schutzbedürftig vorkam, weil es irgendwie nicht am richtigen Platz zu sein schien.«

»Genau weiß ich natürlich nicht, was Linda auszukundschaften versuchte«, sagte Karola. »Wieso auch? Eine Geheimagentin, der man so leicht auf die Schliche käme, hätte ja wohl ihren Beruf verfehlt. Aber wenn ich heute meine Beobachtungen von damals unter die Lupe nehme, kann ich vielleicht doch ein paar ihrer Aktionen oder Aufgaben, je nachdem, einschätzen.

Höchstwahrscheinlich war sie Anlaufstelle für andere Agenten, die der britische Intelligence Service eingeschleust hatte und von denen sich eine ganze Reihe in München festsetzte. München galt schließlich als *Hauptstadt der Bewegung* und deren *geistiges Zentrum*. Außerdem hatte Hitler hier seinen offiziellen Wohnsitz. Ich denke, Linda sammelte Informationen ihrer Mitstreiter, sie selbst versuchte, die Patienten ihres Mannes auszuhorchen, um deren Schwachstellen zu erkunden oder Verhaltensweisen besser einschätzen zu können. Sicher ging es auch um Ansatzpunkte für Sabotageaktionen. Und Fluchtmöglichkeiten für gefährdete Spione oder Regimegegner scheint sie ausgekundschaftet zu haben, wenn sie plötzlich irgendwo verschwand und drei Straßen weiter wieder auftauchte – über Speicher, Hinterhöfe, Hühnerställe, Fahrradschuppen, geheime Kellerverbindungen. Bestimmt hat sie auch deutsche Stimmungsbilder an ihre Leute weitergegeben, Schwankungen der Moral, die für die Gegenseite interessant sein mussten. Anfangs grenzenlose Selbstgefälligkeit, dann, nach dem Desaster von Stalingrad und immer längeren Gefallenenlisten, nagende Zweifel am versprochenen *Endsieg*, die nur mit Androhung drakonischer Strafen unter Kontrolle zu halten waren, und kurz darauf wieder laut herausgebrüllte Zustimmung zu Goebbels *Totalem Krieg*. Ihre Nachrichten verschlüsselte sie mit einem sehr eigenwilligen Code: den Noten. Eine, wie sie gemeint haben muss, vollkommen unverfänglich wirkende Methode, die sie auch dann kaum den Hals kosten würde, wenn man sie damit erwischt hätte. Trotzdem: Am Tag nach ihrer Flucht entdeckte man den Geheimschlüssel.

Ich sehe noch den Gestapo-Mann in ihrem Zimmer stehen, einen vom Durchsuchungskommando mit der typischen Aufmachung – knöchellanger schwarzer Mantel, tiefgezogener Hut –, wie er ein paar Notenblätter zur Hand nahm und versuchte, danach zu pfeifen. Anscheinend ein musikalischer Mann, denn er merkte sofort, dass das keine gewöhnlichen Melodien waren, eigentlich gar keine, und schrie mit bellender Stimme nach Verstärkung. Sie haben das Zimmer in Splitter zerlegt, in Krümel und Fasern und fanden natürlich auch ihr Funkgerät, ich glaube, sie nannten es *Eureka*. Es war kleiner als eine Reiseschreibmaschine und steckte in ihrer braunen Einkaufstasche unter verschiedenfarbigen Knäueln und dem Wollzeug, an dem sie abends oft für den Winterfeldzug in Russland strickte wie die meisten braven deutschen Frauen. Gut möglich, dass dieses Ding sie verriet. Vielleicht hat sie die Treffsicherheit der Peilwagen unterschätzt, die umso eifriger die Straßen überwachten, je bedrohlicher die Kriegslage wurde.

Wir Hausbewohner mussten uns alle nebeneinander in der Diele aufstellen und während der ganzen Durchsuchungsaktion stumm und reglos da stehen bleiben. Zweimal versuchte Frau Schmalhuber, sich mit irgendeinem Hinweis wichtigzumachen, aber sie wurde nur angeblafft. Ich wusste, dass sie nichts Bedeutendes hätte ausplaudern können, denn ihre Neugier war viel zu ausufernd, um Antennen für entscheidende Details zu haben. Außerdem hatte Linda der Spürnase schon bald nach Sigrids Geburt einen Riegel vorgeschoben durch die Anweisung, dass nur ich in ihrem Zimmer für Ordnung sorgen sollte.

Ich spüre noch immer das Zittern meiner Knie, wenn ich an das stundenlange Warten denke. Zeitweilig schlotterten sie so sehr, dass ich meinte, im nächsten Moment umzufallen. Jeden von uns hätten sie als Mitwisser verdächtigen und mit Gewehrkolben auf einen dieser offenen Lastwagen stoßen können, wie ich es in der Woche zuvor ein paar Straßen weiter bei den Inhabern eines Eisenwarenladens beobachtet hatte, zwei alten Leuten, Finkenberger hießen sie, und ihrem gehbehinderten Sohn Kurt. Wegen Sabotage, wegen einer defekten Pumpe für die Polizeikaserne, wisperte jemand unter den Zuschauern, ehe wir von Uniformierten verjagt wurden. Wenn sie Glück hätten, kämen sie bloß nach Dachau. Mit Spionen würde man sicher nicht sanfter verfahren, dachte ich, und falls man uns für Helfershelfer hielt, dann gnade uns Gott. Zum Glück reichte meine Phantasie nicht aus, um mir vorzustellen, was man ihnen tatsächlich antat. Enttarnte Agentinnen, hörte ich später, wurden zum Teil nach Dachau befördert und erschossen, andere in Ravensbrück oder sonst wo mit Phenol-Spritzen umgebracht. Überlebt hat es keine.

Dass wir diese Nacht und die folgenden endlosen Verhöre unbeschadet überstanden, war sicher Macksiepens hervorragenden Verbindungen zu verdanken, ein bisschen vielleicht auch seiner geschickten Verteidigung. Er muss alles auf Lindas Raffinesse geschoben haben, auf ihre bodenlose Falschheit, der ein gradliniger Deutscher mit seinem anständigen Hauspersonal niemals gewachsen sein konnte. So ganz verkehrt lag er damit sicher nicht.«

Anders als viele junge Frauen, die nach der Geburt ihres ersten Kindes völlig in den neuen Pflichten aufgehen und neben der Mutterrolle die der Ehefrau und Geliebten zumindest zeitweilig links liegen lassen, vernachlässigte Linda ihr Äußeres niemals. Schon nach wenigen Wochen war ihre Taille wieder so schlank wie zuvor, die Haare trug sie jetzt hochgesteckt, was ihr schmales Gesicht noch zarter und empfindsamer erscheinen ließ, und sie schaffte es trotz schärfer werdender Rationierungen, die neben Lebensmitteln inzwischen auch Textilien betrafen, immer hübsch und gepflegt gekleidet zu sein. Macksiepens Gesichtsausdruck verriet, wenn er es nicht direkt aussprach, wie sehr ihm die typischen Kleider dieser Kriegssommer an ihr gefielen: aus geblümten, weich fließenden Stoffen, mit leicht gebauschten, bis zu den Ellbogen reichenden Ärmeln, vielen kleinen bezogenen Knöpfen, stark tailliert und mit schwingenden Röcken. Und nicht weniger schien ihm zu gefallen, dass er bei ihr offenbar unverändert an erster Stelle rangierte, vor dem Neugeborenen mit seinem Geschrei, seinen Ansprüchen und Fortschritten. Themen, denen er sich schon viermal hatte widmen müssen. Wie zuvor zeigte Linda reges Interesse an allem, was er dachte und erlebte.

Karola, die an Resis freien Abenden weiterhin den Tischdienst übernahm, dabei aber immer die Ohren in Richtung ihres Schützlings gespitzt hielt, staunte anfangs, dass eine junge Mutter sich mehr für das Lächeln begeistern konnte, mit dem der *Führer* ihren Mann bedacht hatte, als für das erste Lächeln ihres Kindes, schob dieses merkwürdige Verhalten jedoch bald in eine Ecke zu anderen Seltsamkeiten, über die sie nicht allzu genau nachdenken wollte.

Welchen Reim hätte sie sich auch darauf machen sollen, dass Linda im Spätsommer 1942, als die Luftangriffe auf München häufiger und massiver wurden, immer wieder zurückblieb, während alle anderen in den Keller stürmten, und dann, wenn Karola nach ihr suchte, im Finstern unter einem hochgezogenen Verdunkelungsrollo aus dem offenen Fenster lehnte, das Gesicht den Bombergeschwadern am schwarzblauen Himmel zugewandt, ohne eine Spur von Angst oder Sorge, nein, eher in gespannter, fast freudiger Erwartung.

»Von wegen, die Briten schaffen es nicht so weit«, meinte Karola sie einmal murmeln zu hören, »da hat der dicke Göring sich ganz schön geirrt.«

Genauso freudig erregt lauschte Linda jedoch auch den Berichten ihres Mannes, der schon mehrfach zum Berghof gerufen worden war, wenn Dr. Morell, Hitlers Leibarzt, sich den vielen verschiedenen Leiden des schwierigen Patienten allein nicht gewachsen fühlte. Unter vier Augen sprach Macksiepen von seinem Kollegen respektlos als dem *gewölbten Theo* mit einem bemerkenswerten Talent, dank seiner Stellung *bei Hofe* nicht nur seinen dicken Bauch, sondern auch sein Konto zu füllen. 60 000 Mark streiche er jährlich ein, erzählte Macksiepen, in Kollegenkreisen werde gemunkelt, ob er nicht mit seinen quacksalberischen Mitteln einen Teil der Krankheiten erst selbst provoziere, die er dann so kostspielig behandeln müsse. Linda lachte amüsiert, wenn ihr Mann mit kreisförmig ausgebreiteten Armen und aufgeblasenen Backen Morells wichtiges Gehabe imitierte, was ihn dazu brachte, auch noch preiszugeben, wie die Damen in Hitlers Umfeld den Leibarzt angeblich nannten – einen *Stinkadores* nämlich.

»Einen was?«

»Einen Stinkadores. Das ist einer, der schlecht riecht, ein Schmierfink halt, ein Dreckspatz. Kennst du den Ausdruck nicht? Ich dachte, der ist auch bei euch da oben üblich.«

»Doch, doch«, versicherte Linda eilig, »natürlich.«

Karola erinnerte sich, dass Linda trotz ihres beifälligen Gelächters nie wirkliches Interesse für derartige Klatschgeschichten gezeigt hatte, sondern das Gespräch immer schnell in ernsthaftere Bahnen lenkte. Sie besaß inzwischen genug medizinischen Sachverstand, um gezielt fragen zu können, und Gustav berichtete bereitwillig von seinen Versuchen, Hitlers anhaltende Magenkrämpfe zu lindern, die Ödeme an seinen Beinen zu bekämpfen, den hohen Blutdruck und die Kopfschmerzen, die ihn seit den Rückschlägen an der Afrika-Front quälten.

Als Macksiepen eines Abends im Frühjahr 1943 erzählte, wie er zusammen mit Morell und einigen anderen Kollegen über eine Strategie gegen die Schüttellähmung beratschlagt hatte, von der Hitlers linker Arm und sein linkes Bein nach der Katastrophe von Stalingrad befallen worden waren, wie man überlegt hatte, was seinen zunehmenden Jähzorn und den oft beängstigenden Starrsinn eindämmen könnte, unterbrach ihn Linda plötzlich mit eigenartig vibrierender

Stimme und fragte, ob ihm nicht auch die Parallele zwischen dem Gesundheitszustand des Führers und dem Kriegsgeschehen auffalle. »Nach jedem Misserfolg entwickelt er ein neues Leiden«, sagte sie.

»Ja und?« Macksiepen ließ seine Gabel mit Leipziger Allerlei, die er gerade zum Mund führen wollte, sinken und schaute sie forschend an. »Was soll das heißen?«

»Na, dass es vielleicht nicht mehr lange weitergeht – mit diesem kranken Mann an der Spitze. Was meinst du?«

Die Fäuste neben dem Teller geballt, beugte er sich vor. »Sag so etwas lieber nicht laut! Du weißt doch, was auf Defaitismus steht!«

Einen Moment lang schien er ernsthaft ärgerlich zu sein, sagte Karola. Aber als er Lindas erschrockenes Gesicht sah, tätschelte er ihren Arm und grinste beschwichtigend. »Keine Sorge, ich lass dich schon nicht ins Zuchthaus werfen.«

»Aber …«, stotterte sie, »aber du hast mir doch selbst erzählt, dass er öfters von seinem baldigen Tod spricht. Warum also …«

»Oh Gott, ja. Ich hab's von Morell gehört. Wer weiß, ob das stimmt? Auf jeden Fall ist es ein Riesenunterschied, ob er selbst sich Gedanken macht über seine Zukunft und die des Reiches, oder ob jemand über seinen möglichen Tod so redet, als wenn, nun, als wenn er diese Aussicht gar nicht übel fände.«

»Dieser Jemand bin nicht ich, das weißt du genau!« Linda war sehr blass, saß jedoch kerzengerade da und sprach mit einem kaum merklichen scharfen Unterton. »Nenn mir einen Grund, weshalb ich ihm den Tod wünschen sollte!«

Gustav hob sein Glas und stieß es leise klirrend an ihres. »Schon gut, trinken wir lieber darauf, dass das Kriegsglück zu uns zurückkehrt. Ein Tiefschlag nach dem anderen – das Desaster im U-Boot-Kampf, die verlorene Panzerschlacht bei Kursk, dann mussten die Italiener auch noch den Duce absetzen und sich auf die Seite unserer Feinde schlagen, fabelhaft. Wenn kein Wunder geschieht, ist es aus mit uns, und für dieses Wunder brauchen wir den Führer. Prost.«

Rückblickend fielen Karola verschiedene Situationen ein, in denen Linda knapp davor war, entlarvt zu werden oder sich selbst zu enttarnen, je nachdem. »Theater spielen«, sagte sie, »dauernd Theater spielen, das ist schon anstrengend genug. Stellt euch vor, als Engländerin Abscheu gegen britische Bomber mimen zu müssen, während man insgeheim hofft, dass sie nicht vom Himmel fallen. Wenn dann aber auch noch Dinge geschehen, die einem vollkommen gegen den Strich gehen, die man auf keinen Fall akzeptieren kann, wird die Rolle sehr, sehr schwierig.«

An eine brisante Szene konnte sie sich besonders gut erinnern.

Aus heimlich gehörten Sendungen der BBC hatte Linda offenbar von der systematischen Verfolgung der Juden erfahren. Der BBC-Sprecher müsse besser informiert gewesen sein als gewöhnliche Bürger vor Ort, meinte Karola, denn wie sie selbst habe kaum jemand gewusst, dass die Juden tatsächlich umgebracht werden sollten, nicht etwa *evakuiert* oder *umgesiedelt* in den Osten, wie es offiziell hieß. Dabei wäre schon das nach den Schikanen mit dem gelben Stern, den sogar sechsjährige Kinder bereits tragen mussten, und der Benachteiligung bei den ohnehin knappen Lebensmittelrationen schlimm genug gewesen.

Durch die nicht fest geschlossene Tür zu Lindas Zimmer fing sie, während sie nebenan Winterkleider durchsah, ein paar Worte auf, die eine deutsche Stimme im Radio sprach. Von Vernichtungslagern war die Rede, von Massenerschießungen, von Gaskammern. Begriffe, auf die sie sich damals keinen Reim machen konnte. Aber Linda hatte sich anschließend stundenlang nicht aus ihrem Zimmer gerührt, und beim Abendbrot war es beinahe zum Eklat gekommen.

Das Tischgespräch drehte sich bei diesem ausnahmsweise nicht durch Fliegeralarm gestörten Essen zunächst um die zunehmenden Bombenschäden in der Stadt.

»Seit sie uns mit vereinten Kräften angreifen, die Briten nachts und die Amerikaner tagsüber, bleibt hier kein Stein auf dem andern«, sagte Gustav. »Die ganze Stadt ein Trümmerfeld. Ich musste heute ins Ministerium an der Ludwigstraße, zu einer Herzattacke. Auf dem Weg dahin überall Ruinen. Die Staatsbibliothek ist zum Großteil abgebrannt, die Kunstakademie genauso und das Leuchtenberg-Palais am Odeonsplatz. Auch das Braune Haus wurde getroffen, und angeblich sollen die Pinakotheken beschädigt sein, die Residenz und Teile von Schloss Nymphenburg. Wieso richtet unsere Flak nur so wenig aus gegen diese Wüstlinge?«

Linda zuckte die Schultern. »Wollte man nicht ihr Radarsystem mit Stanniolstreifen durcheinanderbringen?«

»Das scheint nicht recht zu klappen. Diese Wahnsinnigen greifen ja nicht bloß Fabriken oder Bahnanlagen an, sondern belegen wahllos alles mit ihren Bombenteppichen, egal, ob Krankenhäuser, Schulen oder Wohnviertel. Wenn ich mir vorstelle, sie setzten unser Haus in Brand…«

»Wie lange besitzt du es eigentlich schon?«

»Oh, gut fünf Jahre.«

»Und vorher? Wem hat es davor gehört?«

»Einem Max Beermann. Wieso?«

»Ein Jude?«

Gustav nickte. »Er ist ausgewandert. Rechtzeitig.«

»Was soll das heißen, rechtzeitig?«

»Mein Gott, ich habe ihn anständig bezahlt, im Verhältnis jedenfalls, und auch seine Praxis übernommen. Er wollte irgendwo neu anfangen. In Shanghai, soweit ich mich erinnere. Hier hätte er ja nicht mehr arbeiten können. Eigentlich hat er Glück gehabt, der Gute, denn drei Jahre später wäre er mit seinen Glaubensbrüdern umgesiedelt worden, ohne freie Wahl des Zielortes.«

»Wohin sind diese Leute denn umgesiedelt worden?« Linda fragte zögerlich und fixierte dabei ihr Glas, in dem sie das Wasser ausdauernd kreisen ließ. »Irgendwer sagte kürzlich, sie würden in den Osten gebracht. Weißt du, was sie da machen? Du hast vor ein paar Tagen von deinem alten Freund Rosenberg gesprochen…«

»Alfred, ja. Wir waren letzte Woche zusammen auf dem Berghof. Wie kommst du auf ihn?«

»Ich meine – ich dachte –, er ist doch inzwischen Minister für die Ostgebiete, hat er nicht vielleicht erzählt, was all die Leute da oben sollen?«

Gustav starrte sie aus schmalen Augen an, und als er

sprach, klang seine Stimme wie die der Posten, die überall herumstanden und Kommandos schnarrten. »Hat er nicht! Es gibt wahrlich Wichtigeres zu besprechen als die Abreise dieser… dieser, egal. Rosenberg muss sich schließlich um die Bibliotheken und Kunstschätze kümmern, für die das Reich die Verantwortung übernimmt. Eine gigantische Aufgabe! Wieso interessierst du dich eigentlich für die Umsiedlung?« Er behielt sie scharf im Auge. »Und woher weißt du, dass es nach dem Osten geht?«

Von ihrem Platz neben dem Büfett aus, wo sie dienstbereit stand, konnte Karola sehen, wie Linda erschauerte und die Schultern etwas näher an die Ohren zog. Und es entging ihr auch nicht, welche Mühe es sie kostete, so unbefangen zu sprechen, dass Gustavs Misstrauen sich legte.

»Ich muss es irgendwo aufgeschnappt haben«, erklärte sie leichthin, »vielleicht neulich in dem Menschenauflauf vor Finkelsteins Haus, von dem die vordere Hälfte fehlte – wie bei einer Puppenstube.« Sie versuchte zu lachen. »Zum Glück war die Familie schon weg.«

Gustav nickte. Besser, man höre nicht auf das Gerede der Leute, sagte er, vor allem solle man nicht noch weiter hören.

Linda antwortete nicht und fragte auch nicht, was er damit meine.

Sie selbst, erzählte Karola, habe nie herausfinden können, was Macksiepen wirklich dachte. War er ein überzeugter Nazi? Ein wirklicher Antisemit? Fanatische Reden hatte er nicht geschwungen, und wenn sie an die Drohgebärden dachte, mit denen er hin und wieder seine Frau oder das

Hauspersonal erschreckte, kam es ihr so vor, als sei es ihm mehr um den Schutz seiner persönlichen heilen Welt gegangen als um die Verteidigung des Regimes. Schließlich führte er ein vorzügliches Leben: Wegen seiner Wichtigkeit für die medizinische Versorgung der Führungsriege war er für unabkömmlich erklärt worden, *uk-gestellt,* sagte man damals, musste also nicht an die Front, selbst beim sogenannten Volkssturm nicht, als sogar Kinder und Greise in den Kampf geschickt wurden. Dieser Wichtigkeit verdankte er auch das Auto, das er, anders als normale Bürger, bis zum Ende des Krieges fahren durfte, mit einem roten Winkel am Nummernschild, dem Zeichen, dass er, wie nur wenige hohe Parteileute und Wehrmachtsangehörige, berechtigt war, sich an Tankstellen mit dem knappen Benzin einzudecken. Und er gehörte zum Kreis der Honoratioren – lauter stramme Parteianhänger selbstverständlich –, die im berühmten Hotel *Vier Jahreszeiten*, bevor es bis auf die Grundmauern niederbrannte, weiter geschwelgt, das Gesellschaftsleben genossen und gefeiert hatten, während die Stadt rundum systematisch zu Schutt zerbombt wurde.

Linda sei zu der Zeit schon weg gewesen, sagte Karola. Am 12. Juni 44, neun Tage nach Sigrids drittem Geburtstag, sei sie verschwunden, eine knappe Woche nach der alliierten Invasion in der Normandie, als kein vernünftiger Mensch mehr an der bevorstehenden Niederlage zweifeln konnte, die fanatischen Nazis aber umso unerbittlicher nach Widersachern fahndeten. Dass Gustav trotz der persönlichen Katastrophe und seiner anschließenden höchst brisanten Lage weiter mitmachte beim verrückten Tanz auf dem explodierenden Vulkan, versuchte Karola als Verteidigungsstrategie zu erklären, als Flucht nach vorn. Auf einmal verbreitete er sogar Durchhalteparolen, was es bis dahin nie bei ihm gegeben hatte, und tönte herum, wie sich die Alliierten vor den deutschen Wunderwaffen fürchten sollten. Die V-Raketen aus Peenemünde würden die Briten von ihrer Insel putzen, niemand könne den Endsieg verhindern.

Damals, sagte Karola, habe ihm die herausposaunte Linientreue vielleicht den Hals gerettet, und später, als es an die Abrechnung ging, schien sich niemand zu erinnern. Weder an seine Tiraden noch an seine Nähe zu vielen der hohen Tiere, die in Nürnberg plötzlich als Kriegsverbrecher auf der Anklagebank saßen. Schirach, Speer, Hitlers Stellvertreter Heß, Ribbentrop, Göring – er hatte sie doch alle gekannt und oft genug stolz von den Empfängen erzählt, bei denen er vertraulich mit ihnen redete, während SS-Männer in schwarzen Hosen und kurzen weißen Jacken Bowle und Bier herumreichten.

Macksiepen selbst war nie zur Verantwortung gezogen worden, er gehörte auch beim Ärzteprozess, der im Herbst 1946 in Nürnberg begann, nicht zu den Angeklagten. Wahrscheinlich – Karola sprach sehr zögerlich, als sie davon erzählte, und wählte jedes Wort mit Bedacht – höchstwahrscheinlich habe er nicht persönlich mitgemacht bei den grauenhaften Experimenten, für die man eine Reihe von Medizinern vor ein amerikanisches Militärgericht stellte, ganz sicher aber habe er davon gewusst, das könne sie bezeugen.

Alle drei bis vier Wochen gab es bei Macksiepens einen

Herrenabend, zu dem nicht ein einziges weibliches Wesen, nicht einmal die Dame des Hauses, Zutritt hatte – außer ihr selbst natürlich, Karola, in ihrer Funktion als Aufwärterin, von der Linda anschließend einen haargenauen Bericht verlangte.

»Die Gespräche müssen sich oft um sehr heikle Themen gedreht haben«, sagte sie, »ein paarmal verstummte die ganze Runde plötzlich, wenn ich mit meinen Platten und Schüsseln hereinkam. Aber Macksiepen machte dann so eine Handbewegung, irgendwie wegwerfend, als wäre ich ohnehin zu beschränkt, um etwas zu kapieren, und allmählich vergaßen sie einfach, dass ich da war, und redeten ohne Scheu weiter. Dank dem Rat meiner Großmutter muss ich es in der Fähigkeit, ein erzdummes Gesicht aufzusetzen, wohl zu wahrer Meisterschaft gebracht haben.«

An manche der Gäste erinnerte sich Karola besonders gut. In deren Anwesenheit wäre sie einige Male beinahe aus der Rolle gefallen, hätte um ein Haar geheult, geschrien, sich übergeben. Mit ganz normalen Alltagsstimmen, ruhig, fast heiter, ab und zu sogar mit vollen Backen hatten sie über die ungeheuerlichsten Dinge gesprochen. Der eine, er hieß Dr. Rascher, Macksiepen duzte ihn und nannte ihn Sigmund, berichtete von seinen Versuchen im KZ Dachau, Versuchen mit Menschen, die bei Minusgraden stundenlang nackt im Freien stehen mussten und dabei stündlich mit kaltem Wasser begossen wurden. Im Interesse der Luftwaffe, erklärte er, wolle man die Wirkung der Abkühlung auf den Warmblüter und Möglichkeiten seiner Wiedererwärmung herausfinden. Ein freundliches, eher biederes Gesicht hatte dieser Rascher, mit hoher Stirn und leicht nach oben gebogenen Mundwinkeln. Meistens lächelte er beim Sprechen, egal, ob es um das Brüllen der gepeinigten Versuchspersonen ging oder um die Qualität des Schweinsbratens.

Der andere, der noch immer in Karolas Gedächtnis steckte, war Ernst Grawitz, Professor, General und als medizinischer Chef der Waffen-SS und der Polizei ein äußerst mächtiger Mann, gut zehn Jahre älter als Macksiepen. Wie aus den Tischgesprächen hervorging, drängte er nicht nur Rascher, seinen Untergebenen, zu immer schärferen und längeren Versuchsreihen, sondern verfolgte auch eigene ehrgeizige Forschungsprojekte mit Experimenten an KZ-Häftlingen. Teils ging es dabei um die Erprobung von Fleckfieberimpfstoffen, teils um Sulfonamid-Versuche bei Gefangenen mit künstlich verursachten und infizierten Wunden. Auf Gustavs Frage hin erklärte er, dass dabei tatsächlich relativ hohe Verlustzahlen anfielen, aber der Führer selbst betrachte Menschenversuche als zulässig, wenn es um das Staatswohl gehe. Macksiepen, Karola erinnerte sich genau, hatte zustimmend gelächelt und genickt.

Erst nach der Kapitulation begann der Umfang der gnadenlosen, menschenverachtenden Experimente, für die der Reichsarzt Grawitz, gedeckt von Himmler, die Verantwortung trug, allmählich durchzusickern. In vielen Konzentrationslagern, wie Buchenwald, Struthof, Ravensbrück oder Sachsenhausen, wurden auf seinen Befehl hin mörderische Versuche angestellt, und er wäre mit Sicherheit vor dem Nürnberger Tribunal zur Rechenschaft gezogen worden, wenn er nicht Selbstmord begangen hätte, ehe man ihn zu fassen bekam. Auch Rascher, sein eifriger Handlanger, landete nur deshalb nicht vor Gericht, weil er in den Wirren der letzten Kriegstage erschossen wurde, wie man annahm, sogar von einem seiner ehemaligen Opfer.

Und Macksiepen? Karola konnte sich nicht erinnern, dass ihm je ein Nachteil aus seiner Nazi-Vergangenheit entstanden wäre. Unbehelligt lebte er in seinem *arisierten* Haus, führte seine Praxis weiter. Von der Familie Beermann tauchte anscheinend niemand wieder auf. Das sei absolut nichts Ungewöhnliches, sagte Karola.

Neugierig geworden durch die Berichte, die sie in ihrer Rolle als *stumme Dienerin* mitgehört hatte, verfolgte sie später in der Presse den Ärzteprozess, der im Anschluss an das Verfahren gegen die Hauptkriegsverbrecher in Nürnberg stattfand, und wusste, dass weniger als dreißig Mediziner auf die Anklagebank gekommen waren. Nur eine Handvoll wurde zum Tod verurteilt, einige zu Haftstrafen, und die Inhaftierten ließ man schon zehn Jahre später, als der Kalte Krieg sich anzukündigen begann, wieder laufen. Die allermeisten der sogenannten *Mörderärzte* kamen völlig ungeschoren davon, nicht einmal einen Karriereknick mussten sie hinnehmen.

Genauso wenig ging es Macksiepen ans Fell. Er knüpfte einfach da wieder an, wo er sich zu Glanzzeiten des 1000-jährigen Reiches ausgeblendet hatte.

Ein paar Wochen nach Lindas Verschwinden – Karola war, ehe man sie entließ, noch damit beschäftigt, letzte Spuren *der Spionin* aus dem Haus zu entfernen und das Kinderzimmer nicht nur leer zu räumen, sondern auf strikten

Befehl obendrein auch zu desinfizieren – schien er bereits in Kontakt mit seiner früheren Frau zu stehen. Jedenfalls fiel ihr Name öfters, in lobendem Ton natürlich. Und von Frau Schmalhuber, der sie einmal zufällig begegnete, nachdem sie ein mit Pappfenstern zugeklebtes Zimmer in einem ausgebrannten Wohnblock am Isartorplatz bezogen hatte, erfuhr Karola ein knappes Jahr später, dass die erste Familie zu ihm zurückgekehrt war. In ein heil gebliebenes Haus, in eine wieder zurechtgeschobene Welt.

Tage wie Häutungen.

Während Karola erzählte, fielen nach und nach die letzten Reste meiner Schutzschicht ab, es gab keine Deckung mehr vor den Gesichtern, die sich plötzlich aus dem Nebel schälten, und den Gefühlen, die mich einholten. Es tat weh, mir selbst so nahe zu kommen. Meine erfundene Wahrheit hielt Karolas Zeugenberichten nicht stand. Ich spürte es, konnte es aber nicht zugeben. Wie würde ich denn dastehen? Als notorische Lügnerin? Als Verrückte? Als Betrügerin, die sich eine harmlose, unschuldige Vergangenheit zurechtgeschneidert hat? Was sollte aus mir werden, wenn ich mich dem Unheil stellte?

Manchmal fühlte ich Judiths Blick, aber ich traute mich nicht zu erkunden, ob es Mitleid war oder Verachtung, vielleicht auch geteilte Not, womit sie mich fixierte.

In den Nächten ging mir Karolas Bericht nicht aus dem Kopf, selbst im Halbschlaf noch versuchte ich, die Lücken zu füllen, die sie darin gelassen hatte. Am meisten beschäftigte mich ihre bislang mit keinem Wort erwähnte Englandreise. Sie hatte tatsächlich Linda besucht! Schon bald nach Kriegsende! Dass sie, von Macksiepen vor die Tür gesetzt, sofort eine Anstellung als Haushälterin bei einem Chemieprofessor der Münchner Uni fand, war mir bekannt, nicht jedoch, dass ihr neuer *Chef* sie im Herbst 1949, zu einer Zeit, als solche Reisen noch äußerst ungewöhnlich waren, im Tross seiner Begleiter mit über den Kanal fahren ließ und ihr sogar bei der Suche nach ihrer früheren Hausgenossin half. Das konnte sie nur dank unserer dramatischen Familiengeschichte geschafft haben.

Aber warum hatte sie nie zuvor darüber gesprochen? Und warum, als sie es dann überraschend doch tat, in einer Art, die mir das Gefühl vermittelte, sie bereue schon nach den ersten Worten, überhaupt davon angefangen zu haben?

Je länger ich nachdachte, desto klarer glaubte ich, den Grund zu erkennen: Sie wollte mich und auch Judith schonen, sie wollte das Bild meiner Mutter nicht noch mehr beschädigen, der *Hure,* der *Schlampe* nicht auch noch anhängen, dass sie zur Säuferin geworden war. Denn darauf lief das hinaus, was sie uns erzählte und am liebsten weiter verschwiegen hätte. Sie hatte Linda in einer verlotterten Baracke am Stadtrand von Manchester angetroffen, in Gin und Depressionen versunken, einsam, kaum ansprechbar, mit ihrer Flasche als einzigem Freund. Wenn das stimmte, wie hatte es so weit mit ihr kommen können? Was hatte meine Mutter gebrochen? Hätte sie sich nicht als Heldin fühlen müssen, nach ihrem tollkühnen Einsatz in Deutschland? Waren ihr etwa ihre Erinnerungen dazwischengeraten? Ihre Emotionen? Hatten sie den Glanz des Heldentums zunichtegemacht?

Karola kannte die Antwort auf solche Fragen nicht, und das war meine Chance, selbst Geschichten zu konstruieren.

Ich malte mir aus, wie Linda nach Hause kam, voller Stolz auf ihr ausgestandenes Abenteuer, in sicherer Erwartung irgendwelcher Ehrungen. Vielleicht würde sie einen Orden bekommen oder von King George mit Handschlag empfangen werden. Aber dann fühlten sich plötzlich alle ihre Landsleute als Helden, weil sie eben dabei waren, den größenwahnsinnigen Gegner in die Knie zu zwingen, und eine deutsche Stadt nach der anderen in Schutt und Asche legten. Und sie wurde nicht damit fertig, dass ihr Mut, ihr persönlicher Opfergang etwas ganz Normales sein sollten, nicht weiter erwähnenswert in so heroischen Zeiten.

Ab und zu stellte ich mir vor, sie wäre noch im allerletzten Moment irgendwo am Strand bei Scheveningen unter Gewehrfeuer geraten und mit einer Kopfwunde halbtot an Bord des rettenden Schnellbootes geschleppt worden. Die Verletzung hatte alle Erinnerungen gelöscht, sie wusste nichts mehr von ihren Agentenjahren, einem Mann und einem Kind in Deutschland.

Aber die Version, der ich am häufigsten nachhing, drehte sich nicht um ihr Agentendasein, sondern um das als Mutter, als meine Mutter. Darin hatte sie mich, obwohl ich ein ungewolltes Kind war, doch zu sehr geliebt, um mich einfach zurücklassen und vergessen zu können. Sie kam nicht los von ihren Erinnerungen. Darüber reden, sich das Herz erleichtern und von ihren Zuhörern Trost und Zuspruch erwarten, konnte sie nicht, denn wer sollte Verständnis dafür aufbringen, dass sie sich mit einem dieser *Hunnen*, einem dieser abscheulichen *krauts* eingelassen hatte und sogar ein Kind von ihm bekam? Zu ihrer Rechtfertigung dachte sie an Churchills Aufruf zum *Sieg um jeden Preis, Sieg trotz aller Schrecken* – ich kannte den Satz aus dem Geschichtsunterricht –, doch das half nur ihrem Kopf. In meinen Phantasien sah ich sie einsam durch Straßen wandern oder auf Parkbänken sitzen und kleinen blonden Mädchen beim Spielen zusehen. Die Leute beschimpften sie, weil sie hin und wieder eines von ihnen auf Deutsch ansprach.

Manchmal ließ ich sie in quälende Zweifel geraten, ob es wirklich heldenhaft gewesen war, was sie getan hatte, oder nicht eher vollkommen unmoralisch. Dann wieder, wenn ich in meinem Innern verzweifeltes Kinderweinen hörte, konnte ich ihre Tränen sehen, und es war, als trauerten wir gemeinsam. Ihr Haar wurde stumpf und verfilzt, der Mantel fleckig. Auf schiefgelaufenen Schuhen ging sie durch eine enge Gasse zu einem mit Kaninchenställen und Unrat vollgestopften Hinterhof und verschwand in einer morschen Hütte.

Hatte sie vielleicht tatsächlich so elend gelebt, nicht mehr fähig und willens, sich um ein Kind zu kümmern, als mein Vater mich, *den Bastard der britischen Spionin*, Ende 1945 mit einem Truppentransport zu ihr verfrachten ließ? Auch davon berichtete Karola plötzlich zu meiner Verwunderung. An die Verschickung nach England und postwendend zurück kann ich mich nämlich bis heute beim besten Willen nicht erinnern. Wie betäubt muss ich alles hingenommen haben. Aber ich weiß jetzt, dass sie es ist, meine Mutter, die seitdem durch meine Alpträume geistert. Der beängstigende Schemen hat nun ein Gesicht.

Wenn ich nach Nächten voller erfundener Geschichten und möglicher Wahrheiten morgens in den Spiegel schaute, fühlte ich ihren Schatten auf mir. Obwohl ich übermüdet aussah und entschieden älter war als sie auf Karolas Fotos, sprang die Ähnlichkeit ins Auge. Mit den Bildern in der Hand prüfte ich jedes Detail, hob das Kinn, probierte, strahlend zu lächeln, legte ein Ohr frei, bis mir irgendwann aufging, dass ich in Wirklichkeit nicht den äußeren Zügen nachspürte, sondern dem, was dahinter lag. Ich suchte nach Zeichen innerer Übereinstimmung, getrieben von der Angst, Lindas Art geerbt zu haben. *Verräterin*, *Luder*, *Nutte* – erst jetzt merkte ich, wie fest die Etiketten für sie in meinem Kopf saßen. Spätestens seit Renates brutaler Enthüllung meiner Familiengeschichte, das wurde mir urplötzlich bewusst, verfolgten mich diese unterschwelligen Befürchtungen, meinen Eltern nachzuschlagen. Und ich hatte sie auch auf Judith übertragen – endlich entdeckte ich den Grund für das Misstrauen, mit dem ich sie beobachtete, solange sie auf der Welt war.

Judith schien viel nüchterner mit Karolas Bericht umzugehen, jedenfalls stellte sie nur sachliche Fragen, und auch damit wandte sie sich nicht an mich. Ich hatte nicht den Eindruck, dass sie unsere Herkunft als Makel empfand, so wie ich es tat. Eine Hoffnung, die ich dadurch am Leben hielt, dass ich das Gespräch mit ihr mied. Wir lebten in einer Art Waffenstillstand, keine tat den ersten Schritt auf die andere zu.

Meine größte Sorge in diesen Tagen war – ich erinnere mich gut –, Judith könnte sich eingehender nach dem Tod ihres Großvaters erkundigen, über den ich bislang immer nur beiläufig gesprochen hatte. Wann gestorben? Woran? Und wo begraben? Wie sollte ich ihr erklären, dass sein Tod vor langen Jahren genauso eine Erfindung von mir war wie der seiner Frau? Dass ich ihn aus der Welt hatte lügen müssen, um selbst überleben zu können? Aber sie fragte nicht danach, sondern stattdessen nach dem Haus in der Thierschstraße.

»Steht es noch?«, wollte sie wissen.

»Ich denke schon«, sagte Karola.

»Wer wohnt da jetzt?«

»Die andere …«

»Irgendwelche anderen Leute«, mischte ich mich eilig ein.

»Wie alt wäre er heute eigentlich, dein Vater?«, fragte sie.

»Mitte neunzig müsste er sein.«

Karola warf mir einen scharfen Blick zu, aber als ich nicht reagierte, zuckte sie nur kurz mit den Achseln, fuhr sich resigniert durch die Haare und stand auf, um ihren Mantel zu holen.

»Ich gehe«, rief sie aus dem dunklen Flur. Ihre Wohnung liegt eine Ecke weiter am Habsburgerplatz. »Bis morgen!«

So sehr muss ich mich in die Hoffnung verbissen haben, Judith werde die Sache nicht weiter verfolgen, dass ich tatsächlich vollkommen überrascht war, als sie ungefähr eine Woche später einen gemeinsamen Gang zu dem alten Familienhaus vorschlug. Wir hatten mittlerweile unser gewohntes Alltagsleben wieder aufgenommen, ich wähnte mich bereits in Sicherheit.

Spannend, sagte Judith, es sei doch spannend zu sehen, wo wir früher gelebt hätten. »Du, die Spionin und der Erz-Nazi, der ganze tolle Verein.« Von der Seite grinste sie mich an, ziemlich schief allerdings.

Inzwischen ist mir längst klar geworden, dass die flapsige Ausdrucksweise nur ihre Not kaschieren sollte, das wachsende Entsetzen vor möglichen Abgründen im eigenen Charakter. Vielleicht war der Gang zum alten Haus für sie ein Versuch, den Schrecken zu bannen, der umso größer sein musste, je mehr er sich in Phantasien und vagen Vermutungen verlief. Oder sie wollte – anders als ich, die inmitten des Desasters entstanden war – erst einmal den Schauplatz der Geschehnisse kennenlernen, ehe sie sich mit den Akteuren auseinandersetzte.

Wir gingen an einem Sonntag los, dem letzten Sonntag im August, einem dieser unvergleichlichen blau-goldenen Münchner Sonntage, an denen man glauben kann, sich durch weiche, flirrende, sanft wehende Seide zu bewegen. Das fühle ich allerdings erst heute, damals nahm ich nur gutes Wetter wahr. Als wir uns gegen zwei Uhr in der Diele trafen, stutzten wir beide über unsere fast identische Aufmachung. Wir verloren zwar kein Wort darüber, aber in den schmalen weißen Leinenhosen und lockeren weißen Hemden sahen wir einander verblüffend ähnlich, ein Gespann wie geschaffen zur Illustration einer Zeitschriften-Story über enge Mutter-Tochter-Beziehungen. Zumindest in meinem Kopf tauchte sofort der Gedanke an die Dritte auf, die uns diese äußeren Gemeinsamkeiten und womöglich noch manches andere vermacht hatte, doch ich ließ mir nichts davon anmerken. Ob Judith das Gleiche dachte, konnte ich bei verstohlenen Seitenblicken nicht entdecken.

Wir gingen zu Fuß, so selbstverständlich, als hätten wir es verabredet. Das wunderbare Wetter legte einen Fußmarsch nahe, es machte Spaß, durch den Englischen Garten zu laufen, Kindern, Hunden, Reitern, Sonnenanbetern, Schwänen und Spaziergängern zuzuschauen, trotzdem glaube ich, dass es uns beiden vor allem auf die langsame Annäherung ankam, wir brauchten Zeit, um uns der Vergangenheit zu stellen. Den größten Teil des Weges legten wir schweigend zurück, blieben mal bei einer Gruppe tschechischer A-cappella-Sänger stehen, mal bei einem chinesischen Jongleur und am Ende des Parks noch kurz bei den Eisbach-Surfern, ehe wir die Prinzregentenstraße überquerten. Heftig angehupt von einem Bus der Linie 100, der unseretwegen quietschend bremste.

»Es hätte auch anders kommen können«, sagte Judith, als wir in die Thierschstraße einbogen. Ich hatte den Schreck über den Beinahezusammenstoß schon weggesteckt und dachte gerade darüber nach, dass ich seit meiner Kinderzeit nie wieder in diese Gegend gekommen war. Unbewusst musste ich das gesamte Stadtviertel östlich des Isartores zur Tabuzone erklärt haben.

»Ja, wir könnten jetzt hin sein.«

Einen Moment lang schaute sie mich verwirrt an, schüttelte dann den Kopf. »Den Bus meine ich nicht.«

»Sondern?«

»Unsere Familiengeschichte.« Beim Weitergehen starrte

sie angestrengt auf die Spitzen ihrer Turnschuhe. Es dauerte ein paar Minuten, bis sie fortfuhr. »Vor drei Tagen muss in der Süddeutschen ein Artikel über Altnazis gestanden haben. Du weißt schon, irgendwelche Unverbesserlichen. Ich glaube, das war der Auslöser, jedenfalls erzählte ein Typ in der Uni-Cafeteria plötzlich von einem Verwandten, Georg Groscurth soll der geheißen haben und Leibarzt von Rudolf Heß gewesen sein. Ganz ähnlich wie unser Gustav also.« Sie holte tief Luft und warf ihre Umhängetasche von der linken auf die rechte Schulter. »Der Unterschied ist nur, dass dieser Groscurth die Nähe zu den Bonzen nicht persönlich ausnutzte, sondern für den Widerstand arbeitete. Außerdem hat er Juden versteckt und junge Männer kriegsuntauglich geschrieben. So konnte es wohl auch laufen.«

Also doch, dachte ich, also wird sie genau wie ich von der Frage geplagt, warum Macksiepen – verbal hielt ich ihn immer noch auf Distanz – sich auf die Seite der Braunen schlug. Aus Ehrgeiz? Aus Geldgier? War er einfach ein schlechter Mensch, den das Böse faszinierte? Oder ließ er sich vom Glanz der Macht verführen? Weshalb protestierte er nicht, als seine Kollegen von ihren mörderischen Experimenten in den Konzentrationslagern erzählten, sondern zeigte zustimmendes Interesse? Aus Feigheit oder doch aus Überzeugung, oder weil er Chancen für sich selbst witterte?

Laut Karola hatte man bei Macksiepen nicht wissen können, ob er tatsächlich eingefleischter Nazi war, wie es manchmal schien, kritikloser Führeranhänger, erfüllt von großdeutschen Visionen. Er redete nie dagegen, jedoch auch nie allzu laut dafür. Zum Kreis der eigentlichen *Ma-*

cher musste er anscheinend nicht gezählt werden, aber befreite ihn das von Schuld? Bis heute zerbreche ich mir immer wieder den Kopf darüber, wer schlimmer ist, Mitläufer oder Täter. Und ich habe das Gefühl, dass sich die Waagschale mehr und mehr auf Seiten der Mitläufer senkt. Ja-Sager, Claqueure, Opportunisten, Schmarotzer, Meinungs- und Gedankenlose – ohne deren Rückendeckung hätten sich die Täter kaum so weit aus dem Rahmen gewohnter Mitmenschlichkeit getraut, dachte ich, während ich mich dem Revier meines Vaters näherte. Aber natürlich war mir auch klar, dass es aus der Perspektive der Nachgeborenen einfach, zu einfach schien, sich gegen die Mehrheit zu stellen.

»Was ist aus ihm geworden, diesem Groscurth?«, fragte ich.

»Hingerichtet«, sagte Judith, »im Mai 1944 haben sie ihm den Kopf abgeschlagen.«

Ich erinnere mich, wie ich ein paarmal schluckte, als müsste ich überprüfen, ob mir der Hals noch unversehrt am Rumpf saß. Kopf ab! Durfte man Macksiepen dafür verurteilen, dass ihm vielleicht schlicht der Mut fehlte, so viel zu riskieren? Woher wollte ich wissen, wie ich selbst mich verhalten hätte?

»Hatte er Kinder?«

Judith überlegte einen Moment. »Anscheinend ja. Jedenfalls erzählte der Typ in der Cafeteria, Groscurths Frau und Söhne seien noch lange nach Kriegsende beschimpft und bedroht worden. Es hat wohl an die zehn Jahre gedauert, bis er rehabilitiert wurde.«

Immerhin, dachte ich, selbst wenn es lange dauerte, konnten sie doch anschließend offen stolz auf ihn sein, während die Vorstellung, dass man auch gegen den Strom hätte schwimmen können, die Sache für uns noch übler machte. Bei einem Vater wie Macksiepen blieb nur die Möglichkeit, sich für ihn zu schämen, abgrundtief. Als Widerstandskämpfer kam er natürlich nicht infrage, ein linientreuer Nazi mit einer zwar abscheulichen, aber zumindest ehrlichen Überzeugung war er ebenfalls nicht gewesen, sondern bloß ein seichter, gewissenloser Nutznießer, der die Chancen der Zeit zu seinen Gunsten zu verwenden wusste.

Am liebsten hätte ich auf der Stelle kehrtgemacht, um nur ja nicht in sein Umfeld zu geraten, doch es war schon zu spät. Die Pflastersteine, auf die ich in meiner Wut wie gebannt gestarrt hatte, sprangen mir plötzlich entgegen. Ritzen, Flecken, Moosinseln im Grau kamen mir schlagartig so vertraut, so nah vor, als wäre ich eben noch auf meinem kleinen Holzroller darübergestupst oder hätte mit einem Kohlebröckchen Blumen und Hasen darauf gemalt. Ich hob den Blick, wir waren da.

Das Haus sah nicht so riesig aus wie in den Bruchstücken meiner Erinnerung, aber dennoch sehr imposant. Und ich kannte jedes Detail. Die schwere, dunkel gebeizte Haustür mit der Granitstufe, auf der ich früher mit Klunta gehockt, der Klingelknopf in seiner Messingmulde, zu dem ich mich damals hochzurecken versucht hatte, die breiten Kassettenfenster im graugelben Putz. Da oben links, im zweiten Stock, wo jetzt ein weißes Rollo hinter den Scheiben schimmerte, war mein Kinderzimmer gewesen. Ich roch wieder den Hausbrand, sah mich drinnen die geschwungene Treppe hinaufklettern, den Blick auf die blankpolierten Teppichstangen geheftet und den rechten Arm zum honigglänzenden Holzgeländer ausgestreckt. Wenn man abwärtsging, über den Steinboden der Eingangshalle lief – *Leberwurstboden* hatte er bei mir geheißen wegen seiner bräunlich gesprenkelten Farbe –, vorbei an der Flügeltür mit dem weißen Emailleschild, die zur Praxis meines Vaters führte, weiter ein paar Stufen hinab und durch den schmalen Hinterausgang, kam man in einen Innenhof. Warme Klinker unter bloßen Füßen, Grün, das in den Himmel wächst, ein Bänkchen vor vergitterten Kellerfenstern. Die rostige, von Klee und Kamille eingerahmte Eisenplatte über dem Abstieg zum Kanal, unter der man das Wasser rauschen hört. Resi greift ein Huhn aus dem Drahtverschlag an der Mauer und hackt ihm auf einem Baumstumpf den Kopf ab. Trotzdem rennt es noch dreimal um den Sandkasten, bis sie es erneut packt und ihm mit einem flinken Beilhieb die Füße abschlägt. »Hier«, sie hält mir einen Fuß entgegen und zieht an dem zwischen Knochen und Hautfetzen heraushängenden weißen Strang, »siehst du, er bewegt sich!« Direkt vor meiner Nase krümmen sich die Krallen. »Aber Resi! Lassen Sie das!« Jemand, wahrscheinlich Karola, drückt mich tröstend in seine Arme. »Wieso denn«, höre ich Resi brummen, »wo's doch sonst kein Spielzeug gibt für die armen Dinger.« Bei der Erinnerung daran rebellierte mein Magen, wie jedes Mal seitdem, wenn ich Hühnersuppe essen soll.

Im Geist lief ich durch das ganze Haus, öffnete Türen, fand mich im Herrenzimmer Auge in Auge den hölzernen Löwenköpfen am Ende der Sessellehnen gegenüber, vor denen ich damals keine Angst haben musste, weil ich gut behütet war. In der Küche leckte ich Saucen- und Puddinglöffel ab, und abends lauschte ich im Bett dem fernen Reden und Lachen, wenn meine Eltern Gäste hatten. Das *Sternenkind* – plötzlich klang er mir wieder im Ohr, der Name, mit dem mein Vater mich ihnen an manchen Abenden vorstellte. Dann stand ich da auf dem dicken Teppich mit blau-rotem Schnörkelmuster, mal im plissierten Organza-Kleidchen, mal im Nachthemd mit Rüschenkragen, sang meine Kinderlieder und fühlte mich unter seinen Blicken wie in Gold gefasst.

Erst viel später ist mir aufgefallen, dass meine Mutter bei dieser imaginären Heimkehr fast keine Rolle spielte. Nur für einen einzigen kurzen Moment glaubte ich, ihr nahe zu sein, in einem Raum mit hellen, glänzenden Möbeln und einem Klavier, ihrem Zimmer vermutlich. Sie hatte mich auf die weißlackierte Fensterbank gehoben und saß, von der Sonne beschienen, neben mir. Eine schmale, leuchtende Gestalt im blauen Kleid, die sich zu mir herunterbeugt und mir merkwürdige Worte ins Ohr flüstert. »Was heißt das?«, frage ich, und sie tippt mir lachend auf die Nase. »Bibbelbabbelbu, diddeldaddeldu.« Lange schon habe ich aufgehört herausfinden zu wollen, was sie mir – sicher auf Englisch – zugewispert hat, schließlich konnte ich damals nicht einmal den Wortlaut verstehen. Aber in letzter Zeit ertappe ich mich hin und wieder dabei, dass ich ihr sehr zärtliche Sätze in den Mund lege. Nie hätte ich gedacht, zu solchen Formulierungen jemals fähig zu sein.

Unbeweglich wie Lots Weib muss ich vor dem Haus gestanden haben, tränenüberströmt und taub für jede Frage – Judith hat Wochen später etwas in dieser Richtung angedeutet.

Es war eine Männerstimme, die mich aufrüttelte. Irgendwo in der Nachbarschaft wetterte jemand dröhnend los, donnerte, tobte, bis ein Fenster zugeschlagen wurde. Ich weiß noch, wie ich hochschreckte, wie das Entsetzen mir durch alle Knochen fuhr.

Plötzlich war alles wieder da. Genauso hatte es damals geklungen, als mein Vater wutschäumend den Männern Beine machte, die mich wegschaffen sollten. »Raus mit dem Balg! Los, los, Beeilung! Verschwindet endlich!« Erst als die Autotür hinter mir zukrachte, verebbte das Geschrei, und ich hörte nur noch mein eigenes Wimmern.

Instinktiv muss ich auf die andere Straßenseite zurückgewichen sein, denn dort fand ich mich wieder, von Judith skeptisch beobachtet.

»Wovor fürchtest du dich denn so?«, fragte sie, ohne mich eine Sekunde aus den Augen zu lassen.

Ich zuckte hilflos mit den Achseln. Wie hätte ich ihr die tiefsitzende Angst verständlich machen sollen, die mich seit damals immer wieder einholte? Und die mich jetzt, vor seinem Haus, mit solcher Wucht überfiel, als hätte er immer noch die Macht, mich zu vernichten. Was wäre, wenn er in genau diesem Moment aus dem Fenster blickte und mich hier entdeckte?

Judith schaute mich schweigend an und überquerte dann noch einmal die Straße. Ich sah sie das Namensschild unter dem Klingelknopf lesen – minutenlang, wie mir schien. Und ich war froh um jede Sekunde, um jedes Fitzelchen Aufschub, ehe ich würde bekennen müssen, dass ich auch in diesem Fall gelogen hatte. Aber natürlich stand sie irgendwann wieder vor mir. Meine Tochter brüllte nicht wie früher mein Vater, sondern zischte, und trotzdem lag in ihrer Stimme der gleiche Zorn, der gleiche Abscheu.

»Total verrückt muss man sein, um dir nur ein Wort zu glauben!«, fauchte sie. »Ich hätte ja bloß ins Telefonbuch zu schauen brauchen.« Wie eine Hammerwerferin schleuderte sie ihre Tasche von der rechten auf die linke Schulter. »Lügnerin! Schwindlerin! Glaubst du im Ernst, der Alte würde dich erkennen? Das kleine Gör – sechzig Jahre später?«

Ihr Zynismus traf mich nicht, weil mir derselbe Gedanke auch schon durch den Kopf geschossen war. Viel mehr verletzte es mich, dass sie auf dem Absatz kehrtmachte, mich einfach stehen ließ und grußlos davonging. In diesem Moment, ich weiß es noch genau, gab ich den Glauben auf, die Beziehung zwischen uns könnte sich jemals verbessern. Dann bleiben wir eben zwei vereinzelte Eisschollen, die gelegentlich aneinanderkrachen, dachte ich.

Wie sehr ich mich damit irrte, kam mir während der folgenden Zeit ganz langsam zum Bewusstsein. Wieder und wieder ließ ich die Rückkehr zum Familienhaus Revue passieren, spürte dem Gefühl der früheren Geborgenheit nach und dem des Verstoßenseins. Immer wieder sah ich mich allein dastehen, nachdem Judith gegangen war, und auf das Haus starren, als sei es einer dieser Zauberwürfel, an denen man stundenlang drehen und schrauben muss, um die Einzelteile zum richtigen Muster zusammenzufügen. Und allmählich begriff ich, dass dieser Augustsonntag, der mir zunächst erschien wie ein erneuter Sturz ins Bodenlose, in Wirklichkeit ein erster Schritt aus dem Sumpf war. Er kam mir vor wie ein nachgeholter Abschied von der so brutal beendeten Kindheit. Ich hatte alles noch einmal angeschaut, hatte das Damals gesehen, gefühlt, geschmeckt und merkte plötzlich, dass ich es hinter mir lassen konnte. Die ewige stechende Sehnsucht war verschwunden. Zum ersten Mal, solange meine Erinnerung zurückreichte, meinte ich nicht mehr, unter einem Bann zu stehen, getrieben zu sein von dem Drang, nach etwas suchen zu müssen, das mich magisch anzog und gleichzeitig mit namenloser Angst erfüllte. Ich weiß noch, dass ich irgendwann spontan und ohne jede Absicht anfing, tief durchzuatmen, vorsichtig zunächst, wie zur Probe, aber bald schon in dem Hochgefühl, dass die Stricke oder Fesseln oder Klammern, die mein Inneres abgeschnürt hatten, weg waren.

Inzwischen ist es mir nicht mehr so wichtig – zumindest in starken Stunden –, wer oder was meine Eltern wirklich gewesen sind. Verbrecher und Heldin? Zwei durch Machtgelüste oder Ehrgeiz Verführte? Zwei Egomanen, die ihr Kind preisgaben, um die eigene Haut zu retten? Vielleicht auch Opfer einer vom Bösen besessenen Zeit? Wer könnte mir jemals Gewissheit geben? Und selbst wenn man ein historisch waschechtes Etikett für sie fände, wem sollte es nützen?

Zehn Tage später verunglückte Judith. Als Herr Mondschein am 8. September abends gegen halb elf, einer für ihn völlig ungewöhnlichen Zeit, an der Haustür läutete, hatte ich einen verwirrenden Augenblick lang das Gefühl des Déjà-vu. Ich sah ihn da stehen, seinen Hut zerknüllend und mit tieftrauriger Miene, wie damals, als er Svens Todesnachricht überbrachte, spürte aber im gleichen Moment, dass alles anders war. Ehe er ein Wort sagte, wurden mir schon die Knie weich. Hinter meinem Rücken musste ich nach dem Dielensessel tasten, um nicht einzuknicken.

»Judith?«

Herr Mondschein nickte, trat zwei Schritte vor, schloss die Tür und nickte noch einmal.

»Ein Unfall.«

Er lehnte sich an die Wand neben der Garderobe.

Vor zwei Stunden sei es passiert, brachte er stockend und immer wieder schluckend heraus, während ich mich krampfhaft an der Sessellehne festhielt. Mit ihrem Mountainbike war Judith über die Kreuzung Türken-, Georgenstraße gefahren. Wie es aussah, bei Rot und ohne Licht. Auch ohne Helm, sagte Herr Mondschein, sonst wären die Verletzungen nicht so schlimm gewesen, als sie nach der Kollision mit einem Mini kopfüber auf eine Bordsteinkante stürzte.

»Was hat sie denn?« Ich konnte kaum sprechen. Wie bei dem Schnelldurchlauf eines Films rasten die Bilder der längst vergessen geglaubten Sven-Geschichte durch meinen Kopf. *Tot – nichts mehr zu machen – am Unfallort gestorben* – hörte ich Herrn Mondscheins Stimme, bis ich merkte, dass der jetzige Herr Mondschein etwas ganz anderes sagte.

Er war zu mir herübergekommen und rüttelte mich am Arm. »Judith ist nicht tot! Glauben Sie mir doch! Sie liegt im Schwabinger Krankenhaus. Kommen Sie, ich bringe Sie hin.«

Willenlos ließ ich mir von ihm in den Mantel helfen, die Treppe hinunter und auf den Beifahrersitz seines grauen Golf, der in zweiter Reihe vor dem Haus parkte. Die Beamten, die den Unfall aufnahmen, hätten ihn zu mir geschickt, weil sie wüssten, dass er ein Bekannter der Familie sei, erzählte Herr Mondschein unterwegs. Aber ich wollte nicht reden, sondern beobachtete wie hypnotisiert das grellrot flackernde Signallämpchen auf dem Armaturenbrett, das die eingeschaltete Warnblinkanlage anzeigte. Vielleicht hatte Herr Mondschein vergessen, sie abzustellen, oder er setzte sie ein wie das Blaulicht zu seinen Dienstzeiten, während wir mit deutlich überhöhtem Tempo durch die Leopoldstraße jagten.

Erst als wir nebeneinander die Eingangshalle betraten, schaffte ich es, noch einmal zu fragen: »Welche Verletzungen hat sie denn?«

»Ein schweres Schädel-Hirn-Trauma«, sagte Herr Mondschein mit einer Stimme, die sachlich klingen sollte, »und einen Oberarmbruch. Ich habe mich schon erkundigt, sie liegt auf der Intensivstation.«

Er begleitete mich bis zu der großen Milchglastür und nickte mir ermutigend zu, ehe ich hindurchging.

Die Welt, die sich hier auftat, war so fremd, so anders, dass normale Lebenszeichen darin keinen Platz zu haben schienen. Man reichte mir einen weißen Kittel, in dem ich bis zum Hals verschwand, meine Hände musste ich desinfizieren und war danach ein Teil dieser Insel zwischen Leben und Tod. Keine Farben. Sogar die Gesichter der Kranken, an denen ich auf dem Weg zu Judith vorbeikam, hoben sich kaum vom Weiß ihrer Kissen ab. Keine Geräusche außer dem Pulsieren, Zischen, Fiepen der Überwachungsgeräte. Keine Gerüche außer dem des nahen Todes oder der Essenzen, mit denen man ihn abzuwehren versuchte.

Judith lag in einer Reihe regloser Gestalten zwischen halb zugezogenen Vorhängen, und wenn die Pflegerin, die mich führte, nicht bei ihr angehalten hätte, würde ich sie nicht erkannt haben. Das Gesicht unter dem dicken Kopfverband war auf der linken Seite blaurot geschwollen, Schläuche waren darauf festgeklebt, ein weiterer Schlauch steckte in ihrer Luftröhre, und man hörte das Beatmungsgerät ticken und pusten wie einen Blasebalg, überall an ihr schienen irgendwelche Kabel zu hängen. Ihr rechter Arm war mit Verbänden fixiert und stand in einem seltsamen Winkel vom Körper ab.

Natürlich wollte ich stark sein, doch es gelang mir nicht. Mit wackeligen Beinen schaffte ich es gerade noch bis zum Vorraum, rutschte dort an der Wand hinunter zu Boden, umklammerte meine Knie und legte den Kopf darauf. Ein Stuhl wurde neben mir abgestellt.

»Da sitzen Sie bequemer«, sagte eine Frauenstimme und nach kurzem Zögern: »Sie sind wohl zum ersten Mal hier.«

Vielleicht habe ich genickt oder etwas gemurmelt, ich weiß es nicht mehr, aber ich erinnere mich genau, dass ich blieb, wo ich war. Ich brauchte diese Bodenhaftung, wagte nicht, aufzustehen und auch nur ein, zwei Schritte zu tun, weil ich das Gefühl hatte, der Grund unter mir schwanke zu sehr, um mich darauf halten zu können.

Später sind mir hin und wieder Menschen begegnet, die erzählten, wie fern ihnen Krankheit und Sterben seien, noch nie hätten sie einen Toten oder Leidenden gesehen. Voller Stolz sprachen sie davon, offensichtlich überzeugt, mit genügend jugendlichem Elan, mit Willenskraft, Durchblick oder den richtigen Verbindungen gegen derlei Übel gefeit zu sein. Vermutlich habe ich diese Art Leute auch früher schon getroffen, sie fielen mir nur nicht auf, weil ich selbst zu ihnen gehörte – bis zu Judiths Unfall. Jetzt auf einmal zeigte sich, dass ich überall da, wo ich Halt zu finden meinte, in etwas wie Watte griff, wie Staub oder Sand. Meine Firma, meine Position, Geld, der gesamte Festungsbau war nutzlos. Zusammengekrümmt kauerte ich auf den grauen Kunststofffliesen und hatte plötzlich das Gefühl, wieder das Kind zu sein, das vor vielen Jahren seinen Schmerz und seine Hilflosigkeit in Sturzbächen herausgeweint hatte, ehe man ihm die Tränen verbot und es beschloss, sich einen Panzer wachsen zu lassen.

»Hier, nehmen Sie«, sagte die sanfte Stimme von vorhin. Ein paar Zellstofftücher wurden mir in die Hand gedrückt. Ich presste mein Gesicht hinein und bemerkte, während ich mich ausgiebig schnäuzte, dass zwei weißbestrumpfte Beine mit festen Schuhen neben mir stehen geblieben waren.

»Es ist schon spät«, sagte die Stimme. »Kommen Sie lieber morgen wieder, jeden Tag wird's etwas leichter.«

Eine kräftige Hand schob sich unter meinen Ellbogen und half mir auf die Füße.

»Aber ...«

Das kantige, unter der Neonröhre kreidig wirkende Gesicht lächelte. »Ja, natürlich dürfen Sie noch einmal nach Ihrer Tochter sehen.«

Ich weiß, dass ich beim Gehen die Luft anhielt, als könnte ich damit meine Schritte dämpfen, und dass ich mich nicht traute, das Fußende von Judiths Bett zu berühren, obwohl ich mich gern daran festgehalten hätte. Ihre Augen waren noch immer geschlossen.

»Schläft sie?«

Die Krankenschwester neben mir schüttelte den Kopf. »Nicht eigentlich. Sie liegt im Koma.«

Wahrscheinlich bin ich bei dem Wort zusammengezuckt, denn die Schwester ließ den Arm, den sie gerade nach einer Infusionsflasche ausgestreckt hatte, sinken und wandte sich mir zu. »Ich weiß, das klingt furchtbar«, sagte sie leise. »Wir können es auch tiefe Bewusstlosigkeit nennen, wenn Sie das weniger erschreckt. Und Sie müssen wissen, dass dieser Zustand ihr Schmerzen und Angst erspart. Die Ärzte«, hörte ich die ruhige Stimme hinter mir, während ich mich behutsam zum Ausgang geschoben fühlte, »sind übrigens sehr zuversichtlich, sie glauben, Judith wird es schaffen.«

Zuversichtlich – glauben – und wenn sie sich irrten?

Wenn Judith nie mehr aufwachte? Solche Geschichten standen alle paar Wochen in der Zeitung. Wenn sie völlig verwirrt wäre oder vielleicht sogar stürbe? Mitten aus dem feindseligen Schweigen, in dem wir die letzten Wochen hindurch gelebt hatten?

Ich nahm Herrn Mondschein kaum wahr, als er unten in der Halle aus dem Schatten eines Ficus benjaminus trat, blass und zerknittert, und neben mir zum Auto ging. Er fragte nichts, ich sagte nichts. Längst kannte ich ihn gut genug, um zu wissen, dass ihn Judiths Unfall traf wie der eines eigenen Kindes, und genauso fühlte ich mich von ihm durchschaut. Er brauchte nur meine hängenden Schultern und den schweren Gang anzusehen und würde erkennen, wie klein, wie hilflos, wie ausgeliefert ich mir auf einmal vorkam.

Ob ich ihm gedankt habe für seinen Beistand an diesem Abend, weiß ich bis heute nicht. Ich sollte ihn gelegentlich fragen.

Im Nachhinein kommt es mir vor, als hätte mich Judiths Unfall in eine ganz neue Dimension des Lebens katapultiert. Statt anzuordnen und zu bestimmen, musste ich mich plötzlich fügen: Die Besuchszeiten waren festgelegt: vierzehn Uhr bis fünfzehn Uhr dreißig und siebzehn bis achtzehn Uhr. Ich lernte warten, nicht nur darauf, zu Judith vorgelassen zu werden, sondern auch auf ein erstes Zeichen ihres zurückkehrenden Bewusstseins. Tag für Tag beobachtete ich stundenlang die Kurven auf den Monitoren hinter ihrem Bett, verfolgte gebannt, wie verschiedene Flüssigkeiten aus einer ganzen Batterie von Flaschen und transparenten Plastiksäcken, die an einem Ständer neben dem Kopfende hingen, in dünne Schläuche tropften und auf Judiths Körper zurieselten.

Obwohl ich morgens meist kurz ins Büro fuhr, weil Thiersen sich an die ihm unerwartet zufallende Verantwortung erst gewöhnen musste, war meine eigentliche Welt jetzt diese andere, abgeschottete, in der das Maß der Zeit vom Flimmern und Pusten der Maschinen vorgegeben wurde. Anfangs wagte ich kaum zu atmen, geschweige denn, mich von meinem Stuhl links neben dem Bett zu rühren, nachdem ich einmal durch eine unbedachte Bewegung schrillen EKG-Alarm ausgelöst hatte. Aber mit jedem Tag fühlte ich mich sicherer, zugehöriger, vor allem seit mir klar geworden war, dass ich selbst, wie alle übrigen Besucher, im weißen Kittel und mit sorgenvoll blassem Gesicht kaum auffiel in dieser farblosen Sphäre. Allmählich erkannte ich auch meine Tochter wieder unter den Verbänden, den Schwellungen, den vielen Strippen. Manchmal kniff ich ein Auge zu und blendete die blauen Beulen auf ihrer linken Gesichtshälfte aus. Da ist sie ja, dachte ich dann, es kann kein Problem sein, sie in Ordnung zu bringen. An anderen Tagen wirkte sie so durchscheinend, so zerbrochen, dass ich sie unbedingt anfassen wollte, um festzustellen, ob sie noch lebte, aber ich traute mich nicht.

Ich glaube, es war am fünften Tag, als eine der Krankenschwestern, Regina hieß sie, plötzlich neben mir stand, meine Hand nahm und auf Judiths legte.

»Keine Angst«, sagte sie, »das schadet nicht. Man weiß es

zwar nicht genau, doch wir meinen, die Kranken spüren die Zuwendung – wie eine Art Kraftübertragung.« Regina zog kurz die Schultern hoch, entschuldigend, weil ihr keine bessere Erklärung einfiel. Im Weitergehen zeigte sie noch auf Judiths Füße, von denen einer unter der Decke hervorragte. »Die könnten Sie ein bisschen massieren. Ich bin sicher, das tut ihr gut.«

Wäre Regina bei uns stehen geblieben, würde ihr die Unbeholfenheit aufgefallen sein, mit der ich zunächst über Judiths Hand strich und dann über ihre Füße. Vor allem die Füße. Ich konnte mich nicht erinnern, diese Füße jemals bewusst betrachtet oder sogar in Händen gehalten zu haben, seitdem meine Tochter kein Baby mehr war. Kühl fühlten sie sich an und so matt wie die Flügel eines gestrandeten Vogels, aber als ich mit den Fingern sacht über den Fußrücken fuhr, spürte ich oberhalb der großen Zehen den Pulsschlag, kräftig, in ruhigem Takt, ein Zeichen des ungebrochenen Lebens. Erst nahm ich den linken auf, dann den rechten, ließ meine Hand über den Spann gleiten, durch die Wölbung der Sohle, über Ballen und Ferse, hart und glatt vom täglichen Jogging im Englischen Garten.

Ich sah Judith die Straße hinunterlaufen, leicht, federnd, über die Kreuzung Richtung Park, und merkte plötzlich, dass sich ein anderes Bild davorschob: Sven, wie er loslief, in Trainingshosen und Kapuzenjacke, damals, ehe Judith geboren wurde. Zu der Zeit sprach man noch nicht von Joggen. Seine Füße, wenn er nach Hause kam und im Flur Schuhe und Socken abstreifte. Sie hatte Svens Füße, schmal, lang, mit hohem Rist und geraden, knochigen Zehen. Diese Füße kannte ich gut, weil Sven in der Wohnung am liebsten barfuß herumging, bis tief in den Herbst hinein auch auf der Straße. Das sei ein Relikt aus seiner Bauernkindheit, erklärte er allen, die sich darüber mokierten. Und plötzlich hörte ich ihn wieder den Miró-Spruch zitieren, mit dem er die meisten Spötter zum Schweigen brachte: *Man muss beim Malen mit beiden Beinen auf der Erde stehen, weil die Kraft durch die Füße hereinkommt.* Das gelte sicher nicht nur fürs Malen, fügte Sven immer hinzu, sondern fürs Leben überhaupt. Gut geerdet zu sein, sagte er, sei das Allerwichtigste.

Sven war gut geerdet, als er mich traf und sich gegen die Familie, für den Alleingang mit mir entschied. Wie hätte er ahnen können, dass ich, die schon lange keine Form von Sicherheit oder Zugehörigkeit mehr kannte, die nicht mehr wusste, wie es sich anfühlt, am richtigen Ort zu sein, ihn von allem kappen würde? Wie ein Stück gefährlicher Weltraummüll, der lebenswichtige Leitungen durchtrennt, wenn sie seinen Weg kreuzen. Ich habe ihm seine Kraft genommen, das Vertrauen in die Quelle, dachte ich, hielt dabei die schlaffen Füße meiner Tochter und fühlte mich plötzlich überschwemmt von einem Sturzbach von Tränen.

»Aber hallo«, es war wieder Regina, die neben mir stand und mich sanft an der Schulter rüttelte. »Weinen bringt nichts. Sie müssen daran glauben, dass Judith gesund wird, ganz fest. Sie spürt das, und es hilft ihr.«

Wie sollte Regina ahnen, um was ich in Wahrheit weinte? Judith, das versicherten mir alle auf der Station immer wieder, Judith würde aller Voraussicht nach bald in Ordnung kommen, selbst wenn es im Moment kaum vorstellbar erschien. Doch Sven – er hatte neben mir keine Chance gehabt. Ein bloßes Schmuckstück war er für mich gewesen, eine Zutat zu meinem Festungsbau, wichtig nur als Glanzpunkt meiner perfekten Fassade und dann, nach seinem Tod, einfach abgehakt, nicht einmal zum Schein betrauert. Warum begriff ich erst jetzt, in welchen Strudel er durch mich geriet? Oder war es ein Frostkeller? Oder eine Sphäre, der langsam die Luft zum Atmen entzogen wurde? Und dass er sich unmöglich daraus befreien konnte – es sei denn, er hätte mich verlassen? Aber da gab es ja auch noch das Kind.

Plötzlich sah ich ihn wieder vor mir, wie er durch die Wohnung krabbelte, mit bloßen Füßen und in verwaschenen Jeans, eine strahlende Judith auf dem Rücken, die sich in seinem Zottelhaar festkrallte und bei seinen überraschenden Bocksprüngen begeistert juchzte. Ich meinte, die Stimmen der beiden aus der Küche zu hören, während er ihr die Welt zu erklären versuchte: »Sieh mal, was ist das?« »Nudel!«, krähte Judith. »Aber nein, Schatz, das ist eine Kartoffel. Versuch's noch mal! Was ist das hier?« »Nudel!«, »Nein, Liebes, eine Kartoffel! Schau, ganz schwarz von der Erde, und man kann sie schälen. Sag Kartoffel!« »Nudel!«

Damals hatte ich das Geplänkel zwischen ihnen nur albern gefunden, so kindisch wie das Hippie-Outfit, das Sven in seiner Freizeit trug, und den weichen Klang seiner Stimme, wenn er mit unserer Tochter sprach. Zwar bin ich, soweit ich weiß, nie direkt dazwischengefahren und habe gesagt, was ich von diesem *Getue* hielt, aber ich konnte meine Meinung auch ohne Worte unmissverständlich ausdrücken.

In all den Jahren, die seitdem vergangen waren – das

wurde mir plötzlich bewusst –, hatte ich mein Verhalten nicht ein einziges Mal infrage gestellt, und niemals würde ich mir eingestanden haben, dass Svens Liebe zu mir und dann auch die zu Judith in meiner frostigen Nähe abgestorben war. Sein Gesicht fiel mir wieder ein, dieses erloschene Gesicht an unserem letzten gemeinsamen Theaterabend, diese Düsternis, die ich damals nur als Trübung meines eigenen Glanzes wahrnahm. Auf einmal erkannte ich darin abgrundtiefe Hoffnungslosigkeit. Und obwohl es mir auch jetzt noch schwerfiel, den Gedanken zuzulassen, wusste ich plötzlich ohne jeden Zweifel: Sein Tod war kein Unfall, sondern Selbstmord.

»Es tut mir so leid, so schrecklich leid.« Ich hielt die Füße umklammert, wiegte mich leise murmelnd mit ihnen vor und zurück, bis Regina wieder einmal am Bett auftauchte, die Infusionsflaschen überprüfte und Judiths von Tränen nasse Füße unter die Bettdecke steckte.

»Ja, reden Sie mit ihr«, sagte sie, geschäftig hantierend und ohne mich anzusehen, während ich mein Gesicht trocknete, »das ist gut. Erzählen Sie ihr etwas. Sie können auch singen oder vorlesen, egal. Die Ärzte meinen, dass akustischer Kontakt noch mehr bewirkt als körperlicher.«

Vorlesen. Singen kam natürlich nicht infrage, das hatte ich nie gekonnt. Und einfach draufloszureden würde mir auch schwerfallen, dafür gab es zu viel Scheu, zu viel Distanz, zu viel Fremdheit zwischen uns. Beim Vorlesen jedoch fände ich Deckung hinter einem fremden Text, er wäre wie ein Filter zwischen Judith und mir, würde verhindern, dass wir direkt aufeinanderstießen. Der Brief fiel mir ein, den ich morgens beim Verlassen des Hauses im Briefkasten gefunden und achtlos in meine Handtasche gesteckt hatte. Einer in der Kette der Briefe, die ich seit Jahrzehnten regelmäßig am Ende jeden Sommers von Helma Pohlschröder bekam, ungelesen auf meinen Schreibtisch im Büro oder in der Wohnung warf und irgendwann mit einem Haufen anderer nutzloser Papiere entsorgte. Ich brauchte den Absender nicht zu prüfen, um zu wissen, von wem er kam. Helma Pohlschröders Schrift war eine unverwechselbare Mischung aus Sütterlin-Resten und lateinischen Buchstaben, mit breiter Feder und dunkler Tinte kraftvoll aufs Papier gemalt. Zwei- oder dreimal hatte ich anfangs geantwortet, aber dann nie mehr, was sie nicht daran hinderte, mir Jahr für Jahr einen neuen Sommerbrief zu schicken.

Jetzt, an Judiths Krankenbett, war er mir zum ersten Mal willkommen, wenn auch nur als Vehikel einer unverfänglichen Kontaktaufnahme zwischen mir und meiner Tochter.

Ich fischte den Brief aus meiner Tasche, riss ihn auf, entfaltete mehrere mit steilen schwarzen Zeichen gefüllte Bögen und fing an zu lesen – laut, denn schließlich war das der Sinn der Übung:

Meine liebe Sigrid,

ob Du wohl daran gedacht hast? Vorgestern war Veras Todestag. Vierzig Jahre ist es nun her, dass sie so erbärmlich starb, zusammengeschrumpft zu einem Bündel von Haut, Knochen und Schmerz, die erste von Eurem Jahrgang, die gehen musste. Damals glaubte ich, nicht weiterleben zu können, weil …

Ich hielt inne, spähte ängstlich über den Rand des Papiers, um die Wirkung auf Judith festzustellen. Vielleicht, dachte ich, würden Helmas traurige Worte den Schatten noch vertiefen, der auf ihr lastete, bestimmt wäre etwas Heiteres, Unbeschwertes besser für sie. Doch als Judith keinerlei Regung zeigte und auch die Kontrollgeräte, die mir inzwischen vorkamen wie eine vertraute Wohnzimmereinrichtung, keine beunruhigenden Signale von sich gaben, beschloss ich anzunehmen, dass Regina nur den Klang einer Stimme gemeint hatte, gleichgültig, was sie ausdrückte, und ich las weiter vor.

Helma schrieb über einen Uli, einen Thomas, eine Susanne, einen Paul, und der Selbstverständlichkeit nach, mit der alle diese Menschen erwähnt wurden, mussten sie auch die vorausgegangenen Briefe regelmäßig bevölkert haben. Allein bei dem Namen Susanne gab mein Gedächtnis schwache Blinkzeichen. Veras ältere Schwester, die schon Seidenstrümpfe trug, als ich sie kennenlernte, könnte so geheißen haben.

Ich las ohne Anteilnahme, mehr mechanisch, bis Helma im letzten Teil des Briefes auf mich zu sprechen kam, und es war nicht die übliche Eitelkeit, plötzlich selbst das Thema zu sein, was mein Interesse weckte, sondern ihre Art, mich zu sehen, mich zu durchschauen – und trotzdem anzunehmen. Ich bin sicher, dass meine Stimme nicht mehr so fest und ruhig klang, als ich diesen Teil vorlas, aber ich tat es.

Wahrscheinlich sei es dieser besondere Todestag, schrieb Helma, der sie veranlasst habe, Veras Weg noch einmal zurückzugehen und dabei auch über mich nachzudenken. *Ihr wart keine Freundinnen*, stand da, *ich glaube, Ihr moch-*

tet Euch nicht einmal besonders, aber Du sahst so verloren und verfroren aus, dass ich einfach nicht an Dir vorbeigehen konnte. Helma erzählte, wie sie mich, nachdem ich ihr bei einem Besuch im Internat aufgefallen war, zusammen mit Vera in den *Grünen Jäger* ausgeführt hatte, das schönste Wirtshaus der Gegend. *Für Euch Kinder gab es »strammen Max«.* Und sie beschrieb ihren Versuch, meine Stummheit mit einer Frage nach meinen Ferienplänen aufzubrechen, aber daraufhin hätte ich mich vollends in mir selbst verkrochen. *Du wirktest nicht sonderlich entzückt, als ich Dich einlud, den Sommer bei uns auf dem Bauernhof zu verbringen, aber dann bist Du doch gekommen und vier Wochen geblieben. Erinnerst Du Dich an Eure wilden Spiele? Und an die Bücher, die ich Dir bei Deinem zweiten Besuch ein paar Sommer später zum Lesen gab? Stifters* Brigitta, *glaube ich, Fontanes* Effi Briest, *Tolstois* Anna Karenina *– Geschichten von starken, schwierigen Frauen, die nicht der Norm entsprachen, und die Dir vielleicht helfen könnten, den Weg zu Dir selbst zu finden. Ich wünschte so sehr, Dir näherzukommen, vor allem nachdem ich ein paar Nachforschungen über Deine Familie angestellt hatte – aus Sorge, nicht aus Neugier! – und wusste, dass Du kein festes Fundament hattest. Noch Jahre später, Du warst längst auf einer anderen Schule, haben Vera und ich immer wieder von Dir gesprochen und versucht, uns vorzustellen, wie es sich anfühlen mochte, so ganz ohne Anbindung zu sein.*

Ich bin sicher, es gibt diese Art von Symbiose, bei der man im Kopf, parallel zum eigenen Leben das eines anderen Menschen begleitet, egal, wie weit entfernt er ist, und hinter allem, was man sich dabei ausmalt – Höhenflüge und Abstürze, Alltagsszenen, Glücksmomente –, steht der Wunsch, ihn nicht allein zu lassen, ihn nicht verloren zu wissen. Mir jedenfalls geht es so in meinem Verhältnis zu Dir. Vom ersten Moment an, als ich Dich traf – Du musst elf oder zwölf gewesen sein und sahst mit Deiner dicken Schnupfennase und roten Augen aus wie ein verschrecktes Kaninchen –, hatte ich das dringende Bedürfnis, Dich zu behüten. Nein, am liebsten hätte ich Dich in die Arme genommen, um Dich aufzuwärmen, weil Du mir vorkamst wie mit einer Frostschicht überzogen, aber Du machtest nicht den Eindruck, als würde Dir das gefallen. Also habe ich's auf andere Weise versucht, habe Dich mit meinen Gedanken umhüllt, habe einfach Freundliches, Liebevolles, Beschützendes in Deine Richtung gedacht, in der Hoffnung, dass es bei Dir ankäme, vor allem nach Veras Tod, weil sie ja nun anderswo aufgehoben war und mich nicht mehr brauchte. Keine Sorge, ich bin keine Esoterikerin! Trotzdem glaube ich, dass die Energie der Gedanken etwas bewirken kann in dieser Welt, etwas Reales.

Vielleicht habe ich Dir all die Jahre hindurch nur deshalb geschrieben, weil ich solchen abgehobenen Überlegungen selbst nicht ganz traute und daneben noch etwas Konkretes brauchte? Vielleicht wollte ich Dich durch meine Berichte über Oma Ännes Schlaganfall, Susannes Zwillinge, den Ausbau des Dachstuhls oder den Brand im Obstgarten in unsere Familie einbinden? Ich bin nicht sicher, denn wenn es so wäre, hätte ich mit meiner Schreiberei doch zumindest dann aufhören müssen, als Du nicht einmal auf meine Nachricht von der schweren Erkrankung reagiertest, die mich vor fünf Wintern beinahe umgebracht hätte. Kein Wort der Anteilnahme, nicht einmal höfliches Interesse. In den vielen Jahren kam zweimal eine Postkarte aus Paris, wann das war, habe ich vergessen, beide mit dem gleichen Bild vom Eiffelturm und fast gleich formuliertem Text: einem Gruß von dem Kosmetik-Kongress, an dem Du gerade teilnahmst. Banal, unpersönlich. Eigentlich weiß ich wirklich nicht, warum ich Dir noch immer schreibe, obwohl ich schon längst nicht mehr glaube, dass Du meine Briefe liest. Und doch – wenn ich ganz genau hindenke, stoße ich auf eine winzige Prise Hoffnung, Du könntest allein schon das Kuvert als Zeichen erkennen, dass da jemand ist, der an Dich denkt, stur, unveränderlich, seit langer Zeit.

Entschuldige. Offenbar hat Veras Todestag mich davon abgebracht, nur die üblichen Familienneuigkeiten zu erzählen. Wenn Du diese Zeilen läsest, wäre es mir peinlich, aber so, wie die Dinge liegen, bin ich froh, mein Verhältnis zu Dir unter die Lupe genommen zu haben, ich bin mir meiner Sache wieder ganz sicher.

Bis zum nächsten Sommer. In Liebe, Helma Pohlschröder.

Meine Stimme war ständig leiser geworden, zum Schluss gelang mir kaum mehr ein Flüstern, und ich hatte ein ganz merkwürdiges Gefühl in der Brust, so, als zöge sich mein Herz zusammen. Inzwischen ist mir dieses Gefühl ziemlich vertraut, doch zu der Zeit kam es mir noch fremd und erschreckend vor, weil ich nicht daran gewöhnt war, so viel Emotionalität und Offenheit an mich heranzulassen. Einen Moment lang war ich sogar versucht, die Schotten wieder dicht zu machen, damit nichts mich berühren könnte. Aber dazu war es zu spät. Helma Pohlschröders magisches Denken schien zu wirken.

Ich weiß nicht wieso, doch plötzlich fühlte ich mich von meinem Wachposten neben Judiths Bett, von den Desinfektionsgerüchen, den fiependen und pustenden Maschinen wegversetzt in einen prallen Kindersommer. Und nach einer Weile erst merkte ich, dass ich Judith dahin mitnahm. Ohne es zu registrieren, hatte ich angefangen zu erzählen.

Gütersloh. Kannst du dir Gütersloh als Ferienparadies vorstellen? Ein verschlafenes Provinznest im Westfälischen, lange bevor es zur Medienstadt avancierte? Damals ging das problemlos. Anfang der 50er-Jahre dachte hier kaum ein Mensch an Reisen auf die Seychellen, nach Mauritius oder zu irgendwelchen Palmenstränden, erst recht kein Kind und schon gar kein *alleinstehendes* wie ich. Das Haus, in dem Pohlschröders wohnten, lag am Stadtrand. Ein behäbiger Bauernhof, Fachwerk mit roten Klinkern, weißen Sprossenfenstern, die dringend einen Neuanstrich gebraucht hätten, und einem tiefgezogenen, dunklen Dach. Man betrat das Haus über eine breite, geschwungene Treppe, auf der beinahe täglich eine ältere Frau saß und stundenlang eine Kurbel an einem Holzbottich drehte. Beide, die Frau und der Bottich, kamen mir sehr eigenartig vor, bis ich erfuhr, dass in dem hölzernen Ding Rahm zu Butter verarbeitet wurde und dass die Frau, die mit ihrem sackartigen, schwarzgeblümten Kleid, den glatt zurückgekämmten, ohrenkurzen Haaren und einer Nase, bei der man rechts und links nicht auf den Grund sehen konnte, aussah wie ein Fabelwesen, eine Erdmuhme vielleicht, Lore war, Veras Großtante. Ich weiß nicht mehr, ob ich sie tatsächlich unanständig lange angestarrt habe, aber ich erinnere mich, dass sie jedes Mal, wenn ich – für mein Empfinden völlig diskret – eine Weile in ihrer Nähe herumgestanden hatte, fasziniert von der Ausdauer ihrer dicken Arme und der Schwärze neben ihren Nasenflügeln, *tss-tss-tss* machte. Ein Geräusch, mit dem sie auch die streunenden Hühner verscheuchte, sobald sie sich auf die Stufen wagten, und den Hund, eine schlappohrige, braunweiße Promenadenmischung, wenn er seine Schnauze an ihr Knie lehnen wollte. Tss-tss-tss – und ich verdrückte mich auf der Stelle.

Tante Lore wohnte mit allen möglichen anderen Verwandten im Erdgeschoss des Hauses. Darüber, im ersten Stock, lebte Veras Familie, Vater, Mutter, fünf Kinder und eine Großmutter, an die ich mich nur betend erinnern kann. Den ganzen Tag saß sie in langem dunklem Rock auf einem Lehnstuhl nahe beim Fenster und betete. Mal mit Rosenkranz, mal ohne, halblaut und immer so schnell, dass man außer einem gelegentlichen »Herr« und dem »Amen«, das sie seufzend ausstieß, bevor sie tief Luft holte und weitermurmelte, kein Wort verstand. Franjo – jetzt fällt mir der Name wieder ein, eigentlich Franz-Johann und der Zweitjüngste – war der Einzige, der sich hin und wieder traute, die Leier zu durchbrechen:

»Mach doch mal langsam, Omama! Was betest du denn eigentlich?«

Und sie bremste tatsächlich ab, sprach drei, vier deutliche Worte, »Herr, lass dein Licht…«, »Heilige Maria, Mutter Gottes…« oder dergleichen, verhedderte sich, setzte neu an, geriet abermals ins Gestrüpp und schimpfte, allerdings mit einem Zwinkern um die Augen, in Richtung ihrer prustenden Enkel: »Dumme Blagen! Statt froh zu sein, dass jemand für euch betet!« Und weiter ging's mit dem frommen Gebrabbel.

Zwischen den Bewohnern des Hauses gab es vielerlei verwandtschaftliche Beziehungen, man war verschwistert, verschwägert, um mehrere Ecken angedockt, so ganz habe ich das nie durchschaut. Doch ich weiß noch, dass die unten den Bauernhof betrieben, während es bei denen oben etwas städtischer zuging. Es gab feinere Möbel, Bilder, hohe Regale voller Bücher. Bestimmt hätte Vater Pohlschröder, ein großer, breitschultriger Mann mit rötlichem Quadratschädel, seiner Familie ein eigenes Haus im Zentrum kaufen können, er war Fabrikant von Fahrradlenkern, damals eine sehr einträgliche Sache, aber offenbar gefiel ihm das ländliche Leben. Wenn er abends aus seinem Kontor nach Hause kam, im grauen Anzug und leicht hinkend wegen einer Kriegsverletzung, wackelte sein Bauch unter der Weste wie ein gewaltiger Pudding vor Lachen, sobald er seine Sprösslinge, mich eingeschlossen, erblickte. Irgendetwas war immer passiert. Franjo war der Länge nach in die Jaucherinne im Kuhstall gefallen. Bernhard, genannt Bennatz, kam mit einer blau schillernden Beule daher, weil er sich unterm Scheunendach in einer alten Badewanne versteckt hatte und mit ihr durch die morschen Dielen gestürzt war. Vera trug plötzlich einen Stoppelschnitt, nachdem sie sich mit ihren schulterlangen Haaren in der Brombeerhecke verfangen hatte und mittels Schere daraus befreit werden musste. Und ich? Ich machte ihm, glaube ich, den größten Spaß, als ich versuchte, im Rückwärtsgang ins Haus zu gelangen, weil meine Hose hinten einen Riesenriss hatte, der sich nur teilweise zusammenhalten ließ. Vielleicht auch, als ich in unserer Hütte am Ende des Obstgartens so viele mit welkem Laub gestopfte Nikolauspfeifen geraucht hatte, dass ich abends im Zweiminutentakt vom Esstisch ins Bad rennen musste.

Ja, er hat über uns gelacht, dass es dröhnte, aber nie hämisch oder spöttisch oder schadenfroh, sondern voller Spaß an unseren skurrilen Kämpfen mit dem Abenteuer. Einfach voller Wärme. Das habe ich sogar noch gespürt, als ich mich über der Toilette fast auf links spuckte. Überhaupt fühlte ich mich damals wie in einem warmen Knäuel, behütet, wohlig, sicher. Die ganze Zeit hindurch hat nie jemand versucht, mich auszuquetschen. Keiner wollte mich zu irgendetwas zwingen oder forderte Dankbarkeit und Unterwürfigkeit von mir. Ich lief einfach mit im Pulk der Kinder, genauso geliebt, geschrubbt und auch getadelt wie sie.

Getadelt – das kam nur ein einziges Mal vor. Es ging um Karl, den Hilfsknecht. *Idiot* hieß er bei einigen Erwachsenen aus der Nachbarschaft, *Knallkopp, Hoftrottel*, was uns völlig passend erschien, weil er trotz seiner grauen Haare und des faltigen Gesichts stammelte und stotterte wie ein Kleinkind, über jeden Holzklotz und jeden Schaufelstiel stolperte, vor allem aber weil er uns aufs Wort gehorchte. Wir ließen ihn tanzen, wobei er mit seinen schlackernden Gliedmaßen und den klobigen Arbeitsstiefeln aussah wie ein wild gewordener Hampelmann, wir ließen ihn singen und ahmten johlend seine hohe, krächzige Stimme nach, und weil er so gern dösend in der Sonne lag, kamen wir eines Nachmittags auf die Idee, ihn zu einem Nest von dicken, saftigen Brennnesseln zu lotsen, die neben der Scheunenwand wuchsen. »Guck mal, Karl, das schöne hohe Gras hier. Da musst du dich hinlegen!« Und er tat's und war im nächsten Moment mit wüstem Schmerzgeheul hinter uns her. Wir konnten ihm knapp entwischen und uns in den von Tante Lore bewachten Hausflur retten, aber ich, die Langsamste und Verschreckteste, habe mich an der Treppe noch einmal umgedreht und mir einen wütenden Tritt gegen das Schienbein eingefangen. Ach ja, ich hatte es vollkommen vergessen, der Knubbel hier rechts stammt von Karls derbem Schuh. Er ist nie ganz verschwunden.

An diesem Abend lachte der Vater nicht, als wir in einer schrillen Melange aus Gekicher, Angeberei und Panik, alle durcheinander, mit überschnappenden Stimmen von unserer Flucht vor dem brüllenden Karl erzählten. »Er hat gequiekt wie ein Schwein!«, schrie Bernhard und schlug begeistert seine Fäuste gegeneinander. Aber mitten in der Bewegung hielt er inne, und wir alle erstarrten mit ihm, weil wir das Donnerwetter aufziehen spürten, das im nächsten Moment über uns hereinbrechen würde. Theo Pohlschröders rosiges Lächelgesicht verfinsterte sich, lief dunkelrot an, die Brauen wurden zu einem dicken, bedrohlichen Wulst, aus dessen Schatten uns zornige Blitze trafen, und es kam mir so vor, als stellten sich die dünnen Haare auf seinem Kopf zu Stacheln auf.

Bestimmt hat man seine Stimme in ganz Gütersloh gehört. »Wie ein Schwein, sagst du? Und ihr lacht über seine

Schmerzen? Und fühlt euch großartig, wenn ihr ihn herumkommandiert? Was glaubt ihr denn, wer ihr seid? Nur Schwächlinge, Dummköpfe, miese Würstchen haben es nötig, mit anderen Menschen so umzugehen!« »Ich schäme mich für euch«, setzte er nach kurzem Innehalten leiser hinzu, »und es tut mir leid, dass ich das muss.«

Schimpfkanonaden waren damals absolut nicht neu für mich, nach jahrelanger Erfahrung als *schlimmes Kind* konnte ich sie ungerührt an mir herunterrieseln lassen. Selbst schneidende Kritik oder zynische Bemerkungen über mein ungehöriges Benehmen machten mir nichts mehr aus, doch diese Zurechtweisung traf mich im Innersten. Zum ersten Mal fühlte ich mich dadurch nicht zu neuer Aufmüpfigkeit angestachelt, zu einer meiner üblichen *Jetzt-erst-recht-Aktionen.* Im Gegenteil, ich fühlte mich elend und wünschte sehnlichst, nicht aus dem Kreis von Lächeln und Wärme gefallen zu sein.

Jetzt erinnere ich mich wieder: Ich habe an diesem Abend tatsächlich geweint, und als ich vorsichtig zur Seite spähte, sah ich, dass auch ein paar von den anderen heulten. Vera und Bennatz auf jeden Fall.

Später, nach dem Essen, Theo Pohlschröders Gesicht hatte wieder die gewohnte Farbe und auch seine Augen sahen nicht mehr beängstigend aus, wurden wir, statt wie sonst vor dem Zubettgehen zu spielen, noch einmal an den großen Tisch zitiert, weil, sagte der Vater, ein Machtwort allein wahrscheinlich nicht reiche, um uns von solchem Treiben abzuhalten. Sie saßen nebeneinander, Helma und Theo. Hin und wieder fassten sie sich bei den Händen, und sie sprachen abwechselnd, einander ergänzend, bestätigend. Aber nicht so, als wollten sie eine Front gegen die Kinder bilden, sondern eher in dem Wunsch, ihren Standpunkt durch die Gemeinsamkeit umso plausibler erscheinen zu lassen. Wenn ich heute darüber nachdenke, glaube ich, dass sie der Inbegriff von idealen Eltern waren – mir jedenfalls sind nie bessere begegnet.

Wir seien noch zu jung, sagten sie, um uns an die braune Vergangenheit unseres Landes zu erinnern – richtig, wenn ich an meine frühen Kinderjahre dachte, sah ich blankgewienerte Stiefel, hörte schnarrende Stimmen, Sirenengeheul und Bombeneinschläge, Geschrei. Aber *braun*? –, deshalb hielten sie es für notwendig, uns zu erzählen, wie man noch vor wenigen Jahren mit Menschen umgegangen sei, auch hier, in unserem Umfeld, und aus den gleichen Motiven, die uns verleitet hätten, so grausam mit Karl umzuspringen. Weil jemand körperlich oder im Kopf behindert war, weil er einen besonderen Glauben hatte, eine bestimmte politische Meinung vertrat oder zu einer Volksgruppe gehörte, der man das Recht auf Leben absprach, Zigeuner etwa, vor allem aber die Juden. »Ungeziefer hat man sie genannt«, sagte Theo Pohlschröder und mit Blick auf Bernhard: »Schwein ist nicht besser.« Und sie schilderten, wie diese Leute aus ihrer gewohnten Umgebung gerissen, verschleppt, misshandelt und umgebracht worden waren, auch Kinder in unserem Alter. »Vielleicht erscheint euch das alles sehr fern«, sagte Helma, »aber ihr müsst euch nur mal vorstellen, dass ihr es wäret, die in Viehwaggons gestopft werden, die hungern und frieren und nichts mehr haben außer

Angst.« Theo nickte. »Der beste Schutz gegen Bosheit und Grausamkeit ist, sich neben den Betroffenen zu stellen und mit ihm zu fühlen. – Ihr werdet heute Nacht vielleicht nicht so gut schlafen«, sagte er mit einem begütigenden Rundblick über unsere verschreckten Gesichter, »das macht für einmal nichts. Dann vergesst ihr hoffentlich nicht, dass man Menschen nie und unter keinen Umständen so behandeln darf.«

Ich sehe uns noch im Stall stehen am nächsten Tag, als wir uns bei Karl entschuldigen mussten, wir kichernd vor Verlegenheit, er, auf seine Mistforke gestützt, die Augenbrauen ungläubig bis zum Mützenrand hochgezogen.

Die Erinnerungen hörten nicht auf, durch meinen Kopf zu drängen, auch nachdem mich eine der Schwestern sanft, aber bestimmt hinausbefördert hatte. Von der Schaukel muss ich Judith erzählen, dachte ich, während ich durch die leeren Flure und über den Parkplatz zu meinem Auto ging. An ellenlangen Seilen hatte sie aus der Krone einer riesigen knorrigen Eiche gehangen, vielleicht dreißig Meter von Tante Lores Treppe entfernt. Nach vorne glaubte man, auf ihr über das Hausdach hinweg direkt in die Wolken zu fliegen, und nach hinten schwang man in das grüngoldene Geraschel von sonnendurchglänztem Laub. Momente vollkommener Schwerelosigkeit, eine Ahnung von Glück. Es fühlte sich an, als würde etwas meine Seele kitzeln und sie zum Lachen bringen. Damals hätte ich das natürlich nicht so ausgedrückt, meine Seele war mir überhaupt kein Begriff. Umso mehr gab Helma Pohlschröder sich mit ihr ab.

Ich war so sehr damit beschäftigt, mein Gedächtnis nach

Helmas Gesicht zu durchforsten, dass ich beinahe einen Begrenzungsstein gerammt hätte, der an der Ausfahrt zur Straße plötzlich in meinem Blickfeld auftauchte. Ein rundes Gesicht, jetzt sah ich es wieder vor mir, rund und weich, mit einem kleinen spitzen Kinn, einer zarten Nase und großen dunkelgrauen Augen. Vielleicht hätte es wie ein Puppengesicht wirken können, wären da nicht die beiden steilen Falten zwischen ihren Brauen gewesen und die beiden anderen Falten, die von den Nasenflügeln zu den Mundwinkeln führten, Linien, deren Strenge sich auflöste, wenn Helma pfiff, was sie gern und häufig tat, oder wenn sie lachte, was genauso oft vorkam.

Pohlschröders waren katholisch, nicht frömmelnd, doch felsenfest überzeugt. Rückblickend denke ich, dass dieser Glaube sie so unangefochten durch die Nazizeit hat kommen lassen. Ich erinnere mich an das Foto, das im Kassettenrahmen ihrer Vitrine links neben der Esszimmertür steckte, postkartengroß und schon leicht vergilbt. Ein Männerporträt mit kantigen, energischen Zügen. »Was, den kennst du nicht?«, krähte Bernhard, als ich fragte, wer das sei. Aber die Erklärung überließ er doch seiner Mutter. Der Kardinal von Galen sei das, sagte sie, der frühere Bischof von Münster, einer der wenigen, die genug Mut gehabt hatten, gegen die Schandtaten der Nazis den Mund aufzumachen, und zwar unüberhörbar laut. Wegen seiner furchtlosen Predigten werde er der *Löwe von Münster* genannt.

Er war schon etliche Jahre tot, als ich von ihm erfuhr, aber er behielt seinen Ehrenplatz an der Vitrine, und da steckte er auch später noch, bei meinem zweiten, letzten Besuch. Ich stelle mir vor, dass die Pohlschröders in ihm eine Art Leitfigur sahen, jemanden, der sie in der Spur gehalten hatte, wenn sie vielleicht verängstigt waren oder verwirrt durch Parolen, Gerüchte und dramatische Reden – wer soll das aus heutiger Sicht beurteilen?

Bei Tisch wurde gebetet, ebenso vor dem Schlafengehen, und sonntags ging man gemeinsam in die Kirche, um zehn Uhr ins Hochamt, feingemacht mit weißen Kniestrümpfen und blankgeputzten Schuhen. Und ich immer mittendrin. Das störte mich nicht, weil ich daran gewöhnt war, im Pulk zu leben, ich genoss es sogar eher, zu diesem wärmenden Bündel zu gehören. Ich weiß noch, wie sehr es mir gefiel, wenn Helma spätabends auf Zehenspitzen an den Kinderbetten entlangwanderte und jedem von uns mit dem Daumen ein zartes Kreuz auf die Stirn zeichnete – auch mir! –, und dass ich mich jedes Mal anstrengte, sie nicht merken zu lassen, wie wohl es mir tat. Vermutlich habe ich die Augen fest zugekniffen und mich schlafend gestellt.

Trotzdem, obwohl ich gegen Ende des Sommers vielleicht wirkte wie ein frischgezuckerter Krapfen, wird Helma kaum gemeint haben, ich sei nun sicher auf der heiteren Seite des Lebens angekommen. Bestimmt hat sie vorausgesehen, dass ich nach kurzem Schnuppern am Glück wieder hinter meinen Schutzwall zurückkriechen würde, und sie wollte mir etwas zum Trost mitgeben, ein Mittel gegen die Traurigkeit und Verlorenheit.

Ich hatte einen Parkplatz wenige Meter von meinem Hauseingang entfernt gefunden, blieb jedoch, statt auszusteigen, mit abgeschaltetem Motor sitzen und tauchte in meinem Gedächtnis nach dem, was sie mir damals sagte. Auf den genauen Wortlaut bin ich nicht mehr gestoßen, nur noch Bruchstücke fielen mir ein. Es war an einem verregneten Spätnachmittag, kurz bevor Vera und ich zurückmussten ins Internat. Helma hatte mich gebeten, sie bei einem Besorgungsgang in die Stadt zu begleiten, irgendetwas sollte ich ihr tragen helfen. Ein reiner Vorwand, wie ich schnell merkte, um uns von den anderen abzusondern, denn bei dieser Nässe hätte sich uns kein Mensch freiwillig angeschlossen. In Gummimänteln und hohen Stiefeln wateten wir nebeneinander durch den Matsch des Zufahrtsweges und bogen gerade in die von Apfelbäumen gesäumte Landstraße ein, als Helma zu reden begann. Zuerst klang es nach einem unverfänglichen kleinen Plausch über das rutschige Fallobst am Straßenrand, die Riesenschlaglöcher und dergleichen, aber dann schlug sie plötzlich einen anderen Ton an, so ernst, dass ich den Kopf hob und durch das von der Kapuze rinnende Wasser zu ihr hinüberblinzelte. Sie schaute nicht auf, und ich musste die Ohren spitzen, um zu verstehen, was sie in der Deckung ihrer weit nach vorn gezogenen Mütze sprach.

Heute bin ich sicher, dass sie mir jede Form von Verlegenheit oder Bedrängnis ersparen wollte, an meine verschreckten Reaktionen auf direkte emotionale Angänge war sie inzwischen gewöhnt, trotzdem konnte sie mich offenbar nicht abreisen lassen, ohne mir etwas zuzuwerfen, was ihr als eine Art Rettungsring oder Halteseil erschien.

»Wenn du doch nur glauben würdest«, klang es aus ihrer

Kapuze. Ja, da hörte ich es wieder: »Wenn du doch nur glauben würdest«, sagte sie, »dann fiele dir alles nicht so schwer.« »Alles« – näher wagte sie sich nicht an die Besonderheiten meines Lebens, um keine Wunden aufzureißen. »Gott lässt dich nie allein, er ist immer bei dir«, sagte sie, »er liebt dich und behütet dich. Ihm kannst du vertrauen.«

Helma drückte sich sehr kindlich aus, schließlich war ich ja auch erst zwölf Jahre alt, aber sie würde sich gewundert haben, hätte sie die unkindlichen Gedanken gekannt, die mir dazu einfielen, während ich an ihrer Seite stumm durch die Pfützen platschte: Wie soll man auf einen fernen Gott vertrauen, dachte ich, wenn es keinen nahen Menschen gibt, dem man trauen kann? Wenn man nicht einmal sich selbst traut? Im Übrigen hatte ich auch keine Ahnung, wie man überhaupt glauben lernt.

Irgendwann bin ich aus dem Auto gestiegen und die Treppen hinauf zu meiner Wohnung gestapft, ganz langsam, Stufe für Stufe, weiter diesen bohrenden Fragen nachhängend, die mich ständig einholten, seit der Brief aus England gekommen war, und die sich nicht verscheuchen ließen. Wieder kreisten sie durch meinen Kopf: Wieso musste ich, ausgerechnet ich, an diese absonderlichen Eltern geraten? Warum war das nicht Vera oder Sophia oder sonst wem aus meinem Umfeld passiert? Warum wuchs nicht ich statt ihrer in einer ganz normalen Familie auf? Weshalb hatte man die Spionin gerade auf Gustav Macksiepen angesetzt? Es gab doch genügend andere Ärzte, wichtigere, einflussreichere und bestimmt ebenso anfällige. Er – er hätte Linda ja ruhig Zugang zu den Größen des Regimes verschaffen können, aber musste er sich in sie verlieben und tatsächlich ein Kind mit ihr produzieren? Und das dann auch noch verstoßen? Und sie – warum nur rangierte für Linda alles – zumindest der Patriotismus, die eigene Haut und später der Gin – vor der Liebe zu ihrer Tochter? Wer sonst hatte solch eine Mutter?

Die zahllosen Nächte fielen mir wieder ein, in denen ich versucht hatte herauszufinden, was anders an mir war, was mich unterschied von den übrigen Kindern. Alle hatten jemanden, zu dem sie gehörten, auch wenn er vielleicht tot oder vermisst oder sonst wie gerade nicht greifbar war. *Mein Vater, mein Opa, meine Schwester, meine Tante.* Nur bei mir gab es niemanden, nicht einen Einzigen. Irgendetwas musste an mir sein, dass keiner mich haben wollte. Aber was? Oft nahm ich mir vor, weniger kratzbürstig zu sein, nie wieder die Zunge rauszustrecken, wenn einer mich komisch ansah. Ich wollte keine Brotkrusten mehr unter den Tisch werfen und mein Spind in Ordnung halten, manchmal dachte ich sogar daran zu beten, weil die Erwachsenen behaupteten, das würde helfen. Alles wollte ich tun, damit jemand käme und sagte, *dies ist mein Kind, ich habe es lieber als alle anderen auf der Welt.* Das waren die Nächte, an deren Ende mein Bettzeug nass war und von meinen Fingernägeln nur noch eine fransige Kante stand. »Schon wieder diese Ferkelei!« Die morgendliche Abrechnung trieb mir mit den guten Vorsätzen auch die sinnlose Hoffnung aus, und je mehr sie schwand, desto beinerner wurde mein Entschluss, mich irgendwie durchzubeißen. Die Fingernägel waren erst der Anfang.

Klement. Ich blieb einen Moment auf dem Treppenabsatz stehen und starrte das blankpolierte Messingschild im zweiten Stock an, die vertraute Halbzeit-Markierung beim täglichen Auf-und-Ab. War das alles einfach Pech oder Zufall?, dachte ich beim Weitergehen, und war es vielleicht ein besonders dummer Zufall, dass Judith den Brief aus England fand und las und so die ganze Geschichte ins Rollen kam? Was, wenn ich ihr zuvorgekommen wäre und ihn hätte verschwinden lassen? Würde mein Konstrukt ewig gehalten haben? Wäre das besser gewesen?

Zufall – immer wieder habe ich überlegt, ob alles bloßer Zufall war, und je länger ich darüber nachdachte, desto weniger behagte mir diese Ansicht. Mag sein, dass es Eitelkeit ist oder Selbstüberschätzung, doch die Vorstellung, vollkommen planlos, *einfach so* durch die Welt zu treiben, gefällt mir bis heute nicht. Aber was dann? Soll man es Schicksal nennen, was da die Weichen stellt? Irgendeine anonyme Macht, wie die *moira* der alten Griechen? Oder Fügung, könnte man es als Fügung verstehen? Dazu gehörte allerdings der Glaube an das Wirken eines Gottes, der mich lenkt und führt. Helma Pohlschröder wäre glücklich gewesen, hätte sie von diesen Gedanken gewusst, aber ich probierte sie nur aus, ohne für möglich zu halten, was ich da dachte. Ich hatte mich nie geführt gefühlt auf meiner Odyssee durch Kinderheime und Internate, sondern immer nur verfrachtet, weitergeschoben wie ein lebloser Gegenstand – Annahme verweigert!

Auch innerlich hatte ich nie so etwas wie Lenkung oder Leitung gespürt. Im Gegenteil, nur zu gut erinnere ich mich an meine täppischen Versuche herauszufinden, an welche der uns eingetrichterten Spielregeln, Gebote, Anweisungen oder moralischen Grundsätze man sich vorteilhafter hielt und bei welchen es empfehlenswerter war, nach eigener Ansicht zu verfahren. Eine reine Frage der Zweckmäßigkeit, wie ich bald erkannte. Wer etwa mit Erbsenbrüstchen und flachem Po im Waschraum erschien, mischte sich besser unter die Hämischen, die gnadenlos jede Unvollkommenheit an Busen, Hinterteil, Bauch oder Beinen der Duschenden kommentierten. Noch günstiger war es, sich im heißen Wasserdampf möglichst unsichtbar zu machen, um nicht verhöhnt zu werden. Aber das funktionierte bloß dienstags und freitags, weil es an den übrigen Tagen nur kaltes Wasser gab.

Sich unsichtbar zu machen, war, wenn man zu den Schlusslichtern der Hierarchie gehörte, zu denen, die nicht einmal im Kielwasser eines zweitrangigen Schulstars mitschwimmen durften, überhaupt die brauchbarste Strategie. Für mich erschien sie besonders geeignet: nicht nur weil ich für die Spötter eine ideale Zielscheibe abgab, sondern auch weil sich aus der Deckung heraus ungehindert beobachten ließ, wie andere sich beim Großwerden verhielten. Ich brauchte Orientierungshilfen für den Umgang mit meinem Körper, der plötzlich so falsch aussah in den gewohnten puffärmeligen Kinderkleidern, mit den merkwürdigen Gefühlen, von denen ich durchrieselt wurde, wenn ich beim Stadtgang Hardy Krügers blaue Kinoplakat-Augen auf mir ruhen spürte. Ich wollte wissen, wie man glatte Haare lockig macht und fahle Wimpern schwarz. Was hieß *poussieren*?

Was sollte am Küssen so komisch sein, dass man dauernd darüber kichern musste? Worüber tuschelten die anderen, wenn sie diese bunten Heftchen tauschten, die dann nachmittags während der Lernstunden getarnt durch Biologie- oder Erdkundebücher verschlungen wurden? *Meines Herzens Sehnsucht* stand auf einem, das ich einmal für einen Moment zu fassen bekam, ehe es mir jemand mit der Bemerkung entriss, dafür sei ich *zu blöd*. Ich hasste mein verbiestertes Spiegelbild, in dem die Nase sich zusehends in einen derben Pflock verwandelte, genauso wie das Gefühl, nichts zu sein als eine lästige Randerscheinung, jemand, der ohnehin nie zählen würde. Unbedingt wollte ich wissen, was gespielt wurde.

Bestimmt hat es mehrere Misserfolge gegeben auf dem Weg zum Ziel, aber zwei davon fielen mir wieder ein, während ich langsam die letzten Stufen hochstieg. Das Holz knarzte so laut, dass Karola oft schon die Wohnungstür aufriss, ehe man den Schlüssel ins Schloss stecken konnte. An diesem Abend schien sie nicht da zu sein, es rührte sich nichts, was mir sehr lieb war, weil ich mich nicht aus meinen Erinnerungen lösen mochte.

Ganz spezielle Mädchenbücher gab es damals, in denen offenbar alles stand, was zu wissen wichtig war, jedenfalls kam es mir so vor, weil unentwegt darüber geredet wurde und die drei Exemplare, die in unserer Wohngruppe kursierten, heiß umkämpft waren. Ich hätte in dem Gerangel nicht die geringste Chance gehabt, deshalb beschloss ich, mir das Buch ohne Erlaubnis auszuborgen, für zwei Tage nur, höchsten drei, danach wollte ich es genauso klammheimlich zurücklegen, wie ich es aus Mareike Sembachs Schreibtischschublade gefischt hatte.

Die Tage zählten nicht, aber die Nächte umso mehr. Im schwach gelblichen Schein meiner Taschenlampe las ich bis zum Wecken, dem Ersticken nahe, weil ich mich zum Schutz gegen Entdeckung so fest in mein Bettzeug eingemummelt hatte, dass kein Lichtstrahl nach draußen, jedoch auch kein Lufthauch nach drinnen gelangen konnte. Am meisten – plötzlich erinnerte ich mich wieder – beeindruckte mich der herzliche Ton, in dem die Autorin, sie hieß Rosemarie Schittenhelm oder so ähnlich, sich an ihre Leserinnen wandte. Als spräche eine liebevolle Mutter zu ihrer Tochter. Ein Ton, der mich ganz merkwürdig berührte. Stoff für Träume? Stoff für Schmerz? In meinem Bettverlies konnte ich das so schnell nicht entscheiden und verschlang deshalb erst einmal die Fakten: Mode, Körperpflege, Benimm, Kochen, Reisen, Musik, Filme …

Vielleicht stammt daher die Initialzündung für meinen Beruf, dachte ich, während ich meine Wohnungstür aufschloss, vielleicht war es dieser eine Satz aus dem Kosmetik-Kapitel, der mir auf einmal zumindest sinngemäß wieder einfiel: Hinter der hochgezüchteten Schönheitspflege im alten Ägypten, der kosmetischen Raffinesse, habe sich ein zäher Lebenswille verborgen, stand da. Irgendetwas muss dabei in mir angeklungen sein. Warum sonst sollte ich den Satz all die Jahre hindurch gespeichert haben?

Natürlich kam man mir auf die Schliche, ich wurde verpetzt, als Diebin bloßgestellt. Die Folgen für ein solches Vergehen fielen gewöhnlich sehr hart aus: tagelang Flure wischen, Parkwege harken, Essen verteilen, lauter öffentliche Sanktionen, die den *Untäter* der allgemeinen Verachtung aussetzten. *Strafwerk* hieß das in dem Internat in der Nähe von Augsburg, das ich zu der Zeit besuchte.

Ich war bereits vorbereitet auf den zu erwartenden Ansturm ätzender Bemerkungen und hatte für den Gegenzug auch schon eine Menge finsterer Verwünschungen parat, als mich ein überraschend mildes Urteil traf. Einen Vormittag lang sollte ich in der Wäscherei beim Spannen der Laken helfen, den Augen der Allgemeinheit entzogen. Damals hielt ich das zweifellos nur für einen unfassbaren Glückstreffer, aber nachträglich glaube ich, dass die zuständige Erzieherin klug genug war, um mit einem Blick meine Bedürftigkeit zu erkennen. Sie nahm mir die im Stotter-Takt vorgetragene Geschichte vom *Ausleihen* tatsächlich ab.

Ich würde es heute pubertären Mundraub nennen, dachte ich und tastete nach dem Lichtschalter.

Wahrscheinlich angeregt durch die Erinnerung an den grässlichen, lindgrün gekachelten Internatswaschraum, ließ ich mir ein mit duftenden Essenzen versetztes Wannenbad einlaufen, lag bis zum Kinn in plustrigem Schaum und versuchte, die Umstände meiner zweiten noch greifbaren Blamage aus dieser schrecklichen Etappe zwischen Klein und Groß zu rekonstruieren. Es ging um die bunten Heftchen. »Liebesromane natürlich«, erklärte mir damals irgendeine Mitschülerin auf mein löcherndes Fragen hin, dermaßen herablassend, dass ich nie gewagt hatte, weiter nachzubohren. Was damit gemeint war, würde sich herausfinden lassen, wenn ich so ein Heftchen lesen könnte. Ich musste mir eines kaufen, unbedingt. Und tatsächlich saß ich wenige Tage später nachmittags an meinem Pult im Klassenraum, vor mir, in der Deckung eines Biologiebuches, das heiß ersehnte Heftchen, und las hingebungsvoll, bis eine Hand von oben niederfuhr, das Heft aus der Tarnung riss und die Stimme der Betreuerin mich zusammenzucken ließ. »Du also auch! Dieses schauderhafte Zeug geht um wie ein Virus!« Mit eingezogenem Kopf saß ich da, gefasst auf einen weiteren Schwall ihrer Verachtung. Aber statt der erwarteten Schimpfkanonade folgte eine dröhnende Lachsalve. Irritiert blinzelte ich hoch. Die Betreuerin, ich glaube, es war Fräulein Stövesand mit der Daumennase, stand lauthals lachend neben meiner Bank. »Nein so was!«, schrie sie in schrillem Diskant, schwang mein Heftchen über ihrem Kopf und klatschte immer wieder auf seinen Einband. »Ich glaub's einfach nicht! *Britta, die blonde Bergziege*! Britta, die blonde Bergziege! Genau die richtige Lektüre für dich, wie?« Zwei-, dreimal zog sie heftig an meinem Pferdeschwanz, bis es mir gelang, mich wegzuducken. Doch dem Hohn konnte ich nicht entkommen. Jetzt wusste es jeder, wie ahnungslos ich war, zu dumm, zu einfältig, um einen Liebesroman von einer harmlosen Tiergeschichte zu unterscheiden. Noch Monate später wurde mir bei passenden Gelegenheiten zur allgemeinen Belustigung die *Bergziege* angehängt.

Wenn mich nicht alles täuscht, habe ich bei der Erinnerung an die Ziegen-Episode zum ersten Mal über mich selbst gelacht. Nicht hämisch, wie die anderen damals, sondern mit dem milden Spott des Erwachsenen gegenüber eigenen vergangenen Irrwegen.

An diesem Abend hatte die Kleine ihren letzten Auftritt. Ich stand, in meinen alten zitronengelben Bademantel gehüllt, vor dem Spiegel und rubbelte mir die Haare, als ich sie unter dem Handtuchrand hervor entdeckte. Sie hockte auf dem Deckel des Wäschekorbs, die Finger vor ihren knochigen Knien verknotet und beobachtete mich, grimmig, wie gewohnt. Ohne ein Wort zu sagen.

Ich weiß noch, dass ich verwundert war über meine Reaktion: Ich spürte keinerlei Wut mehr oder das Bedürfnis, sie zu verscheuchen. Im Gegenteil, sie tat mir plötzlich unendlich leid. Ich hätte sie am liebsten in die Arme geschlossen, aber als ich mich umwandte und eine Hand nach ihr ausstreckte, sprang sie in hohem Bogen von ihrem Sitz und war blitzschnell zur Tür hinaus. Seitdem ist sie nie wieder aufgetaucht.

Ich ging täglich ins Krankenhaus, obwohl die Schwestern ständig sagten, das sei nicht nötig. Es war wie ein Zwang, dem ich folgte, ohne mich je zu fragen, warum und wozu. An manchen Tagen saß ich nur stumm da und starrte auf die Wände, die Apparate, den blitzblanken Boden, das weißbezogene Bettzeug, nahm aber nichts davon tatsächlich wahr. Rückblickend kommt es mir vor, als hätte ich einfach aufgehen wollen in allem, was Judith behütete und am Leben hielt.

Damals, glaube ich, wurde mir zum ersten Mal bewusst, dass ich, wenn ich aus meinem Gesicht schaue, immer einen Teil meiner selbst mit im Blickfeld habe – zumindest die Nasenlinie und die Oberkante meiner Wangen. Immer ist da diese Grenze zwischen mir und meinem Umfeld. Wieso kann ich nie aus meinem Ich heraustreten und einfach eintauchen in die Welt, ohne den Ballast meiner äußeren Konturen und ohne das, was sie von innen ausfüllt – Empfindungen, Erfahrungen, Ideen …? Bis heute irritiert mich dieses Gefühl, mir beim Aufspüren der Wirklichkeit ständig selbst den Blick zu verstellen.

Mit den stummen Tagen neben Judiths Bett wechselten sich andere ab, an denen ich nicht aufhören konnte zu reden. Dann war es, als habe jemand eine Geröllhalde losgetreten und der gesamte Hang komme ins Rutschen. Ein unbezähmbarer Drang zwang mich, längst Vergangenes und vergessen Geglaubtes auszugraben, völlig zusammenhanglose Erinnerungen, die oft schon auf dem Weg zum Krankenhaus hochkamen. Erste Schminkexperimente – eigentlich Versuche, hinter dicken Puderschichten und Wimpernschleiern in Deckung zu gehen. Die Gewohnheit, ständig mit vor der Brust verschränkten Armen herumzulaufen. Mein Test mit dem Wort *wunderbar*, den ich eines Tages bei einer Gruppendiskussion anstellte, todesmutig, in der sicheren Annahme, für einen so exhibitionistischen Ausdruck bis aufs Blut getriezt zu werden. Oder die Sache mit den Kurzgeschichten: Es muss in der 9. oder 10. Klasse gewesen sein, als ich mich völlig unerwartet bei der Interpretation damals aktueller Kurzgeschichten hervortat und plötzlich zwischen sonst eher mäßigen Leistungen auf diesem Feld glänzte. Selbst im Tiefschlaf hätte ich sie deuten können, Geschichten wie *Nachts schlafen die Ratten doch* oder *Die Küchenuhr* von Wolfgang Borchert, bis heute stecken einzelne Textstellen abrufbereit in meinem

Gedächtnis: *Damals hatte man seinen Vater. Wenn es dunkel wurde. Wenn man ihn auch schon nicht mehr sah in der violetten Dämmerung. Man hörte ihn doch … Und das genügte dann schon. Dann hielt man die violetten Abende aus.* Und noch immer habe ich das Geräusch der Krücken aus *Draußen vor der Tür* im Ohr: *teck tock, teck tock.* Hätte mich während der Schulzeit jemand gefragt, woher meine Empfindsamkeit für diese Art von Literatur komme, würde ich keine Antwort gewusst haben. Erst jetzt, als ich mich neben Judiths Krankenlager daran erinnerte, ging mir auf, dass es meine eigenen Erfahrungen waren, die mich so hellsichtig sein ließen für die verlorenen Gestalten dieser Geschichten. Und anders als früher konnte ich mir einen solchen Bezug jetzt auch eingestehen.

Manchmal fürchtete ich mich vor dem Moment, wenn Judith aufwachen würde. So vieles war geschehen, seit sie im Koma lag. Ich hatte begonnen, die Bruchstücke meiner Vergangenheit zusammenzufügen und mein Leben neu zu lesen, und sie war dabei gewesen, ohne es wahrzunehmen, ohne zu registrieren, wie nahe ich ihr währenddessen rückte. Ob ich ihr alles noch einmal erzählen müsste? Vielleicht, dachte ich, würde mir die Wiederholung leichter fallen, nachdem die erste Runde, die schwierigste Klippe, überstanden war.

Zumindest Erinnerungen wie die an den Aufenthalt bei Wienolds hätte ich ohne einen solchen Vorlauf schwerlich über die Lippen gebracht, obwohl doch gerade diese Rückschau an so vieles rührte, was meine Herkunft betraf und meinen eigenartigen Werdegang.

Karin Wienolds Briefchen, winzig klein gefaltet und unter

den Tischen weitergegeben, erreichte mich eines Dienstagmorgens während der Mathestunde: eine auf Rechenpapier gekritzelte Einladung, die Herbstferien bei ihrer Familie zu verbringen.

In jenem September war ich vierzehn und längst daran gewöhnt, von irgendwem irgendwohin mitgenommen zu werden. Nicht etwa, weil man sich um mich riss, sondern weil es zu den Internatsregeln gehörte, niemanden während der Ferien allein zurückzulassen. Jetzt also Wienolds. Ich drehte mich um zu Karin, die schräg rechts drei Reihen hinter mir saß, zögerte einen Moment lang und nickte. Und sie nickte zurück, genau wie ich, ohne eine Miene zu verziehen. Wahrscheinlich würde es eine ziemlich fade Sache werden. Karin, ein verschlossenes, ehrgeiziges Mädchen mit scharfkantigem Bubikopf und finsteren Brauen, interessierte mich nicht, und schon lange war ich nicht mehr neugierig auf das Familienleben anderer Leute. Bei den meisten ging es ähnlich eintönig zu: gesittete Mahlzeiten, langweilige Sonntagsspaziergänge, mühsame Gespräche, im Sommer Zuckeltouren mit der Straßenbahn zu irgendwelchen entlegenen Schwimmbädern, ein bisschen Angeberei mit dem, was man sich mittlerweile *nach den harten Zeiten* leisten konnte – die Wäscheschleuder vielleicht, einen der ersten Fernseher, der Nierentisch mit drei abgespreizten Messingbeinen, und *nächstes Jahr eine Reise nach Italien.*

Habt ihr auch schon …?, wurde ich immer wieder gedankenlos gefragt. Dann fiel ihnen ein, dass es bei mir kein *Ihr* gab, damit auch nichts von diesen Luxusdingen, und eilig wurde umgeschwenkt auf Unverfängliches.

Wienolds dagegen überraschten mich. Zwar holte uns Karins Vater, er hieß Alfred, in einem fast neuen himmelblauen, mit Heckflossen und viel Chrom unerhört amerikanisch wirkenden Opel Kapitän vom Hannoveraner Bahnhof ab, doch das Traumauto war sein Dienstfahrzeug als Gardinenvertreter, wie ich nach ein paar Tagen herausfand, und das einzige Prachtstück, das das Wirtschaftswunder bislang bei der Familie abgeladen hatte. Wienolds – Vater Alfred, seine Frau Ella, Karin und ihr vier Jahre jüngerer Bruder Gerd – lebten in einer engen Wohnung im zweiten Stock eines Mietshauses auf der Detmoldstraße. Zwei Zimmer, eine winzige Küche, wo man sich am steinernen Ausguss mit kaltem Wasser wusch, das Klo auf halber Treppe, handgroße Zeitungsfetzen hingen hier als Toilettenpapier am Fleischerhaken. Offensichtlich hatte Alfred mit dem Gardinenhandel wenig Erfolg. Das Mobiliar bestand aus wahllos zusammengeklaubten Einzelstücken. Stühle, Sessel, Schränke, nichts passte zusammen. An den Wänden aufgereiht, stellten die Betten tagsüber Sofas dar, mit dem aufgerollten Bettzeug als Rückenlehne. Vater und Mutter schliefen im einen Zimmer, Karin und ich im anderen, Gerd wurde für mich ausquartiert und auf den Kohlenkasten in der Küche gepackt.

Anfangs verstand ich nicht, weshalb Wienolds mich einluden in ein Zuhause, in dem für eine zusätzliche Person eigentlich kein Platz war. Erst allmählich, nachdem ich mit lange trainiertem Scharfblick meine Beobachtungen angestellt hatte, reimte ich mir zwei denkbare Gründe zusammen. Vielleicht, dachte ich, wollten sie mit dieser Großzügigkeit demonstrieren, dass sie immer noch in der Lage waren, Almosen zu verteilen, und dass ihr derzeitiges armseliges Heim nur eine vorübergehende Unterbrechung ihres eigentlichen, herrschaftlichen Lebensstils darstellte. Mehr ein Versehen. Ich schloss das aus der Art, wie sie immer wieder stolz zu den auf der verschrammten Anrichte ausgestellten Fotos ihrer Berliner Villa hinüberschauten, pompös von innen und außen. Und wie sie jedes Mal wenn ich ihren Blicken folgte, sofort von der vergangenen Pracht zu erzählen begannen.

»Tiergartenviertel, zweihundertfünfzig Quadratmeter, alles vom Feinsten«, sagte Vater Wienold täglich mindestens einmal. »Parkett, Riesenlüster, drei Bäder«, fuhr seine Frau fast regelmäßig fort, »ja, ja, die Bomben.«

Bombenschäden gab es in ihrem jetzigen Umfeld auch, aber hauptsächlich gegenüber, auf der anderen Straßenseite, wo kein Haus stehen geblieben war und ein Netz von Trampelpfaden hügelauf, hügelab durch die mittlerweile festgebackenen Schuttberge führte. Letzten Sommer habe sie in einem Keller drüben einen abgerissenen Arm gesehen, erzählte mir Karin hinter vorgehaltener Hand, und Gerd ließ sich auch durch unseren herablassenden Spott nicht davon abbringen, dass er unter Mauerbrocken einen Sack voller Handgranaten und Pistolen entdeckt habe.

Ein Abglanz imaginärer Größe lag über dem Wienoldschen Alltag. Mit Resten von gerettetem Silber und Porzellan wurde versucht, auf der blau-gelb gewürfelten Plastikdecke kultiviert zu speisen, nie ohne Tischgebet, nie ohne Alfred Wienolds *Gesegnete Mahlzeit.* Nie hätte einer einen Schluck getrunken, ohne sich zuvor die Lippen abzutupfen, nie fing einer zu essen an, ehe allen *vorgelegt* war. Vorlegen hieß es tatsächlich bei ihnen, wenn die mit Erbsensuppe, Himmel und Erde, Möhrengemüse oder ähnlichem Eintopf gefüllten Teller ausgeteilt wurden.

Mehr noch als das vornehme Gebaren erstaunte mich jedoch die Gesprächsführung bei Wienolds, nicht im Entferntesten vergleichbar mit dem in den meisten meiner Gastfamilien üblichen Gerede über Alltagsärger und neueste Errungenschaften. Hier dominierte der Vater die Unterhaltung, unterstützt von seiner Frau, die ihm Stichworte lieferte und Bestärkung, während den Kindern nicht einmal ein zögerliches *Aber* gestattet war, geschweige denn kritisches Fragen. Keine Diskussion. *Was Vater sagt, ist Gesetz*, hieß die Parole, und alles, was dagegen geäußert wurde, waren *Widerworte*, ungehörig, wenn nicht bösartig.

Alfred Wienold kannte nur ein Thema: Politik. Er kannte auch nur eine Perspektive: die des enttäuschten, von der Geschichte zutiefst gedemütigten Vasallen einer zu Unrecht verdammten Epoche. »Seit 45 vegetiere ich nur noch«, hörte ich ihn mehrmals sagen.

Ich war fasziniert. In der Schule wurde ein kühner Bogen von Kaiser Wilhelm zu Adenauer geschlagen, und in die Lücken dazwischen ließ Heinrich Knapp, unser Geschichtslehrer, höchstens ein paar flapsige Anmerkungen fallen zu der *Ernte 23*-Packung, die er gut sichtbar in der Brusttasche seines Nyltesthemdes trug, direkt über seinem vor Minsk weggeschossenen linken Lungenflügel. Oder zum Koppelschloss der Soldaten, auf dem statt des *Gott mit uns* besser *Gott mit uns können sie's ja machen* hätte stehen sollen.

Bei Wienolds bekam ich Einblick in die mir unbekannte Innenansicht des Dritten Reiches, gut konserviert und völlig unverblümt. Und die Tatsache, dass Vater Alfred seine Überzeugung, die, wie ich natürlich wusste, eigentlich tabu war, so offen vor mir zur Schau stellte, brachte mich auf die Idee, hierin den zweiten möglichen Grund für die Einladung zu vermuten. Ich malte mir aus, wie das Internatsgetuschel über meine angebliche Familiengeschichte Wienolds zu Ohren gekommen war und sie veranlasst hatte, mich herzubitten, damit ich nicht die Verbindung verlöre zu den mir zumindest väterlicherseits gemäßen Kreisen. *In unseren Kreisen* hieß es oft bei ihnen, begleitet von bedeutungsvollen Blicken in meine Richtung. Mir entging auch nicht das nachsichtige Lächeln, mit dem sie sich anschauten, als ich ihnen meine Version meiner Herkunft erzählte, die von den früh und sanft verstorbenen Eltern.

Im Nachhinein glaube ich, dass ihnen der Name Macksiepen ein Begriff gewesen sein muss, aber sie äußerten sich nicht dazu, zumindest nicht in meinem Beisein. Durch die zur Nacht verschlossene Tür belauschte ich jedoch eines Abends Teile ihres nebenan mit gedämpften Stimmen geführten Gesprächs. Mein Name fiel. *Eigentlich ein prächtiges Mädchen,* hörte ich Alfred sagen, *trotz dieser …*, und Ella: *Ja, ja, es wär doch schade drum.* Zum Glück schlief Karin schon und konnte meinen in die Kissen gepressten Protest nicht hören. Ich hatte überhaupt keine Lust, mich von diesen Leuten *retten* und in ihre Wagenburg ziehen zu lassen, ich wollte nicht, wie Karin und Gerd, ständig auf Haltung, Disziplin und Gehorsam gedrillt werden, und schon gar nicht gefiel mir die Vorstellung, länger als unbedingt nötig den Ausführungen Alfred Wienolds zuhören zu müssen.

Welchen Posten genau er *früher* bekleidet hatte, habe ich nie erfahren, auf jeden Fall jedoch war es etwas Hochrangiges bei der SA, in der Berliner Verwaltung. *Früher* – erst nach ein paar Tagen ging mir auf, dass damit ausschließlich die Jahre des Dritten Reiches gemeint waren, die Epoche unter A.H., wie Alfred Wienold Hitler zu nennen pflegte. Traumzeiten voller Glanz und Größe, mit denen alles Gute untergegangen war.

»Seht euch doch nur an, was man mit uns gemacht hat«, sagte Alfred Wienold oft zu Beginn einer seiner Tiraden, und seine anklagend erhobenen Arme schienen nicht nur die ärmliche Wohnung, sondern auch das Trümmerfeld draußen vor den Fenstern zu umschließen. »Alles haben sie zerschlagen, die Amis und die Briten, anstatt mit uns zu gehen. Der Russe wäre doch hier eingefallen, wenn wir den Krieg nicht geführt hätten, einen reinen Präventivkrieg, aber das hat der deppelige Churchill natürlich nicht begriffen, der merkte überhaupt nicht, was los war. Stalin hat sie alle über den Tisch gezogen. Bei den russischen Untermenschen ging's doch viel schlimmer zu als in den Gräuelgeschichten, die jetzt über uns verbreitet werden. Diese Sechs-Millionen-Lüge zum Beispiel – eine perfide Erfindung der amerikanischen Juden. Den Juden und ihren Machenschaften haben wir überhaupt eine Menge zu verdanken: Zusammenbruch, Versailles, Wirtschaftskrise – alles Schuld der Juden, eine einzige Linie. Und dann der Morgenthau-Plan! Nach jüdischem Willen sollte Deutschland zum Agrarland werden, stellt euch das bitte vor, von Kiel bis Konstanz lauter Äcker!«

Ich weiß noch, dass ich Karin eines Nachmittags beim Milchholen vorsichtig fragte, ob sie eigentlich alles glaube, was ihr Vater erzählte, und ich erinnere mich gut an ihr schneidendes »Spinnst du? Natürlich! Wenn einer Ahnung hat, dann er!«

Danach zeigte ich nie wieder einen Schimmer von Skepsis, ließ mir nicht anmerken, wie sehr mich der Gegensatz der Standpunkte in den verschiedenen Ferienfamilien irritierte. Vor allem Pohlschröders gingen mir nicht aus dem Sinn. Für sie war die Nazizeit ein Abgrund in unserer Geschichte, und sie wählten, wie ich aus vielen Bemerkungen wusste, danach die CDU, weil sie auf das C, das christliche Element, setzten und auf Adenauers Politik der Versöhnung mit den ehemaligen Feinden.

Wienolds wählten dieselbe Partei, aber aus völlig anderen Gründen. Adenauer, erklärte uns Vater Alfred mehrmals eingehend, sei der Einzige auf der derzeitigen politischen Bühne, der den richtigen Durchblick besitze. Der zumindest erkenne die Bedrohung unserer Zivilisation durch die Sowjetunion und habe sich deshalb für eine Wiederbewaffnung Westdeutschlands eingesetzt, mit Erfolg, wie man seit kurzem sehe. »Egal, ob sie es Bundeswehr oder sonst wie nennen«, sagte Alfred Wienold, »Hauptsache, wir haben wieder ein Heer. Das wird mit dem russischen Treiben endgültig Schluss machen, wartet's ab!« Gegenspieler Adenauers hießen bei ihm *Sozis*, *Gesocks*. Brandt, Ollenhauer und Konsorten – alles *Verräter*, nicht einen Faden besser als die

Verbrecher vom 20. Juli. Lauter Marionetten seien das, sagte Wienold verächtlich, von den Kommunisten zu Sozialdemokraten gemacht, um Deutschland zu unterwandern. »Die werden sich wundern, allesamt werden sie sich wundern!«

Es regnete ziemlich häufig in diesem Herbst, Karin lag dann meistens lesend auf ihrem Bettsofa, während ich am liebsten durch die Wohnung streifte und die zahllosen an Wänden, auf Fensterbänken und Möbelflächen verteilten Fotos studierte. Wienolds *Früher* war überall präsent, so als lauerte es darauf, wieder an die Stelle der jetzigen uneigentlichen Existenz zu treten.

Nur ein einziges gemaltes Bild gab es zwischen den Aufnahmen, eine goldgerahmte Heidelandschaft in Öl, direkt gegenüber dem Stammplatz des Hausherrn aufgehängt. Das Bild wirkte ziemlich laienhaft und düster, aber mir gefiel die melancholische Stimmung. Vielleicht hatte es jemand aus der Familie gemalt? Behutsam hob ich eine Ecke an, um zu sehen, ob die vorne fehlende Signatur hinten stünde, und ließ es vor Überraschung so hastig zurückfallen, dass es mit einem dumpfen Aufschlag an die vergilbte Tapete klatschte. Das Bürstenbärtchen unter der Nase, der blaue, stechende Blick – unverkennbar Alfred Wienolds Idol, A. H.

Aus dem Augenwinkel sah ich, wie Karin kurz den Kopf wandte, sich halb zu mir umdrehte, dann jedoch wortlos weiterlas. Was würde sie gesagt haben, wenn sie mich bei meiner Entdeckung erwischt hätte? Bestimmt wusste sie doch, wessen Porträt hier hing, zwar der Wand zugekehrt und getarnt durch eine harmlose Naturszenerie, aber ständig anwesend. Ob man ihn manchmal umdrehte? An historischen Feiertagen vielleicht, oder wenn Familienfreunde zu Besuch kamen, Alfreds *alte Weggefährten*, mit deren Geld wir Kinder dann ins Kino geschickt wurden, in Heimatfilme wie *Schwarzwaldmädel*, gespielt von der leicht schielenden Sonja Ziemann, oder *Der Förster vom Silberwald*?

Einer dieser Gäste, Walter hieß er, glaube ich, schien für Karins Internatskosten aufzukommen, jedenfalls erkundigte er sich regelmäßig genau nach ihren Fortschritten und ließ sie Klassiker zitieren. *Festgemauert in der Erden… Die Sonne tönt nach alter Weise…* und dergleichen. Fehlerlos spulte sie alles herunter. In solchen Momenten war ich froh, dass an meiner eigenen Entwicklung kein Mensch Anteil nahm.

Bei den Fotos von Karin und Gerd, langweiligen Kinderbildern mit Schnuller und Windelhosen, fehlenden Zähnen, Geburtstagskuchen oder Schulranzen, hielt ich mich nie auf. Für mein Empfinden sahen die beiden heute nicht viel anders aus als mit drei oder sieben Jahren, nur weniger pausbackig und ein Stück länger. Umso mehr interessierten mich die Bilder der Eltern. Vor allem der frühere Alfred, schlank, in schneidiger Uniform mit Koppel, Schulterriemen und Armbinde, eine Menge Abzeichen auf der Brust, die Haare bis zum Mützenrand hochgeschoren und das hagere Kinn fast immer energisch vorgereckt, ließ sich in dem Mann, den ich kannte, kaum wiederfinden. Ob die vielen zusätzlichen Kilos, von denen die Nähte seines einzigen grauen Anzugs bis an die Zerreißgrenze gedehnt wurden, nur vom Eintopfpamps stammten?

Ich malte mir aus, er habe sich absichtlich hinter einem Wall aus Speck verschanzt, damit niemand an ihn herankomme, nicht die Bolschewiken, nicht die Juden und auch nicht das übrige *Gesocks*. Das Gesicht des früheren Alfred konnte ich nur noch in einem schmalen Streifen zwischen zwei massigen Backenwulsten entdecken, und ich versuchte mir vorzustellen, wie er sich aus seinen Fettschichten herausschälte, wenn der Tag käme, von dem er immer sprach, der Tag, an dem man es *allen zeigen* werde. Vielleicht würde dann auch seine Stimme weniger unwirklich klingen, nicht mehr so, als spräche jemand anderer aus dem Innern dieses feisten, unbeweglichen Körpers.

Bei seiner Frau war die Veränderung nicht ganz so auffällig, zumindest ihre Konturen glichen noch denen von früher. Erst wenn man genauer hinschaute, ließ sich der Unterschied nicht übersehen. Sie lachte auf fast allen Fotos, strahlend, mit hellen Augen und tiefen Grübchen. Ihre blonden, welligen Haare, seitlich von Spangen gehalten, fielen weich über die Kragen ihrer Kleider, Kleider aus fließenden Stoffen, manchmal auch taillierte Kostüme, zu denen sie breitkrempige Hüte trug, die ich aus dem Kino kannte. Wohlig sah sie aus, wie eingenistet im Glück.

Ich hatte damals keine Vorstellung vom Altern und davon, was zehn Jahre aus einem Menschen machen können, trotzdem spürte ich, dass es nicht nur die Zeit war, die ihr zugesetzt hatte. Die Haare trug sie jetzt zu einer straffen, um Kämmchen gerollten Festung hochgesteckt, dazu Fludderröcke aus dünner, verwaschener Baumwolle und tagein, tagaus dieselbe beigefarbene Strickjacke mit dünngewetzten Ellbogen und einer in Taillenhöhe durchgezogenen dunkelbraunen Kordel. Aber das alles traf nicht den entscheidenden Punkt. Ich brauchte eine Weile, ehe ich den Schatten erkannte, der auf ihr lag und sie so anders aussehen ließ. Das Lachen war verschwunden, jedenfalls habe ich sie nie lachend erlebt. Die Grübchen hatten sich zu scharfen, bis zum Kiefer reichenden Linien verzogen, und dann die Augen, ich fand vor allem die Augen verändert. Unterhalb der Brauen hatten sich die Lider wie Schleier abgesenkt, hinter denen das Helle, das Strahlende der Augen erloschen war und die ihr den Blick auf die Welt zu verhängen schienen. Je nachdem, ob Ella von kaum vergangenen Glanzzeiten sprach oder beim Wischen und Bettenmachen in immer gleicher Manier seufzte: »Lohnt sich das alles überhaupt noch?«, malte ich mir aus, wie sie in der Deckung ihrer Vorhänge abwechselnd auf die Rückkehr der alten Glorie lauerte oder resignierte. Der Gegenwart und einer sich wandelnden Zukunft stellte sie sich jedenfalls nicht, das merkte ich genau, obwohl ich damals von nichts eine rechte Ahnung hatte.

Wie kommt man eigentlich zu einer Weltanschauung? Es ist jetzt viele Jahre her, seit ich mir zum ersten Mal darüber Gedanken machte. Ich saß am Pariser Boulevard St. Germain in einem Straßencafé, vor mir, auf dem kleinen schwarzgelackten Bistrotisch, einen Tee mit Zitrone gegen die Frühjahrskühle, und schaute einem Zug demonstrierender Studenten zu, der im Abstand von wenigen Metern vorbeimarschierte. Sie schrien irgendwelche für mich unverständliche Parolen, schwenkten Transparente, winkten provozierend herüber, und plötzlich meinte ich, ein bekanntes Gesicht zwischen ihnen zu entdecken. Diese breiten Wangen unter der augentief gerutschten Strickmütze, das bis an die Ohren reichende Lachen, die kraus gezogene Nase – Bennatz, schoss es mir durch den Kopf, Bennatz aus Gütersloh, nur ein gutes Stück größer und kräftiger geworden.

Beinahe hätte ich seinen Namen gerufen, hielt mich aber im letzten Moment noch zurück. Wie sollte er reagieren, falls er es wirklich war? Auf jemanden, der seinen Kindernamen rief? Jemanden wie mich, in Schlaghosen und taillierter Lederjacke, die Augen versteckt hinter einer blauen Janis-Joplin-Sonnenbrille – das Abbild dessen, wogegen er hier zu Felde zog? Und überhaupt: Worüber hätten wir reden sollen? Früher war er mir herzlich egal gewesen, was gab es für einen Grund, sich jetzt auf einmal für ihn zu interessieren? Machten Levis-Jeans und gammeliger Parka ihn etwa spannender? Ich blickte ihm nach, wie er im Pulk seiner Gesinnungsgenossen, alle in gleicher Kluft, untertauchte und um die Ecke bog. Ob der Bernhard, an den ich mich erinnerte, mit weißen Kniestrümpfen und zum Kirchgang reinlich gebürsteten Haaren – *glatt gepättkert* nannte man das bei Pohlschröders –, ob dieser brave kleine Kerl sich tatsächlich in einen Bürgerschreck verwandelt hatte? Vielleicht probierte er ja bloß eine andere Haltung aus als die von zu Hause gewohnte.

Damals im Café – es hieß *Les Deux Magots*, meine ich – ging mir plötzlich auf, dass ich, soweit ich zurückdenken konnte, immer nur Zuschauerin gewesen war. So wie jetzt wieder hatte ich ständig andere beobachtet, hatte verfolgt, auf welche Weise die Kinder in verschiedenen Familien ihren Eltern nachschlugen oder sich an ihnen rieben, vielleicht auch zum Gegenteil übergingen. Mit scharfem Blick, aber innerlich unbeteiligt, hatte ich registriert, was man jeweils als gut oder böse einstufte. Dass für manche nichts zählte außer Geld und Erfolg, einige eine liberale, durch die Freiheit des Einzelnen bestimmte Linie vertraten, andere sich dem christlichen Glauben und dem Prinzip der Nächstenliebe verpflichtet fühlten. Ich selbst gehörte nirgends dazu, und deshalb gab es für mich auch kein Muster, von dem ich hätte geprägt werden können. Lange Zeit hielt ich das sogar für einen Vorteil, ich fühlte mich stark als kühle, unabhängige Beobachterin und betrachtete mein grundsätzliches Misstrauen gegen jede Ideologie als Zeichen der Überlegenheit.

Mittlerweile empfinde ich nicht mehr so. Seit ich begonnen habe, mich den Vorgaben meines Lebens zu stellen und den Zusammenhängen nachzuspüren, gelingt es mir immer weniger, mich einfach herauszuhalten. Ich merke, wie sich mit dem Wandel meines Bewusstseins auch meine Sichtweise ändert, manchmal sehne ich mich jetzt nach einem Halt, einem Orientierungspunkt außerhalb meiner selbst.

Kürzlich wurde im Radio ein Gedicht vorgetragen, ein Gedicht von Nietzsche, in dem er seine Einsamkeit ohne den Glauben an einen Gott beklagt. Ich hörte es im Stau auf dem Mittleren Ring und fühlte mich davon so angerührt, dass ich es zu Hause in einem Insel-Bändchen nachlas. Ein paar Zeilen habe ich seitdem abrufbereit im Kopf:

Noch einmal, eh ich weiterziehe
Und meine Blicke vorwärts sende,

heb ich vereinsamt meine Hände
zu dir empor, zu dem ich fliehe,
…
Ich will dich kennen, Unbekannter,
du tief in meine Seele Greifender,
mein Leben wie ein Sturm Durchschweifender…

Ganz sicher werde ich durch solche Verse nicht auf den Weg zu einer christlichen Überzeugung gebracht, aber immerhin stelle ich fest, dass mit dem langsam wachsenden Gefühl für mich selbst auch ein Gefühl für andere entsteht. Wer weiß, was sich daraus entwickelt? Vor allem jedoch bin ich erleichtert darüber, nicht im braunen Sumpf hängengeblieben zu sein, was unschwer möglich gewesen wäre, wenn mein Vater mich nicht aus seinem Leben gestrichen hätte. Ich habe noch nicht entschieden, wie ich es sehen soll: ob Gutes aus Schlechtem entstanden ist oder doch das Schlechte überwiegt.

Vierzehn Tage, hatten die Ärzte gesagt, rund vierzehn Tage werde es dauern, bis mit Judiths Aufwachen zu rechnen sei, trotzdem war ich völlig überrascht, fast geschockt, als ich am 5. Oktober nachmittags ins Krankenhaus kam und eine veränderte Situation vorfand. Zunächst fiel mir nur auf, dass das Ticken und Blasen des Beatmungsgeräts fehlte und der Schlauch aus Judiths Luftröhre entfernt worden war. Auf der Öffnung steckte jetzt ein kleiner roter Stöpsel. Dann erst bemerkte ich die Bewegung in ihrem Gesicht, zögerlich taten sich die Augen einen Spalt breit auf, blinzelten und fielen gleich wieder zu, so als wäre die Anstrengung zu groß oder das Licht zu grell, und die Lippen verzogen sich wie beim Sprechen, brachten aber keinen Ton heraus. Am meisten erschreckte mich die Hand, die linke, unverletzte. Rastlos fuhr sie über die Decke, suchend, tastend, sichernd. Ich denke, ich hätte sie ergreifen sollen, ihr Halt geben, aber ich brachte es nicht fertig. Stumm und unfähig, mich zu rühren, stützte ich mich auf das Fußende des Bettes und starrte meine Tochter an.

Das also war der mit ebenso viel Furcht wie Hoffnung erwartete Moment. Für mich gab es kein Zurück mehr hinter meine Barrikade, das stand fest. Doch sie, wie würde sie sich verhalten? Würde sie die grimmige, sprachlose Feindseligkeit wieder aufnehmen, mit der wir uns vor ihrem Unfall zuletzt begegnet waren? Sehnlichst wünschte ich, die Mediziner möchten sich nicht täuschen, nach deren Meinung Koma-Patienten manches aus ihrer Umgebung mitbekommen. Dann könnte Judith meine Zuwendung vielleicht gespürt haben, und es würde nicht mehr ganz so schwierig sein, ihr das Lügengespinst um meinen Vater verständlich zu machen, den Punkt, der unsere vorsichtige Fühlungnahme so abrupt beendet hatte.

»Sie müssen weiter Geduld haben.« Plötzlich stand Regina neben dem Bett, schaute prüfend in Judiths Gesicht und ließ ihre Hand einen Moment lang auf dem flatterigen Arm liegen. »Es wird noch dauern bis zum wirklichen Aufwachen, das hier ist erst der Anfang. Erwarten Sie nicht zu viel.«

Wahrscheinlich hat Regina meine Anspannung bemerkt,

möglicherweise ahnte sie inzwischen auch etwas von den Komplikationen zwischen meiner Tochter und mir, jedenfalls passte sie mich ab, als ich abends die Station verließ, um mir zu erklären, wie es nun weiterginge. Und ich weiß, dass ich ohne diese Erläuterungen Judiths Verhalten während der folgenden zwei oder drei Tage, ihre mit aggressiven Ausfällen gemischte Unruhe, ihre Aufgeregtheit und den permanenten Widerspruchsgeist als Reaktion auf meine Anwesenheit betrachtet hätte. Ich hätte das alles persönlich genommen, statt es, wie Regina mir beibrachte, den normalen Etappen des Wiedererwachens zuzurechnen. Eine der klassischen Situationen, in denen man sich aus Unwissenheit missversteht und vielleicht aufgibt, ohne einen tatsächlichen Grund zu haben. Erst im Nachhinein wurde mir bewusst, dass es sich hier um eine Premiere handelte: Ich konnte mich an keinen Fall erinnern, in dem ich Nachsicht und Langmut aufgebracht hatte, wenn jemand mir so grantig begegnete, wie Judith es jetzt tat. Immer waren bei mir sofort die Jalousien heruntergerasselt, und zwar endgültig.

Ungefähr eine Woche später verlegten sie Judith auf die Normalstation, ein großartiges Ereignis, wie mir Ärzte und Schwestern versicherten, von nun an werde die Genesung rasche Fortschritte machen.

Eigentlich freute ich mich, als ich sie halb aufgerichtet in ihrem Bett liegen sah, befreit von Schläuchen und Maschinen, nur noch ein Pflaster auf der linken Schläfe, den verletzten Arm in einer Schlinge. Ich wollte mich freuen, und doch saß etwas quer in mir, etwas, das mal auf den Magen, mal aufs Herz drückte. Anfangs dachte ich, das merkwürdige

Gefühl könnte vielleicht eine Art Abschiedsschmerz sein, weil wir die vertraut gewordene Welt der Intensivstation hinter uns gelassen hatten, bis mir eines Abends schon im Wegdämmern Bilder aus einem alten Film in den Sinn kamen, so eindringlich, dass ich sie nicht einfach wegschieben konnte. In dem Film spielt Simone Signoret eine alternde, einsame Frau, die einen durch ein Unglück erblindeten jungen Mann bei sich aufnimmt, ihn pflegt und umsorgt, dann aber, nachdem sich eine Liebesbeziehung zwischen ihnen entwickelt hat, mit vitriolgetränkten Verbänden versucht, seine Blindheit zu erhalten, um ihn am Erkennen ihrer welken Schönheit zu hindern und ihn weiter an sich zu binden. Der Titel des Films ist mir bis heute nicht wieder eingefallen, aber er tat eigentlich nichts zur Sache.

Eifersucht! Ich weiß noch, wie mir das Wort durch den Kopf schoss und in die Glieder fuhr und mir plötzlich aufging, dass ich von ähnlichen Ängsten geplagt wurde wie die Filmfigur. Auch ich wollte nicht loslassen, wollte jetzt, nachdem ich unsere Zweisamkeit gerade entdeckt hatte, Judith nicht mit anderen teilen, die sich womöglich zwischen uns drängen würden. Am liebsten hätte ich das allgemeine Besuchsverbot auf die Normalstation ausgedehnt, damit Karola, Herr Mondschein, Niklas, Sophia Tremel und wer sonst auf der Lauer liegen mochte, uns nicht zu Leibe rückten.

Eifersucht – ich besaß keinerlei Erfahrung mit diesem Gefühl. Bislang war mir nie ein Mensch wichtig genug gewesen, um unter seiner mangelnden Zuneigung zu leiden. Wie verhielt man sich in solch einer Lage? Früher, nein, noch wenige Wochen zuvor, würde ich mir ein so beißendes, meine Souveränität heftig angreifendes Empfinden kaum eingestanden haben, und bestimmt hätte ich mich, um nicht durchschaut zu werden, vorsorglich hinter zynischen Bemerkungen verschanzt, wie in einem Bannkreis fliegender Messer. Zu meiner eigenen Überraschung gelang es mir jetzt – ich denke, um Judiths willen –, wenigstens nach außen hin gelassen zu bleiben. Nur Karola ließ sich nicht täuschen. Sie scheint tatsächlich die Einzige gewesen zu sein, die erkannte, wie mir in Wahrheit zumute war. Als sie das erste Mal kam, wanderten ihre Augen einen Moment lang prüfend zwischen Judith und mir hin und her, sie runzelte kurz die Brauen, was bei ihr ein Zeichen der Skepsis wie der Belustigung sein kann, stieß ein leises Zischen durch die Zähne und plumpste mit einem zufriedenen »Na, bitte« samt ihrer von bunt verschnürten Päckchen ausgebeulten Tasche auf den Stuhl neben Judiths Bett.

Ich lehnte mich an die Wand rechts von der Zimmertür. Da stand ich jetzt oft unter einem Königssee-Panorama in verblassten Aquarellfarben, weil ich, seit Judith wieder bei Bewusstsein war, vor allzu großer Nähe zurückscheute, außerdem bot diese Position, wenn Besuch kam, den besten Überblick über die Szene. Karola drehte sich mehrmals zu mir um, während sie mit Judith redete, ihre Hand tätschelte und Mitbringsel wie Zeitschriften und Elly-Seidl-Pralinen auf der Bettdecke ausbreitete, so als wollte sie mich mit einbeziehen. Vielleicht brauchte sie aber auch nur meinen Beistand, weil Judiths Sprache in der ersten Zeit verwaschen, kaum verständlich klang und ihr häufig Tränen über die

Wangen liefen, wenn sie die richtigen Wörter nicht fand. Es gefiel mir, dann als Dolmetscherin einzugreifen, genauso behagte mir die Rolle der versierten Helferin, die vorführte, mit welchen Handgriffen man Judith am besten beim Aufstehen, beim Essen oder bei Gehübungen unterstützte, und die erklären konnte, dass ihr oft mürrisches *Das mach ich allein* oder *Lasst mich in Ruhe* oder *Ich will das nicht* kein Zeichen der Ablehnung war, sondern – so hatte ich es eben selbst erst gelernt – ein Hinweis auf ihre wiederkehrende Energie.

Später habe ich viele Male über meinen Besitzanspruch nachgedacht und auszumachen versucht, was die peinigende Eifersucht zum Schwinden brachte. Es war nicht einfach die Zeit, Gewöhnung, Resignation oder dergleichen. Je öfter ich mich zurückversetzte in die damalige Situation, desto klarer wurde mir, dass es Niklas war, ausgerechnet der, den ich von sämtlichen Konkurrenten am allerweitesten wegwünschte, noch weit hinter den Hindukusch. Durch Regina erfuhr ich, dass er mehrmals um Zugang zur Intensivstation gebeten hatte, und ich erinnere mich gut an mein Triumphgefühl, weil er abgewiesen worden war. Und ich weiß auch noch, wie ich litt, als er dann schließlich doch im Krankenzimmer aufkreuzte und in einer Weise mit Judith umging, die nach meiner Meinung niemandem zustand. Küsste sie einfach auf die Stirn, setzte sich auf ihre Bettkante, strich ihr eine Haarsträhne hinters Ohr. Hatte sie ihn nicht vor dem Unfall strikt auf Distanz gehalten? Und – auch das machte mir zu schaffen – was mochte sie ihm erzählt haben über ihre Mutter, die *notorische Lügnerin*? So hatte sie mich zuletzt genannt. Dass sie ihm unser Zerwürfnis verschwiegen hatte, kam mir unwahrscheinlich vor, dazu war sie zu aufgebracht gewesen, bis zum Platzen gefüllt mit Wut und Enttäuschung.

Jeden Tag, seitdem Judith zu sich gekommen war, plagte mich aufs Neue die Vorstellung, sie werde heute, ganz bestimmt heute meinen Schwindel zur Sprache bringen, mir erneut Vorwürfe machen, mich wiederum anfeinden. Was sollte ich ihr dann sagen? Wie hätte ich für sie das Knäuel aus Ängsten, Hilflosigkeit, Verdrängung und Beschützenwollen entwirren können, dem ich mich selbst nicht gewachsen fühlte? Und wie hätte ich hoffen dürfen, dass sie mich verstand? Manchmal sehnte ich mich zurück nach den Wochen ihrer Bewusstlosigkeit, in denen ich mich ihr angstfrei nähern konnte.

Und jetzt saß da Niklas, lachend, vom Herbstwind durchgeblasen, umgarnte sie mit Geschichten von *draußen*, mit Rosen- und Asternsträußen, überspielte fröhlich ihren wackeligen Gang, ihre Anfälle von Weinerlichkeit und ebenso meine mühsam gebändigte Abneigung, die ihm nicht entgangen sein konnte. Unbefangen, fast freundschaftlich ließ er mich teilnehmen an den Gesprächen, in denen es immer wieder um Judiths Unfall ging, weil sie sich trotz aller Anstrengung an nichts erinnern konnte – die rote Ampel, das aus der Dunkelheit heranschießende Auto, der Sturz über den Lenker, die Menschenansammlung, alles schien gelöscht. Nur wenn einer von uns die scharfe Bordsteinkante erwähnte, auf der sie aufgeschlagen war, strich sie manchmal tastend über ihre verletzte Schläfe, als wollte sie einem fernen Schmerz nachspüren.

Zunächst hielt ich Niklas' Benehmen mir gegenüber für Tünche, hinter der er seine wahre Einstellung verbarg. Er *musste* doch einfach mir die Schuld an dem Unfall geben, so wie ich selbst es tat. Ich brachte die Vorstellung nicht aus meinem Kopf, Judith sei bloß deshalb dermaßen leichtsinnig über die Kreuzung gefahren, weil ihre Gedanken absorbiert waren von unserer nicht enden wollenden Auseinandersetzung. Aber als ein Tag nach dem anderen ohne das geringste Zeichen der Schuldzuweisung oder der Anklage verging, begann ich, an seine Unwissenheit zu glauben. Er schien tatsächlich keine Ahnung zu haben. Und dass Judith unseren Streit nicht mit einem Wort erwähnte, schob ich, weil mir eine bessere Erklärung fehlte, auf ihre Amnesie. Ich redete mir ein, sie habe außer dem Unfall auch Vorhergehendes zumindest teilweise vergessen.

Wie anders die Wahrheit aussah, erfuhr ich ein paar Tage nach Judiths Entlassung eher beiläufig in einem Gespräch mit Karola.

Es war an einem frühen Samstagabend, ich saß auf der Küchenfensterbank zwischen Karolas Kochbüchern und fing die letzten Sonnenstrahlen ein, während sie am Waschbecken Salat putzte, Tomaten wusch und Zwiebeln schälte. Das tat ich neuerdings öfter: Anstatt nach der Arbeit sofort in meinem Zimmer zu verschwinden, verbrachte ich erst ein Weilchen in Karolas Nähe. Manchmal hockte ich einfach nur herum, manchmal unterhielten wir uns über Alltäglichkeiten, aber im Grunde – zumindest denke ich das heute – wartete ich auf Momente wie den, der sich an diesem Abend ergab. Ich lauerte auf Gelegenheiten, um weitere

Leerstellen aus meiner Vergangenheit aufzufüllen oder für das noch immer brüchige Gefüge zwischen Judith und mir neue Gerüststangen zu finden.

»Wie? Was sagst du?« Ich war so sehr auf den Schatten einer Efeuranke konzentriert, der vor mir an der Nischenwand schaukelte, dass ich Karolas Worte nicht verstanden hatte.

»Niklas«, sagte sie ziemlich laut, trug die Salatschüssel zum Tisch und begann, die Saucenzutaten darin zu verrühren. »Ich rede von Niklas. Was für ein Glück, dass er zu uns gestoßen ist.«

»Ja, ja, du würdest ihn am liebsten in Gold fassen. Haben es dir die Locken angetan? Oder der Bubi-Charme?« Da war er wieder, mein alter Zynismus. Ich hatte ihn noch längst nicht im Griff, merkte aber immerhin schon, wie unpassend er war, und zog entschuldigend die Schultern hoch, während Karola sich vor mir aufbaute, die Fäuste in die Hüften gestemmt.

»Was soll der Unsinn?« Sie sprach so streng mit mir wie mit einem uneinsichtigen Kind. »Ich dachte, die Phase wäre abgehakt! Hat Judith dir denn nichts erzählt?«

Als ich den Kopf schüttelte, wahrscheinlich mit ziemlich verwirrtem Gesichtsausdruck, weil ich keine Ahnung hatte, wovon sie sprach, seufzte sie einmal tief auf und ließ mit einem kleinen resignierenden Schulterzucken die Arme sinken.

»Gut – nein, überhaupt nicht gut, aber sei's drum. Dann erfährst du's halt von mir. Ich denke, du solltest Bescheid wissen. Also hör zu …«

Was Karola mir, weiter am Küchentisch hantierend, erzählte, berührte mich tief, so tief, dass ich nicht aufhören konnte, mir die Szene auszumalen, bis es mir vorkam, als sei ich selbst dabei gewesen. Und obwohl ich genau weiß, dass sich die Sache so nicht abgespielt hat, wurden die Bilder meiner Phantasie für mich immer mehr zur Realität. Sie sind jetzt Teil meiner Geschichte.

Ich sehe Judith am Tag nach unserer letzten großen Auseinandersetzung durch den Nymphenburger Park laufen. Es ist Montagmittag, und es regnet, nein, es gießt, aber genau das mag Judith. Ihr Auto, ein silbergrauer Smart, den ich ihr zum fünfundzwanzigsten Geburtstag spendiert habe, steht am hohen Zaun in der Zuccallistraße.

Judith betritt den Park durch den Seiteneingang, und als die weißlackierte Holzpforte hinter ihr ins Schloss fällt, taucht sie ein in dunkles, flüssiges Grün. Sie schlägt den Kragen ihres schwarzen Regenmantels hoch, weil ihr das Wasser von der Hutkrempe in den Nacken rinnt, wendet sich nach links, geht am kleinen Seitenkanal entlang, bis sie den Rundweg um den Badenburgsee erreicht.

Ihr *Notweg*, wie Karola mir verraten hat. Seit Jahren schon umrundet sie auf ihm den See, wenn sie etwas mit sich ausmachen will, am liebsten bei strömendem Regen, weil dann fast nie ein Mensch im Park unterwegs ist. So wie heute.

Ihre Jeans hat sie hochgerollt und marschiert in halbhohen dicken Timberlands mit festen Schritten durch den Matsch. Ungefähr zwanzig Minuten braucht man für eine Seeumrundung, oft dreht sie mehrere Runden, ehe der Kopf sich klärt. Außer dem Geräusch ihrer Tritte in Kies und Pfützen, dem Pladdern, Klatschen und Rieseln des Regens ist nichts zu hören, kein Vogelzwitschern, kein Knacken aus dem Unterholz.

Nach einem Viertel der Strecke bleibt Judith auf der schmalen Kanalbrücke stehen und beugt sich über das Eisengeländer. Wie Steine sinken die schweren Tropfen in die bleierne Glätte des Wassers, reißen beim Aufschlagen kleine Trichter mit silbrig hochspritzendem Rand. Trauerweiden beugen sich unter der Last der Nässe tief über das Ufer, die Zweige zu einem dichten, undurchdringlichen Netz verwoben, hinter dem sich vielleicht Tiere verbergen könnten – aber warum nicht auch Menschen? Judith schreckt hoch. Grauer Dunst, Regen, Einsamkeit. Plötzlich empfindet sie das alles nicht mehr als Schutzhülle, unter der sie mit sich allein sein kann, sondern als Bedrohung.

Natürlich weiß sie, dass spontane Ängste fast immer unserer Einbildung entspringen. Eben noch war alles dunkel und friedlich, und im nächsten Moment treten Schatten aus der Finsternis ... Vernunft hilft da nicht weiter, nur Flucht. Judith dreht sich kurz nach allen Seiten um, unterdrückt den Impuls, jedes Gebüsch, jede Wegbiegung in ihrer Nähe prüfend ins Auge zu fassen. Sie geht weiter, schneller jetzt, mit hochgezogenen Schultern und nicht im Geringsten mehr auf das konzentriert, was sie bei diesem Marsch klären wollte: ihr Verhältnis zu mir und meiner – ich nenne es *verbogenen* – Vergangenheit.

Gerade hat sie den Monopteros passiert, das goldgedeckte Tempelchen auf der nördlichen Landzunge des Sees, eine besonders kritische Stelle, weil hier viele Pfade zusammenlaufen und dichte Büsche die Wege begrenzen, als sie Schritte hört. Sie lauscht, ohne stehen zu bleiben. Kein Zweifel, das sind Schritte, kräftige Schritte. Bloß nicht rennen! Das soll Angreifer besonders wild machen. Judith drückt den Rücken durch, geht mit Siebenmeilenstiefeln, überlegt, ob sie den breiten Weg nach links nehmen soll, der führt über freie Wiesen.

»Hallo!«

Das Entsetzen fährt ihr so sehr in die Knochen, dass sie noch schneller hastet.

»Judith! Warte doch! Bei dem Tempo kann ja kein Mensch mithalten!«

Es dauert einen Moment, bis sie aus der Schreckstarre erwacht und Niklas' Stimme erkennt. Schwer atmend lehnen sie nebeneinander am Stamm einer Buche. Vor Erleichterung, dass ihr kein Unhold gefolgt ist, vergisst Judith, Niklas zu grollen, schaut ihn nur – etwas weiß um die Nase – fragend an.

»Tut mir leid, ich wollte dich nicht in Angst versetzen!« Niklas schlägt die Nässe vom Schirm seines Caps und grinst entschuldigend. Die grüne Regenjacke hat er bis zum Kragen zugeknöpft, seine Hände stecken tief in den Taschen. »Weißt du, dies ist mein letzter Urlaubstag, und ich dachte – na ja, ich dachte, es wäre eine gute Idee, noch mal richtig Luft zu tanken, ehe ich wieder in der Kanzlei verschwinde. Und dann läufst du hier zufällig herum …«

Zufällig! Judith zieht spöttisch die Brauen hoch. Ob er etwa glaubt, dass sie ihm das abnimmt? Er muss Karola bearbeitet haben, um ihre Gewohnheiten auszukundschaften, nachdem sie selbst ihn seit Wochen immer wieder hat abblitzen lassen. Und als seine treue Anhängerin wird Karola ihm von ihrem Faible für den Rundweg am Badenburgsee erzählt haben, vorzugsweise bei schaurigem Wetter. Judith hat keine Lust, ihn zu entlarven. Sie will nicht reden und erst recht nichts von seinen Empfindungen hören. Am liebsten würde sie weiter ihre Runden drehen, allein mit sich und ihren Gedanken. Andererseits – wenn dann wieder jemand aus dem Gebüsch käme, diesmal vielleicht ein wirklicher Irrer? Sie nickt, als Niklas fragt, ob er sie ein Stück begleiten dürfe. Seite an Seite trotten sie schweigend durch den Regen.

Ich denke, dass Niklas sofort bemerkt hat, wie bedrückt und durcheinander Judith war, aber die Spielregeln zwischen den beiden erlauben noch keine offenen Fragen. Also gibt er sich erst einmal cool und ironisch.

»Deine Arroganz wirkt heute nicht so überzeugend wie sonst. Ist was passiert?«

Zu aufgewühlt, um auf seinen flapsigen Ton eingehen zu können, versucht Judith es zunächst mit Ausflüchten, erwähnt irgendwelchen Ärger mit einer Seminararbeit oder angebliche Kopfschmerzen wegen des Dauerregens. Doch dann, als er eine Weile stumm neben ihr her durch die Pfützen gestapft ist und nur hin und wieder behutsam nachhakt, auf eine Weise, in der sie Verständnis und Wärme entdeckt, brechen die Sorgen und Ängste aus ihr heraus. Gegen ihren Willen fängt sie an, ihm zu vertrauen.

Wahrscheinlich hat sie ihm, nachdem die Schranke einmal gefallen war, die ganze Familienstory offenbart, hat von dem schrecklichen Makel erzählt, der auf ihr lastet, und natürlich auch von meinem Lügengebäude, das in immer neuen Etappen zusammengestürzt war, bis nur noch ein Scherbenhaufen übrig blieb.

Ich muss gestehen, dass ich diesen Teil meistens übergehe, wenn ich mir die Parkszene ausmale. Allzu genau möchte ich gar nicht wissen, was da an Zorn und Empörung und Scham aus Judith hervorquoll. Umso lieber halte ich mich bei Niklas' Reaktion auf.

Niklas hört zu, geduldig lässt er sie ausreden. Erst als ihr Bericht in Tränen endet, für die sie sich nicht schämt, weil sie in den Regentropfen verschwimmen, die ihr der Wind von schräg rechts ins Gesicht treibt, beginnt er, darauf einzugehen. Er erzählt von seinem kürzlich angetretenen Job als Strafverteidiger in einer großen Münchner Kanzlei und seinen Erfahrungen mit unterschiedlichen subjektiven Wahrheiten. Manchmal, sagt er, habe er den Eindruck, es gebe so viele verschiedene Sichtweisen einer Sache, wie es Betrachter gebe. Als Beispiel führt er Zeugen eines Autounfalls an, von denen nicht selten jeder einen anderen Wagen beobachtet haben wolle, vom gelben Panda bis zum dunklen Transporter. Jeder sei überzeugt, die Wahrheit zu sagen. Und ihre Mutter – vielleicht nennt er mich Sigrid, weil auch Judith im Zusammenhang mit mir bislang nie Mutter sagte –, Sigrid also habe seiner Meinung nach ebenfalls nicht bewusst gelogen, sondern nur Stücke der Vergangenheit verschwiegen und andere Teile so umgestaltet, dass sie erträglich wurden. Selbst wenn ihr alle Fakten bekannt gewesen wären, sagt er, hätte sie mit der objektiven

Wahrheit wohl nicht leben können. Darum musste ihre innere Geschichte anders aussehen als die nüchternen Tatsachen.

Für Judith eröffnet sich damit eine völlig neue Sicht der Dinge. Es ist, als träufelte jemand Balsam auf rissige, wunde Haut. Aber wie weiter? Wie soll sie sich Sigrid gegenüber verhalten?

Niklas zuckt mit den Achseln. Er sei leider auch kein Psychologe, sagt er, aber vielleicht könne sie Sigrid helfen, die ausgeblendete Wahrheit anzunehmen.

Und wie soll das gehen?, fragt Judith. Hat er da auch eine Idee?

Hm, er denkt nach. Ob sie nicht versuchen wolle, einfach so zu tun, als habe es nie einen Dissens über die Vergangenheit gegeben? Von Gustav, dem Großvater, ganz offen als altem Erznazi reden, der immer noch lebt. Und auch den Tod der Großmutter wie selbstverständlich in die richtige Zeit, an den richtigen Ort verlagern. Eine alte, vereinsamte Spionin, basta. Möglicherweise, sagt Niklas, bedeute es für Sigrid sogar eine Erleichterung, nicht ständig um den Erhalt ihres Lügengespinstes besorgt sein zu müssen. Eine Chance für sie, in die andere, die eigentliche Wahrheit hineinzuwachsen. Außerdem könne er sich vorstellen, dass damit die permanente häusliche Spannung nachließe. Die Luft geht raus, sagt er, aber nicht mit einem Knall, sondern schön langsam. Wahrscheinlich grinst Niklas dabei, weil er sich ein bisschen fühlt wie ein Missionar.

Wann immer ich mir diese Szene ausmale, kommt auch der Beginn der engeren Beziehung zwischen Judith und

Niklas ins Bild. Karola hatte sich – vermutlich, um nicht als Denunziantin zu erscheinen – auf ein paar Andeutungen beschränkt, und selbst mit Schmeicheleien konnte ich ihr nicht mehr entlocken. Doch für meine Phantasie reicht der Stoff. Ich sehe Judith befreit lachen, während der Regen nachlässt und sich ein paar vereinzelte Sonnenstrahlen in den Pfützen spiegeln. Ich kann spüren, wie gut es ihr tut, trotz ihrer verheerenden, tief beschämenden Familiengeschichte und trotz der Möglichkeit, fürchterliche Erbanlagen in sich zu tragen, akzeptiert zu werden. Ohne große Worte, ohne ausdrückliche Liebeserklärungen zeigt Niklas ihr, dass er sie vorbehaltlos annimmt. Und zum ersten Mal in ihrem Leben kann Judith jemandem so viel Nähe zugestehen und sich dabei sogar wohlfühlen. Manchmal lasse ich die beiden Hand in Hand aus dem Park kommen, manchmal drückt er ihr einen Kuss auf die nasse Wange.

Ich denke mir das alles nur aus, und trotzdem muss die Begegnung ähnlich verlaufen sein, weil das Resultat entsprechend war, wie ich, wenn auch mit Verspätung, zu spüren bekam. Mag sein, dass es Judith schwerfiel, Niklas' Rat zu befolgen, und dass sie deshalb erst einmal einen Bogen um mich machte. Oder ich selbst hatte mich nach unserem fatalen Ausflug zu meinem Elternhaus so strikt abgeriegelt, dass kein Zeichen von ihr zu mir durchdrang. Ich weiß es nicht. Aber als sie aus dem Koma erwachte, als ihr Bewusstsein zurückkehrte und sie mich neben ihrem Bett entdeckte, wahrscheinlich mit einem Gesicht, das die Sorge und das Mitgefühl und auch die Freude über ihr Wiederauftauchen auf den ersten Blick verriet, war der alte Groll wie weggewischt. Ab und zu stelle ich mir vor, der Balsam, den Niklas auf ihre Verletzungen träufelte, habe sich während ihrer Bewusstlosigkeit heilend in ihr ausgebreitet wie ein Strom, der nach und nach alle Winkel und Nischen erreichte. Nein, was Judith davon abhielt, im gewohnten Muster von Feindseligkeit, Anklagen und Verdächtigungen fortzufahren, war nicht die Amnesie. Ihr Blickwinkel hatte sich tatsächlich verändert.

Und meiner? Würde ich es schaffen, mich der unverfälschten Wahrheit zu stellen? Die Mythen aufzugeben, hinter denen ich, solange ich denken kann, Deckung suchte?

Ich erinnere mich gut an unsere tastenden Schritte aufeinander zu. Wenn wir beide zuhause waren, zwischen ihren meistens von Herrn Mondschein bewachten Genesungsspaziergängen und meinen Bürostunden, fragte Judith mich jetzt oft nach Vergangenem aus. Meistens saßen wir dabei am großen Tisch in der Küche, so als brauchten wir den Schutz von Karolas bergender Höhle. Dinge, an denen sie nie interessiert gewesen war und von denen ich genauso wenig freiwillig berichtet hätte, wollte Judith plötzlich wissen.

Es fing an mit Fragen nach meinen Stationen in verschiedenen Kinderheimen und Internaten und nach den Ferienaufenthalten bei fremden Familien, wobei ich froh war, auf die Erzählübungen an ihrem Krankenbett zurückgreifen zu können. Das Training half mir, über Abgründe hinwegzuspringen und sie nicht mit den Schrecken dieser Jahre zu belasten.

Dann kam mein Start ins Berufsleben an die Reihe. Wie hatte ich das geschafft, ganz auf mich allein gestellt, ohne jede Rückendeckung?

Oh Gott, diese Kränkung! So intensiv, als hätte ich sie gerade erst erlebt, empfand ich plötzlich wieder die Missachtung, mit der ich auf meine eigenen Beine katapultiert worden war. Und ich musste ein paar Mal tief durchatmen, ehe ich von dem Schreiben eines Münchner Notars erzählen konnte, das mir kurz vor meiner Abschlussprüfung in dem Freisinger Internat zugestellt worden war. Strassberger oder Schmidbauer oder so ähnlich hatte der Notar geheißen. Ich solle wegen einer wichtigen Angelegenheit am soundsovielten um die und die Uhrzeit in seinem Notariat erscheinen, teilte er mir mit. An einem Freitag, das wusste ich noch, weil wir nur freitagnachmittags die Erlaubnis bekamen, mit der Bahn nach München zu fahren. Der Notar, ein korpulenter, kahlköpfiger Mann um die fünfzig, empfing mich mit einem so streng distanzierten Eisenblick, dass ich mich nicht traute, nach dem Grund meiner *Vorladung* zu fragen. Eingeschüchtert nahm ich auf dem mir angewiesenen Stuhl vor seinem gewaltigen schwarz glänzenden Schreibtisch Platz und wartete. Und dann eröffnete er mir ohne einen Hauch von Freundlichkeit oder ein persönliches Wort in sachlichem Ton, sein Mandant, Dr. Gustav Macksiepen, habe ihn bevollmächtigt, mir gegen die Unterzeichnung eines Erbverzichtsvertrags eine Abfindungssumme auszuhändigen.

300 000 Mark. Das Geld liege auf einem Treuhandkonto bereit, ich müsse nur unterschreiben. Damit, das solle ich mir merken, seien alle Ansprüche, die ich eventuell gegen Dr. Macksiepen erheben könnte, definitiv abgegolten. Dank oder irgendeine Antwort auf diese Zuwendung sei unerwünscht, ausdrücklich.

Vater – das Wort fiel nicht ein einziges Mal. *Dr. Macksiepen* wollte sich freikaufen. Mit Geld sollte der endgültige Trennungsstrich gezogen werden. Die Demütigung war so heftig, dass ich mich kurz an den Armlehnen meines Besucherstuhls festklammern musste. Vielleicht stand mir die Wut ins Gesicht geschrieben, oder dieser selbstgefällige Typ merkte, dass ich Anstalten machte aufzuspringen und wegzulaufen. Jedenfalls hob Strassberger plötzlich beschwichtigend die Hand, in der er schon den Stift für die Unterschrift bereithielt. Ich solle mir meine Reaktion gut überlegen, sagte er und legte ordentlich Nachdruck in seine Stimme, denn mit Beendigung meiner Schulzeit entfalle die bisherige Art der Unterhaltszahlungen, ich stünde also im Fall der Ablehnung ohne einen Pfennig da. Eine Drohung war das, eine bodenlose Unverschämtheit, denn natürlich hätte ich meinen Unterhalt juristisch einklagen können, aber das wusste ich damals nicht. Keine Ahnung hatte ich von dem, was mir zustand.

Judith schaute mir aufmerksam ins Gesicht, während ich erneut tief Luft holte, und es machte mir nichts aus, ihr meine Empfindungen zu zeigen.

Was mir in dem Moment durch den Kopf geschossen war, fiel mir nicht mehr ein. Vielleicht die genüssliche Vorstellung, die Zahlung von 300 000 Mark, für mich eine gewaltige Menge Geld, könnte meinen Vater schmerzen. Bestimmt aber auch eine blitzartige Vision von der Unabhängigkeit, die mir das Geld bescheren würde. Endlich selbst über mich entscheiden können!

Auf jeden Fall hatte ich nach kurzem Zögern unterschrieben und erst Jahre später die Chance hinter der Kränkung erkannt. Ich erzählte, wie Strassberger bei der Münchner Vereinsbank ein Konto für mich einrichtete; wie ich direkt nach dem Abitur mit meiner Ausbildung bei der Kosmetikschule SCHÖNER in München begann und dann drei Jahre lang in einem Schönheitssalon am Promenadeplatz arbeitete; wie ich eines Tages zufällig auf die Zeitungsannonce stieß, in der eine kleine Kosmetikfirma zum Kauf angeboten wurde; wie ich kurz entschlossen einen Kredit aufgenommen hatte, was damals nicht schwer war, und den Betrieb, in dem man Pflegeprodukte auf Pflanzenbasis herstellte, erstand. Den Grundstock meines heutigen, florierenden Unternehmens.

Am liebsten hätte ich immer weiter vom Geschäft geredet, weil es so wunderbar unverfänglich war und außerdem eine Erfolgsgeschichte. Aber Judith zeigte unmissverständlich, dass sie sich dafür nicht interessierte, sie gähnte ein paarmal demonstrativ, ehe sie mir einfach ins Wort fiel. Ob ich mich über ihre Geburt gefreut hätte, wollte sie wissen, und wie mein Zusammenleben mit ihrem Vater gewesen sei. Und sie ließ mich nicht aus den Augen, als ich um eine Antwort rang.

Was sollte ich sagen? Die Wahrheit? Dass ich mit dem kleinen, brüllenden, stinkenden Wesen nicht recht etwas anfangen konnte, auch wenn ich es manchmal putzig fand? Dass ich froh war, als Karola, deren Adresse in Milbertshofen ich wieder ausgegraben hatte, schon eine Woche nach der Geburt die Fürsorge übernahm? Und Sven – mein *Schmuckstück*. Nein, die Wahrheit wäre unerträglich gewesen. Ich *musste* lügen, eine andere Möglichkeit gab es nicht. Jeder würde in dieser Situation lügen, dachte ich, fühlte mich aber trotzdem hundsmiserabel, als ich von meiner Begeisterung über das süße Persönchen berichtete, das sie gewesen war, und von einer Nähe zu Sven erzählte, die es nie gegeben hatte.

Manchmal brach bei so brisanten Fragen die frühere Feindseligkeit zwischen uns wieder auf. »Warum willst du das überhaupt wissen?«, schnappte ich, und sie schoss scharf zurück: »Dann stimmt's wohl wieder nicht, was du erzählst!«

Wie hätte es anders sein können? Wir kreisten beide um etwas, das uns gleichermaßen mit Angst wie mit Hoffnung erfüllte. Und waren im freundschaftlichen oder gar liebevollen Umgang völlig ungeübt.

Einmal bekam ich mit, wie Karola, während sie in unserer Nähe herumkramte, vor sich hin brummelte: »Das ist das Schrecklichste an der ganzen Geschichte, ihr habt alle beide keine Ahnung, was Liebe ist und wie man sie lebt.« Nach gewohnter Manier tat ich, als habe ich nichts gehört, und auch Judith zeigte keine Reaktion, aber noch immer spüre ich den Stich, den mir dieser Satz versetzte. Karola hatte ja recht. Seit einiger Zeit überfiel mich immer wieder die Vorstellung, bei mir sei, wo andere Menschen ein Herz haben, ein schwarzer Krater, ein Abgrund, aus dem alles mögliche Böse hochsteigen könne. Und je mehr ich mich darauf einließ und auszuloten versuchte, zu was ich unter Umständen fähig wäre, desto klarer wurde mir, dass ich all die Jahre hindurch Judith aus demselben Grund so skeptisch beobachtet hatte: Unbewusst hatte mich die Sorge umgetrieben, auch sie könnte etwas von dem vertrackten Erbe meiner Eltern in sich tragen.

Wenn ich mich nicht irre, war es Judith, die das Gespräch eines Abends auf diesen Punkt lenkte. Sie warf mir vor, durch mein Schweigen und meine Täuschungen verursacht zu haben, dass ihr gesamtes Selbstbild wankte. »Hätte ich von klein auf Bescheid gewusst«, sagte sie, »wäre es vielleicht einfacher gewesen, damit zurechtzukommen. Aber jetzt, so plötzlich … Andauernd belaure ich mich selbst. Wer weiß, ob nicht ein Monster in mir steckt?« Sie also auch.

Wie konnte ich Judith meine Schuldgefühle verständlich machen, weil sie durch mich in diese Verstrickungen geraten war? Wie meine eigenen Ängste erklären und den zwanghaften Drang, die ganze Geschichte weit wegzuschieben? Bestimmt habe ich mich wenig geschickt angestellt, denn erneut hakte es zwischen uns, wir gifteten uns an oder redeten aneinander vorbei. Aber immerhin: wir redeten. Dabei spürte ich und meinte, es auch an Judith zu bemerken, dass die Last leichter wurde. Allmählich rückte sie etwas ab von uns.

Ich will Niklas nicht zum Säulenheiligen stilisieren. Trotzdem denke ich, wir wären ohne ihn nicht so bald und mit heilenden Blessuren bei uns selbst gelandet. Er tauchte jetzt oft samstagabends in unserer Wohnung auf, meistens gegen acht Uhr, zu früh zum Ausgehen und, wie ich heute meine, absichtlich so getimt, dass noch Zeit zum Reden blieb. »Was Neues?«, rief er regelmäßig beim Hereinkommen. Zunächst dachte ich, er wolle nur hören, was sich in unserem Alltag getan hatte. Doch mehr und mehr glaubte ich, darin den Wunsch zu erkennen, wir möchten nicht so sehr auf die Vergangenheit fixiert bleiben, uns endlich von dem Ballast befreien, an dem wir uns unentwegt abmühten. Dafür sprachen auch die Bemerkungen, die er manchmal in unser Gespräch einstreute, nachdem er sich zu uns gesetzt und eine Weile zugehört hatte. Früher würde ich mir derartige Kommentare, erst recht von jemandem, der knapp fünfunddreißig und in meinen Augen noch ein *Jüngelchen* war, bissig verbeten haben. Nun auf einmal ertappte ich mich dabei, wie ich, wenn Judith und er schließlich losgezogen waren, über seine Sätze nachdachte. »Es gibt Verletzungen«, sagte er einmal, »die lassen sich nicht heilen, man kann nur lernen, sie auszuhalten.« Ein anderes Mal sagte er, man müsse sich der Wahrheit stellen, selbst wenn es schmerzhaft sei, um nicht Gefangener der Vergangenheit zu bleiben.

Wie kam das *Jüngelchen* zu solchen Ansichten? Obwohl ich spürte, dass er recht hatte, war ich ab und an versucht, die vermeintliche Überlegenheit meines Alters dagegenzuhalten und mir einzureden, das seien alles nur spröde Theorien, aufgeschnappt in irgendwelchen Seminaren. Bis Karola mir eines Spätnachmittags, als ich wieder einmal in ihrer Nähe herumsaß und dabei einen spöttischen Ausspruch über *unseren kleinen Besserwisser* fallen ließ, energisch den Kopf zurechtrückte.

Vor Verblüffung habe ich mir die Details nicht gemerkt, aber ich weiß noch, dass es um eine furchtbare Geschichte aus Niklas' Familie ging. Ein älterer Bruder oder Vetter seines Großvaters, berichtete Karola, hatte Ende der Zwanzigerjahre in einem kleinen Ort im Fränkischen, Scheinfeld oder Schlüsselfeld oder so ähnlich, angeblich im Suff einen Nachbarn erschlagen und im Löschteich versenkt. Die Familie wurde danach wie eine kriminelle Bande geächtet und musste wegziehen. »Vielleicht erzählt er es dir eines Tages selbst«, sagte Karola, »bis dahin kannst du mir glauben, dass er genau weiß, wovon er spricht. Und beruflich hat er doch auch mit solchen Fragen zu tun.«

Seitdem ich diesen Hintergrund kannte, schwand der Drang, seine Bemerkungen als klug klingendes, aber weltfremdes Gerede abzuwehren. Ich konnte schließlich sogar eingestehen, was seine Ansicht über mögliche fatale Erbanlagen in mir auslöste.

Ich sehe Judith und mich noch in meinem Arbeitszimmer sitzen, beide mit dem Rücken an die Heizung gelehnt, weil es einer der ersten richtig kalten Oktoberabende war. Draußen roch es schon nach Schnee. Zwei Tage zuvor hatte Judith einen Fernsehbericht über die Verurteilung eines Naziverbrechers durch ein italienisches Gericht verfolgt, und wir plagten uns wieder einmal mit der Frage, zu was wir selbst unter entsprechenden Umständen fähig sein könnten, als Karola Niklas hereinführte. Er winkte uns zu, machte ein Zeichen, nicht stören zu wollen, und zog sich einen Stuhl heran, und wie er da vor uns saß, schweigend, einmal Judith, einmal mich ins Auge fassend, kam er mir vor wie ein Richter bei der Urteilssuche, bis ich etwas in seinem Blick entdeckte, das mich dazu brachte, mich wie im Bann eines Schlangenbeschwörers zu fühlen. Anscheinend ging es Judith genauso, denn wir verstummten beide und hörten erst auf, ihn anzustarren, als seine Hand mit einer wischenden Bewegung vor unseren Gesichtern hin und her fuhr.

»Lasst es«, sagte er, »lasst es sein, beißt euch nicht an diesen Gedanken fest.« Wir duzen uns allesamt, seit Karola bei einem Festessen aus Anlass von Judiths *Wiederauferstehung* mit einem Toast darauf gedrungen hat. »Niemand ist seinen Genen willenlos ausgeliefert, auch wenn Wissenschaftler zeitweilig das Gegenteil behauptet haben. Kein Mensch muss zum Nero werden, weil sein Vater oder seine Mutter Fürchterliches auf dem Gewissen hat. Mag ja sein, dass einer schreckliche Anlagen in sich trägt, aber was er daraus macht, entscheidet er selbst. Hört ihr? Das gibt's einfach nicht, dieses Verdammtsein durch das Erbe der Eltern oder Großeltern! Ihr führt die Regie!«

Ich kann mich nicht erinnern, mich je zuvor bei jemandem für eine *Belehrung* bedankt zu haben. Jetzt tat ich es. Als ich Niklas ein paar Tage später das nächste Mal traf, auf der dämmrigen Treppe, während ich ging und er kam, blieb ich bei ihm stehen. Eigentlich wollte ich ihm sagen, dass ich durch seinen Anstoß dahin gekommen war, mich nicht länger wie unter einem dumpfen Zwang zu fühlen, und dass ich sogar mit meinen Fehlern besser klarkam, wenn ich denken konnte, sie seien *meine* und kein Erbe aus der familiären Vergangenheit. Aber dann legte ich ihm nur kurz die Hand auf die Schulter, sagte »danke«, und er nickte und lief schnell weiter die Stufen hinauf.

Ende Oktober fuhr Niklas nach England. Zu einem internationalen Treffen von Strafverteidigern in Oxford, wie er uns mitteilte, anschließend wollte er noch einen Freund in London besuchen, Jack, den er als Student auf einer Tour durch Schottland kennengelernt hatte und der seit Jahren im britischen Innenministerium arbeitete.

Zehn Tage lang würde Niklas unterwegs sein. Judith und ich gingen derweil unseren Verpflichtungen nach, ich in meiner Firma, wo ich den gewohnten Rhythmus wieder aufgenommen hatte, sie in der Uni und bei verschiedenen Ärzten, die sich um die Nachwehen ihres Unfalls kümmerten. Wir übten den Frieden. Zumindest von mir selbst kann ich sagen, dass ich mich bemühte, die Grenzzäune niedrig zu halten und nicht mehr beim geringsten Anlass in Kampfpositur zu gehen. Oft beobachtete ich Judith, wenn wir zusammen aßen oder wenn sie sich in der Wohnung zu schaffen machte, und überlegte dabei, ob sie genau wie ich das Gefühl haben könne, offener zu werden, aufmerksamer für das, was unser Umfeld bewegte.

Noch wenige Wochen zuvor wäre jeder, der prophezeit hätte, ich werde eines Tages Gespräche mit Sophia Tremel führen, intensive persönliche Gespräche statt knapp gehaltener geschäftlicher Unterredungen, auf eine geballte Ladung meines Hohns gestoßen. Und die Vorstellung, mehr Zeit als dringend notwendig mit ihr zu verbringen, sogar gemeinsam spazieren zu gehen, wäre mir vollkommen absurd erschienen. Aber jetzt …

Beim ersten Mal wollte ich ihr eigentlich nur die fälligen Buchungsunterlagen für Oktober bringen, ließ mich aus Gewohnheit auch an diesem frühen Dienstagabend wieder zu einem Kaffee einladen und geriet, ich weiß nicht wie, über ihre Fragen nach Judiths Gesundheit dahin, plötzlich von unseren inneren Befindlichkeiten zu erzählen.

Mit der Tasse in der Hand wanderte ich durch Sophias sparsam möbliertes Büro und blieb, während ich von unserer behutsamen Annäherung berichtete und von der Schwierigkeit, mit der Familiengeschichte umzugehen, irgendwann vor ihrem riesigen, stahlgerahmten Panoramafenster stehen. Für einen Moment erschien mir nichts erstrebenswerter, als dem allen so fern zu sein wie den da unten über die Ingolstädter Straße und den Ring kriechenden Autos. Ich drehte mich um und sah, dass Sophia lächelte. Ganz ruhig saß sie in einem ihrer strengen schwarzen Ledersessel und lächelte mich an. Und zu meiner eigenen Verwunderung deutete ich dieses Lächeln nicht als Ausdruck des Triumphes, weil es ihr endlich gelungen war, *die harte Nuss zu knacken*, sondern ich erkannte darin ein Zeichen von Nähe und Verständnis.

Seitdem finde ich meine alte Sophia nicht wieder, die reine Funktionsträgerin, über deren Schrumpelgesicht ich mich ständig amüsiert hatte. Es ist wie bei einem Vexierbild: Sobald man in dem Gewirr aus Strichen einmal die richtigen Konturen erkannt hat, gibt es kein Zurück mehr. Inzwischen haben wir uns oft unterhalten, es tat mir gut, vor geduldigen Ohren über die Last der Vergangenheit zu reden, es half mir, die Realität anzunehmen, und sie freute sich sichtlich über mein ungewohntes Vertrauen. Sophia ist eine ausgezeichnete Zuhörerin, sie drängte mich nie zu reden, aber wenn ich damit anfing, ließ sie keine Ausflüchte gelten, sie bohrte so lange, bis ich den Tatsachen ins Auge blickte. Vor allem gab sie sehr kluge Kommentare ab, durch die ich dazu gebracht wurde, nicht nur im eigenen Sumpf zu wühlen.

Ich erinnere mich an einen Sonntagsspaziergang im Englischen Garten, wir hatten Nelly, ihre kurzbeinige Promenadenmischung dabei, die auf der vom Herbstregen aufgeweichten Hundewiese herumtollte und Stöckchen apportierte, während ich halb im Selbstgespräch, halb Sophia zugewandt darüber sinnierte, was das Böse eigentlich ausmache. Ist es Machtgier? Sadismus? Primitive Gemeinheit? Sophia hatte gerade einen zerbissenen Ast aufgehoben und den Arm schon zum Werfen hochgereckt. Sie hielt inne, schien, den Arm immer noch ausgestreckt, einen Moment nachzudenken.

»Vielleicht«, sagte sie und schleuderte den Stock mitten in eine riesige Pfütze, »vielleicht hatte dieser Psychologe recht, der beim Nürnberger Kriegsverbrecherprozess auftrat. Er soll das Böse als die Abwesenheit von Mitgefühl definiert haben.«

Die Abwesenheit von Mitgefühl – plötzlich meinte ich, den Schlüssel zu Fragen in der Hand zu halten, die ich bislang nicht beantworten konnte. Wieso hatte mein Vater mich so konsequent aus seinem Leben gestrichen? Selbst später noch, als ihm keine Gefahr mehr drohte? Und auch anderen den Kontakt zu mir untersagt? Musste er nicht wissen, dass ein Kind ohne Zuwendung verkümmert? Wie hatte er ungerührt den Berichten seiner Kollegen über Menschenversuche im KZ zuhören können und vielleicht sogar dabei mitmachen? Wie hatte er es fertiggebracht, seine erste Familie kurzerhand abzuhängen und sich, nachdem es mit der zweiten *schiefgelaufen* war, wieder dort einzunisten? Und meine Mutter: Was ging in ihr vor, als sie mich verließ, ein kleines hilfloses Wesen?

Die Abwesenheit von Mitgefühl. Eine Zeitlang kreisten meine Gedanken unentwegt um diese Idee, ich konnte nicht aufhören, alle meine Vorstellungen von Bösem und alle Erfahrungen, die ich damit gemacht hatte – das Herumgeschubstwerden, die Strafen, die Häme – daran zu messen. Und natürlich geriet ich mir ziemlich schnell selbst ins Visier. Ich weiß noch genau, welche Scham mich überkam, wenn ich an Sven dachte, an Judith, an die vielen anderen von meinem Eispanzer abgeprallten Menschen. Hatte ich für einen von ihnen Mitgefühl empfunden? Da war es also, das Böse, es steckte in mir, bei passender Gelegenheit würde es vermutlich genauso ins Monströse ausschlagen wie bei meinem Vater.

Am Ende einer langen, schlaflosen Nacht fiel mir irgendwann im Morgengrauen etwas ein, das Niklas bei der Schlangenbeschwörer-Sitzung zu Judith und mir gesagt hatte: Jeder Mensch habe die Fähigkeit, sich in jeder Phase seines Lebens zu verändern. So ungefähr, glaubte ich, sei der Wortlaut gewesen. Wenn ich das auf mich bezog, ließ sich dann nicht eine deutliche Veränderung feststellen? Hatte ich nicht begonnen, aus dem bröckelnden Panzer hervor die Fühler auszustrecken? Nach Judith etwa, nach Sophia, nach den Figuren meiner Erinnerung? Ich würde mich dem fatalen Erbe nicht ausliefern, das beschloss ich an diesem Morgen. Zeit würde ich mir zugestehen müssen, Geduld aufbringen, aber resignieren würde ich nicht.

Eigentlich gehöre ich zu den Frühaufstehern, die schon vor sieben Uhr herumwuseln und ihren Tag planen, an diesem Morgen jedoch schlief ich noch einmal ein, und als ich gegen elf erwachte, weil das Telefon erbarmungslos schrillte, spürte ich eine ganz unerwartete Leichtigkeit in mir, so als wäre meine Seele ein Luftballon, den jemand auf sanften Händen tanzen ließ.

Manchmal fragte ich mich damals, ob das, was mich neuerdings mit Sophia verband, so etwas wie Freundschaft sein könnte. Freundschaft – für mich war das fremdes Terrain, ich kannte sie aus Büchern als eine oft übertrieben romantische Angelegenheit, hatte aber keine Ahnung, wie man in Wirklichkeit damit umgeht. Je mehr Zeit Sophia und ich allerdings miteinander verbrachten, desto überzeugter war ich, in ihr eine Freundin gefunden zu haben. Eine, die mich aushielt und die dagegenhielt, sobald ich mich im Gespräch verrannte, die mir Rettungsleinen zuwarf, wenn ich nicht weiterwusste, und deren Klugheit und Wärme ich ständig mehr zu schätzen lernte.

Ich kannte Sophia seit vielen Jahren, ohne dass sie mir

jemals als Mensch wichtig gewesen wäre. Und was sie dachte, interessierte mich – mit Ausnahme meiner Steuererklärung – erst recht nicht. Natürlich hatte ich sie das auch spüren lassen. Umso mehr berührte es mich, wie sie, nachdem sie von der Scham und den Ängsten wusste, die mich und auch Judith umtrieben, darauf einging. Besonders gut ist mir ein Novemberspaziergang in Erinnerung geblieben, den Sophia und ich, mit Nelly natürlich, am Isarufer bei Schäftlarn machten. Hintereinander schlängelten wir uns auf einem schmalen Trampelpfad durch das urwaldähnliche Gestrüpp, der Wind schlug uns Ranken und welke Blätter ins Gesicht, Nelly jagte laut kläffend den Enten nach, und ich hatte Mühe, mich mit Sophia, die ein paar Schritte vor mir ging, zu verständigen. Ich wollte ihr meinen Traum erzählen, den Schrecken der letzten Nacht, er war mir gerade wieder eingefallen. Aber ich musste warten, bis der Weg so breit wurde, dass wir Seite an Seite gehen konnten.

Der Traum drehte sich um meine Mutter. Sie war tot und lag von sackfarbenen Tüchern bedeckt auf einem Tisch. Nur ihr Gesicht schaute aus der Verhüllung, von Locken eingerahmt, rosig, wie schlafend. Zusammen mit anderen Menschen, von denen ich nichts als die Hände sah, stand ich an ihrem Lager und steckte Blumen zwischen die Falten der Tücher. Ich wollte gerade den Stiel einer überdimensionalen tiefroten Rose hinter ihr linkes Ohr schieben, wie eine Flamenco-Tänzerin würde sie aussehen, dachte ich, da schnappte ihr Arm unter dem Stoff hervor, dürr, von aschigblauer Haut überzogen, und ihre Hand mit knochigen Fingern, an denen sich die langen Nägel wie Krallen bogen, spannte sich um meinen Unterarm. Ich schrie, ich zerrte, ich wollte weg, kam aber nicht los. Eine der fremden Hände hielt plötzlich einen Hammer und holte aus zu einem gewaltigen Schlag. Ich spürte nichts, doch der Klammergriff platzte auf wie ein gesprengter Riegel – und ich fand mich neben meinem Bett wieder, schon halb auf der Flucht.

Sophia ging so nah neben mir, dass ich mitbekam, wie sie erschauerte.

»Die Deutung kommt mir fast zu einfach vor«, sagte sie nach längerem Schweigen. »Offenbar fühlst du dich von Linda an die Vergangenheit gekettet und hast Angst, nicht davon freizukommen. Leute vom Fach würden vielleicht noch ganz anderes darin sehen, aber wir müssen uns vorerst wohl damit abfinden, dass die Schrecken dich immer wieder einholen. Ich denke, sie werden nachlassen, je weniger du ihnen ausweichst.«

Wir hatten inzwischen zwei bequeme Steine am Kiesufer entdeckt – Sophia nannte sie *Sesselsteine* –, von denen aus wir Nelly bei ihren Flirtversuchen mit einem offenbar desinteressierten Terrier im Auge behalten konnten. Mit ihrer Schuhspitze durchwühlte Sophia die Kiesel unter ihren Füßen, nahm hin und wieder einen auf, studierte ihn genau, rieb ihn blank und warf ihn, wenn er ihr nicht genehm war, Richtung Wasser. Sie sammelt Steine mit roter Maserung. Wenn ich früher davon gewusst hätte, würde ich darin sicher ein Abbild ihres Lebens gesehen haben, in dessen Einheitsgrau jeder Farbtupfer eine Rarität sein musste. Mittlerweile glaube ich eher an eine ästhetische Spielerei, ein reines Vergnügen ohne tiefere Bedeutung.

»Es gibt vermutlich zig Tausende oder sogar Millionen mit einer ähnlichen Biographie wie eurer«, sagte sie, nachdem wir eine Weile schweigend dagesessen hatten. »Vielleicht könnte es in diesem Land anders aussehen, wenn mehr Leute sich der Vergangenheit stellten.«

»Wieso?« Das leuchtete mir nicht ein. »Bis auf ein paar rechte Spinner leugnet doch wohl niemand mehr die Verbrechen der Nazizeit. In den Schulen wird das Thema fast bis zum Überdruss besprochen, und dann die Medien – jede Menge Filme, Dokumentationen, Berichte über das *Dritte Reich*. Langt das denn nicht?«

Sophia schüttelte den Kopf. »Anscheinend nicht. Sieh dich nur mal um, diese Orientierungslosigkeit, die grassierende Mutlosigkeit, das Abtauchen vor Verantwortung, die allgemeine Jammerbereitschaft, das geknickte Selbstwertgefühl oft bis zum Selbsthass … Du weißt schon, das, was sie die *deutsche Krankheit* nennen. Dafür muss es doch Gründe geben.«

»Und? Siehst du da einen Zusammenhang?«

Sophia zuckte mit den Achseln. »Ich denke oft darüber nach«, sagte sie, »besonders, seit ich deine Geschichte kenne. Und viele andere tun es auch. Jahrzehntelang diente die Wirtschaftsmacht, der protzige Wohlstand als Tünche über der dunklen Vergangenheit. Das ist dir ja wohl nicht fremd.«

Sie warf ein Steinchen zu mir herüber, und ich meinte, einen spöttischen Ton in ihrer Stimme zu bemerken.

»Aber mittlerweile«, fuhr sie fort, als ich nicht reagierte, »scheint der Firnis abzuplatzen. Spät genug. Wie es aussieht, genügt es nicht, Filme und Dokumentationen von damals anzusehen, Berichte zu lesen oder an weihevollen Gedenkveranstaltungen teilzunehmen. Das Nicht-Leugnen ist *eine* Sache, eine, die nur über den Kopf läuft. Gut, man akzeptiert, dass da Schreckliches passiert ist, doch das liegt lange zurück und sollte allmählich erledigt sein. Eine ganz *andere* Sache dagegen ist es, das Furchtbare wirklich an sich herankommen zu lassen, es anzunehmen, mit den eigenen Gefühlen darauf zu reagieren. Das schmerzt, wie du selbst gespürt hast, aber es ist das einzige Mittel gegen diese verheerende Krankheit, von der wir sonst womöglich aufgefressen werden. Offenbar funktioniert die Verdrängung nicht, unterdrückte Scham- und Schuldgefühle melden sich zurück als Angst, als Zweifel am eigenen Charakter, auch wenn man selbst gar nicht direkt beteiligt war.«

»Und warum erst jetzt, so viele Jahre danach?«, fragte ich Sophia und dachte dabei, wie gut sie meine Situation getroffen hatte.

»Da kann ich nur raten.« Ihre Antwort kam zögernd. »Erinnere dich, in den Nachkriegsjahren waren die Leute zuallererst damit beschäftigt, einen Unterschlupf zu finden, Essen für die Familie, Kleider und Schuhe, ein Job musste her, der Schutt weggeräumt werden. Man vergisst so leicht, wie viel Zeit und Energie für diese Dinge draufgingen. Oft kam die Suche nach Verschollenen dazu oder das Warten auf Heimkehrer. Obendrein hielt sich in den Köpfen die nazistische Denkungsart, die Feindbilder waren noch ganz frisch, und anstatt zu bereuen, was man anderen angetan hatte, fürchtete man sich vor der Rache der Sieger oder versank in Selbstmitleid. Wer von Opfern sprach, meinte gewöhnlich die eigenen Leute, die Ausgebombten, Vertriebenen, Verwundeten. Versteh mich recht, ich will nichts entschuldigen, aber vielleicht kann man die Gewissensblockade so erklären.«

»Ganz praktisch war es ja wohl auch, Alltagssorgen als Bollwerk gegen eventuelle Schuldgefühle vorzuschieben.«

»Bestimmt.« Sophia hob eine Handvoll ihrer gesammelten Steinchen auf und begann, eins nach dem anderen ins Wasser zu werfen. »Und dann musste der Wiederaufbau in Angriff genommen werden«, sagte sie, »und die Wirtschaft musste man ankurbeln und seine politische Lektion lernen, die einen nach links, die anderen nach rechts gerichtet, damit man auf der großen Bühne wieder mitspielen durfte. Ich begreife nicht, wieso sich die Vorstellung ausbreiten konnte, die Last der früheren Untaten werde einfach verschwinden, wenn man sie nur konsequent genug ignorierte.«

»Aber so war es doch nicht«, warf ich ein, »sie wurden doch gar nicht ignoriert.«

»Na ja«, sagte Sophia mit ironischem Unterton, »das haben die anderen wohl nicht zugelassen. Ohne den Druck von außen, da bin ich mir sicher, wären die Verjährungsfristen für Verbrechen von damals nicht verlängert worden, und noch mehr Alt-Nazis, als es ohnehin schon tun, verbrächten einen geruhsamen Lebensabend am Kamin. Und damit sind wir scheint's wieder an unserem Ausgangspunkt – es reicht nicht, die Schuld sachlich anzuerkennen und sie juristisch abzuhandeln. Das ist alles wichtig, aber nicht genug, wie man jetzt sieht.«

Niklas kam zwei Tage früher als erwartet zurück, an einem Samstagnachmittag. Ich hörte Rufe im Flur, lautes Lachen und dann Karolas Raucherstimme:

»Sie ist da drüben, in der Abstellkammer.«

»Was?!« Das war Judith.

Im nächsten Moment wurde die Tür hinter meinem Rücken aufgerissen, und Judith und Niklas standen in dem winzigen Raum so dicht bei mir, dass ich mich kaum zu ihnen umdrehen konnte. Vor Verblüffung brachte zunächst keiner von beiden ein Wort heraus. Sie staunten mich an wie ein Nilpferd an der Kletterwand.

»Was gibt's denn da zu starren?« Es gefiel mir nicht, in meinem bekleckerten Kittel, einem alten Riesenhemd, so fixiert zu werden, und noch weniger gefielen mir ihre Blicke auf die Staffelei mit meinem jüngsten Bild. Herr Mondschein hatte sie angeschleppt, nachdem er bei der Fahndung nach unserer Leiter hier im letzten Eck der Wohnung auf mich und meine neue Aktivität gestoßen war. Aus dem Baumarkt, wie er erklärte, weil das doch viel praktischer sei, als die Leinwand auf den Tisch zu legen. »Und viel künstlerischer«, sagte er.

Künstlerisch! Wenn es mir darum gegangen wäre, hätte ich mich mit Sicherheit irgendwo im vorderen Teil der Wohnung ausgebreitet – und bereits die erste Ausstellung geplant, wie einige meiner Bekannten nach einem Anfängerkurs für Hobbymaler in Umbrien. Aber genau das wollte ich nicht. Absichtlich hatte ich das Kämmerchen am Ende des Flurs gewählt. Durch sein schmales hohes Fenster fiel wunderbar neutrales Nordlicht, ich konnte herumschmieren, ohne von Karola getadelt zu werden, vor allem aber wollte ich hier unbeobachtet meine Innenschau betreiben. Denn darum ging es mir bei der Malerei – aber das merkte ich erst, als ich schon leidenschaftlich bei der Sache war.

Auf einem meiner häufigen Mittagsgänge zu einem Bistro, drei Minuten von meinem Büro entfernt, hatte mich die Idee überfallen. Nein, nicht nur eine Idee, mehr ein Zwang, ein unbezähmbarer Drang, eine unbändige Lust. An der kleinen Galerie rechts, kurz vor der Straßenecke, muss ich mindestens tausendmal vorbeigelaufen sein, ohne sie zu bemerken. Warum ich eines Tages dort stehen blieb, kann ich nicht sagen. Doch ich sehe noch das zu jener Zeit ausgestellte Bild vor mir, es füllte fast die gesamte Breite des Schaufensters mit kräftigen Farben und klaren Konturen. Von einem dunklen, grün-blauen Hintergrund hob sich ein Frauenporträt ab, im Profil gemalt in warm leuchtendem Gelb, wie von der Sonne angestrahlt. Das sichtbare Auge war grünlich umschattet, und mit seiner schwarzen, übergroßen, von Lichtreflexen umringten Pupille und dem starren Blick erinnerte es vage an die Augen mancher exotischer Fische, die durch den Betrachter hindurch auf eine fremde, rätselhafte Welt gerichtet zu sein scheinen. Am meisten faszinierte mich das Gegenporträt, das sich am Hinterkopf der

Frau aus einer Mulde im Schwall dichter, schwarzer, den Nacken hinabfließender Haare erhob. Im Verhältnis puppenhaft klein, reckte es sein Profil in die andere Richtung, die Augen geschlossen, wie zum Schutz vor dem Licht, das es überstrahlte. Und eine Hand, der Größe nach dem Gesichtchen entsprechend, lag auf dem Haarschopf in einer Pose, die behütend sein mochte, aber genauso passend wäre für jemanden, der zum Absprung ansetzt.

Sollte es eine Inspiration darstellen? Eine Idee? Einen Geist vielleicht, der von außen Erleuchtung bringt? Oder war, im Gegenteil, eine Seele gemeint, ein Geist, der aus dem Schatten tritt, sich aus dem Innern befreit? Ich bin nie in die Galerie gegangen, um mich mit den Leuten dort über diese Fragen zu unterhalten. Kann sein, dass sie eine Antwort gewusst hätten, aber ich wollte lieber die Positionen wechseln, das Bild mal so, mal so interpretieren. Täglich legte ich ein paar Minuten Pause davor ein. *Gloria Shapiro, New York,* stand auf einem kleinen Schild im Fenster. An einem Montag, es muss ungefähr drei Wochen her sein, war es verschwunden, ersetzt durch ein Gemälde, das aussah, als sei wildes Mikrobengetümmel vergrößert in Öl gefasst worden. Sehr bunt, sehr dekorativ, doch ich vermisste das Magische.

Irgendwo muss ich gehört haben, es gäbe in der Schwabinger Schwindstraße ein Fachgeschäft für Malereibedarf. Auf dem Heimweg fuhr ich abends nach Büroschluss dort vorbei, ließ mich beraten, kaufte aufgezogene Leinwand in verschiedenen Formaten, Acrylfarben *einmal querbeet*, wie sie mir als Anfängerin empfahlen, und Pinsel in drei unterschiedlichen Stärken.

Mit mir allein hatte ich keine Hemmungen, mich meinem lustvollen Drang zu überlassen, anfangs meinte ich sogar, mit geschlossenen Augen malen zu können, es kam einfach aus mir heraus. Dass jedoch Judith und Niklas plötzlich dastanden, neugierig das Bild auf der Staffelei betrachteten und auch die übrigen, an eine alte Spielzeugkiste gelehnten, behagte mir gar nicht. Vielleicht käme ihnen die Idee, ich wolle irgendeinem aktuellen Trend folgen und einen künstlerischen Anspruch damit verbinden, oder sie würden – was mir noch unangenehmer war, aber nach unseren Gesprächen der letzten Zeit sicher naheliegend – erkennen, wie sehr meine Malerei meiner inneren Befindlichkeit entsprach. Seelenlandschaften malte ich, reine Seelenlandschaften, das hatte ich schon bei meinem ersten Versuch selbst bemerkt, als ich wie aus einer Trance erwachend ein paar Schritte zurücktrat, um aus der Distanz hinzuschauen. Die linke Hälfte der Leinwand war mit dichtem, tiefem Schwarz bedeckt, das sich zum rechten Teil hin in graue, von dunklen Schatten durchzogene Schlieren auflöste.

Von Bild zu Bild, ich nahm es erst jetzt bewusst wahr, während ich neben Judith und Niklas stand und ihrem Blick folgte, kam immer mehr Licht in das Dunkel. Das undurchdringliche Schwarz verwandelte sich in transparente Schleier, hinter denen eine ferne Helligkeit wie ein Wetterleuchten aufstrahlte. Und auf meinem letzten, dem Bild, das ich noch in Arbeit hatte, gab es sogar flammendes Rot: Wie glühend schob sich ein Trichter vom oberen rechten Bildrand in die unter ihm liegende Düsternis und leitete blendende Lichtstreife hinab.

Wahrscheinlich haben die beiden meine Verlegenheit gespürt, ich kam mir vor wie jemand, der bei einem intensiven Selbstgespräch überrascht wird. Jedenfalls äußerte Judith kein Wort der Verwunderung über meine neue Tätigkeit und den seltsamen Ort, an dem ich sie ausführte, und Niklas murmelte nur »interessant«, während er sich, nachdem ich meinen Kittel an der Türangel aufgehängt hatte, widerspruchslos in den Flur schieben ließ. *Interessant* – ich bemühte mich zu vergessen, dass genau so das vernichtende Urteil von Kennern über missratene *Designer-Essen* lautete: Florierte Täubchenbrust an Vanillesamt. Brrrr.

Aber ich wollte doch gar kein Aufsehen!

Beim Abendessen schien mir Niklas verändert, irgendwie aus dem Tritt geraten.

Er war nervös, unkonzentriert, redete über belanglose Sachen, lachte ohne ersichtlichen Grund. Nach einer Weile warf mir Karola ihren Frage-Blick zu: die Stirn gerunzelt, eine Braue hochgezogen. Ich kenne ihn seit meiner Kindheit. Aber ich rätselte genau wie sie. Vielleicht hatte Niklas genug von uns und unseren Problemen und wollte weg? Oder er war gekündigt worden, genierte sich aber, es zu gestehen? Er könnte ja auch in eine schlimme Sache verwickelt worden sein. Es dauerte eine ziemliche Weile, bis Judith dagegenhielt. »Komm schon«, sagte sie, »was gibt's?« Energisch, ohne Spielraum für Ausflüchte – eben meine Tochter.

Ich weiß noch, wie Niklas zusammenzuckte. Er, der immer so selbstsicher, so gefestigt, so eloquent wirkte, stammelte auf einmal, rieb seine Nase. Als er schließlich zur

Sache kam, begriff ich sofort, weshalb er sich so unbehaglich fühlte. Während seines Besuchs bei Jack, seinem Londoner Freund, war er im Gespräch irgendwann auch auf uns gekommen, Judith und mich und unsere schwierige deutsch-britische Familiengeschichte, doch Jack hatte sich nicht mit ein paar hingetupften Andeutungen zufriedengegeben, er bohrte, hakte nach, wollte alles bis ins Detail wissen.

»Ich hab mich breitschlagen lassen, Jack zeigte so viel Anteilnahme«, wie ein beschämter Schuljunge senkte Niklas den Kopf, »wahrscheinlich war es ein Fehler, ohne eure Zustimmung von euch zu erzählen, aber …«

Genau, dachte ich in die kleine Kunstpause, die er einlegte, ich will keinen Gesprächsstoff für Fremde abgeben, andererseits – dieser Jack ist weit entfernt, es kann mir egal sein, was er über uns weiß.

Vielleicht ging in Judith Ähnliches vor, mit verschränkten Armen saß sie mir gegenüber und schaute Niklas kühl abwartend an.

»… aaaber«, es klang, als wolle er ein Netz nach uns auswerfen, »möglicherweise ergibt sich etwas daraus, das für euch wichtig sein könnte.«

Ich mag mir nicht vorstellen, in welchem Zustand er uns geschildert hat, sodass sein Freund beschloss, aktiv zu werden. Jack, erzählte er uns – inzwischen nicht mehr ganz so geknickt –, habe wiederum einen guten Freund im Foreign Office, und der solle nun dazu gebracht werden, eventuelle Unterlagen über Linda Hamstad ans Licht zu befördern. Nach so langer Zeit halte man die Akten vielleicht nicht mehr allzu strikt unter Verschluss.

»Wenn wir Glück haben«, sagte Niklas mit einem beifallheischenden Rundblick, »lässt sich eventuell feststellen, woher sie kam und was sie zu ihrem Einsatz trieb.«

»Puh, ist das aufregend!« Judith schien hingerissen von dem Plan, während ich versuchte, mir meinen Schreck nicht anmerken zu lassen.

Wenn wir Glück haben – wir hatten nie Glück gehabt und würden es auch jetzt nicht haben! Was man aufdecken würde, wäre höchstens dazu angetan, die Schatten zu vertiefen, davon war ich überzeugt.

Ich hatte geglaubt, mit den Fakten der Vergangenheit durch zu sein, wenigstens damit, und jetzt geriet ich plötzlich wieder auf schwankenden Boden. Die Alpträume von früher kehrten zurück, das vage Ziehen in meinem Innern, die Blackouts, in denen Horrorvisionen meinen Alltag durchbrachen. Niklas hatte sicher allerbeste Absichten gehabt, als er Jacks Vorhaben zustimmte, doch für mich bedeutete es die reine Tortur. Ich fühlte mich abgeschnitten von dem Fundament, das ich mir inzwischen für meine eigene Welt geschaffen hatte, und wartete, sosehr ich mich auch dagegen sträubte, wie gebannt auf die ausstehende Nachricht.

Zwei Wochen vergingen, fast drei, ohne dass sich etwas tat. Meistens schüttelte Niklas bedauernd den Kopf, wenn er mein angespanntes Gesicht bemerkte. Einmal ließ Jack uns ausrichten, die Sache sei schwieriger als vermutet. Er habe Verbindung zu einem Historiker aufgenommen, der sich in offiziellem Auftrag mit der Geschichte des britischen Geheimdienstes befasse. Auch ein Freund natürlich. Wir warteten weiter.

Als die Auskunft dann schließlich eintraf – von Niklas mündlich übermittelt, weil es, wie er sagte, keine schriftlichen Beweise geben durfte –, war ich durch meine Hirngespinste um meine verworfene Mutter dermaßen blockiert, dass ich seine Worte anfangs nicht verstand. Ich hörte sie einfach nicht, bis irgendjemand mich schüttelte und die Starre wich.

Es sei ein hartes Stück Arbeit gewesen, berichtete Niklas, fast schon jenseits der Legalität oder zumindest der Fairness, denn Jacks Verbindungsmann hatte keine Ahnung von dem privaten Anliegen hinter der Suche. Nach vergeblichen Bemühungen in England war er zuletzt unter Aufzeichnungen fündig geworden, die sich seit Kriegsende in Archiven der Vereinigten Staaten befanden. Wie und über wen er dahin geraten war, erfuhren wir nicht, allerdings verloren wir auch jedes Interesse an den erforderlichen Manövern, als Niklas auf Linda zu sprechen kam. Unglaublich, wie genau er wiedergeben konnte, was sein Freund ihm am Telefon mitgeteilt hatte.

Mit Lindas Namen fing es an: Ihr richtiger Name, sagte Niklas, sei Gerlinde Harmstadt gewesen, ein deutscher Name, offenbar später anglisiert. Der Vater, Oskar Harmstadt, ein Berliner Journalist, war mit regimekritischen Beiträgen für Blätter wie die *Weltbühne*, das *Berliner Tageblatt*, die *Frankfurter Zeitung* schon früh ins Schussfeld der NS-Machthaber geraten und floh im März 33, unmittelbar nach dem Reichstagsbrand, als eine riesige Verhaftungswelle ausbrach, mit seiner Tochter zunächst nach Prag, zog von da aus weiter nach Zürich und Paris, bis er 1935 in London landete. Linda war zu dem Zeitpunkt siebzehn Jahre alt. Ihre Mutter, hatte Niklas gehört, sei sechs Jahre zuvor infolge eines grässlich trivialen Unfalls ums Leben gekommen. Sie war am Zehlendorfer Bahnhof auf einer Bananenschale ausgerutscht, mit dem Schienbein ans Trittbrett eines Taxis geschlagen und dann so leichtsinnig mit der Wunde umgegangen, dass daraus eine tödliche Blutvergiftung entstand. Man hatte ihr noch den rechten Unterschenkel amputiert, aber es war zu spät.

Anscheinend gelang Oskar Harmstadt, wie vielen seiner Kollegen auch, kein beruflicher Neuanfang, da er nur ein paar Brocken Englisch sprach und nicht genügend einflussreiche Verbindungen hatte. Zig deutsche Emigranten lauerten damals auf eine Chance, als freie Mitarbeiter bei Presse oder Funk einen Fuß in die Tür zu bekommen. Seine Tochter tat sich offenbar weniger schwer, zunächst arbeitete sie ein knappes Jahr lang in einer Konservenfabrik und fand dann, nachdem sie die englische Sprache fast perfekt beherrschte, eine Anstellung als Sekretärin bei einem Verlag für Militaria, der viel mit deutschen Quellen befasst war. Der Name war Niklas entfallen, aber er meinte sich zu erinnern, dass der Verlagsleiter in seinem Club von ihr erzählt hatte, woraufhin einer seiner Zuhörer mit dem Angebot, für den Geheimdienst zu arbeiten, an sie herangetreten war.

»Und darauf soll sie sich eingelassen haben?« – »Woher nahm sie denn den Mut?« – »Wieso hielt der Vater sie nicht zurück?«

Ich glaube, wir überschrien uns gegenseitig mit unseren Einwänden, bis Niklas beschwichtigend die Hände hob.

»Stimmt«, nickte er, »die Frage nach der Motivation hat

auch Jack und mir zu schaffen gemacht. Eine glühende britische Patriotin konnte sie schwerlich sein, und um aus politischer Überzeugung gegen Hitler anzutreten, schien sie uns zu jung und zu unerfahren, also blieben nur persönliche Gründe. Aber welche?« Normalerweise werde dergleichen nicht in den Akten vermerkt, sagte Niklas. Doch Jack habe schließlich über irgendwelche Mittelsmänner, Leute, die nicht genannt werden wollten, Licht in die Sache bringen können. »Old boys network«, er grinste, »typisch britisch.«

Wie sich herausstellte, lag der eigentliche Grund bei Alfons Harmstadt, Lindas Patenonkel, einem jüngeren Bruder ihres Vaters, der für den *Berliner Rundfunk* arbeitete. Wegen seiner unverblümt nazikritischen Beiträge war er schon mehrmals auf der Straße verprügelt worden, weigerte sich jedoch standhaft, die Machtübernahme für etwas anderes als einen vorübergehenden braunen Spuk zu halten, und deshalb lehnte er auch ab zu fliehen, wie sein Bruder es tat.

Schon wenige Tage nach seiner Ankunft in Prag erfuhr Oskar von anderen Flüchtlingen, dass Alfons verhaftet worden war, er sei in Oranienburg bei Berlin auf dem Gelände einer früheren Brauerei festgesetzt, hieß es. Oskars Informanten sprachen von einem *wilden* Konzentrationslager, weil SA und SS dort mit ihren politischen Widersachern nach eigenem Gutdünken völlig unbehelligt umspringen könnten. Stundenlange Verhöre und Folterungen seien an der Tagesordnung, viele Häftlinge verschwänden spurlos. Erst in London erreichte ihn die nächste Nachricht: Alfons war im Juni '34 gestorben, im Lager ermordet.

Das, sagte Niklas, müsse der Auslöser für alles Weitere

gewesen sein. Linda beobachtete, wie ihr Vater sich mit Vorwürfen quälte, weil er seinem Bruder nicht genügend zugesetzt und ihn zur Flucht gezwungen hatte, wenn Alfons selbst nicht die nötige Einsicht aufbrachte. Immer wieder durchforstete er in Gedanken die Reihen seiner früheren deutschen Bekannten auf der Suche nach jemandem, der vielleicht einflussreich genug und auch willens gewesen wäre, bei den braunen Machthabern für Alfons einzutreten. Irgendetwas, egal was, hätte er unternehmen müssen, statt behaglich in einem Café an der Moldau zu sitzen, während Alfons womöglich zur gleichen Zeit erschlagen worden war wie ein lästiges Insekt.

Bei der Ankunft in London sei Oskar bereits völlig zermürbt gewesen, sagte Niklas. Die wirtschaftliche Bedrängnis, das Abgeschnittensein von allen gewohnten Kontakten und dann schließlich, nachdem England 1939 in den Krieg eingetreten war, das Bewusstsein, als *enemy alien* zu gelten, obwohl er doch nur gekommen war, weil er vom heimischen Regime bereits als Feind betrachtet wurde – das alles habe er nicht mehr verkraften können. Oskar Harmstadt starb im Spätherbst 1939 an einer gerade grassierenden Grippe.

Der Geheimdienst schien sich zu dieser Zeit schon um Linda bemüht zu haben, aber darüber war nichts Genaues in Erfahrung zu bringen, genauso wenig wie über ihre Ausbildung zur Agentin.

»Es muss alles im Eiltempo durchgezogen worden sein«, sagte Niklas, »und bestimmt war sie hochmotiviert, sonst hätte man sie unmöglich bereits ein halbes Jahr später einsetzen können. Sehr erfolgreich, wie es aussieht.«

Ich glaube, ich habe ziemlich dumm vor mich hin gelächelt, denn ein Teil des *Erfolges* war ich.

Unsere Reaktion auf Niklas' Eröffnungen hätte kaum unterschiedlicher ausfallen können. Ich weiß noch, wie ich spätabends im Bad vor dem Spiegel stand und merkte, dass sich mein Blick auf mich selbst verändert hatte. Vielleicht bildete ich es mir nur ein, weil ich so bewegt war, aber ich suchte in dem Gesicht, das mir mit weit aufgerissenen Augen entgegenstarrte, plötzlich nicht mehr nach harten Schatten. Ich fühlte, wie etwas Warmes und auch sehr Schmerzliches von mir Besitz ergriff und ein Teil meiner selbst wurde. Und für einen kurzen Moment kam es mir vor, als schaute mich aus dem Spiegel meine Mutter an – das junge Fotogesicht mit den Lebensspuren meiner Jahre. Ich schaltete schnell das Licht aus und nahm sie mit in den Schlaf.

Für Judith dagegen muss der Bericht so etwas wie ein Kulissenwechsel gewesen sein. Auf einmal erlebte sie sich nicht mehr vor dem Hintergrund einer hoffnungslos finsteren Familiengeschichte, sondern meinte, in der Düsternis einen Lichtstrahl zu entdecken.

Immerhin, sagte sie, als wir am folgenden Tag die Neuigkeiten wieder und wieder beredeten, auch wenn man bezweifeln könne, ob Linda ihr Kind habe verlassen dürfen, um die eigene Haut zu retten, sei sie doch zuvor sehr mutig und selbstlos gewesen. *Bewundernswert,* nannte Judith ihr Verhalten – auf unsere Familie bezogen ein Unikum! Und sie räsonierte darüber, ob Heldentum und Einsatzbereitschaft nicht vielleicht irgendwann erschöpft wären.

»Wahrscheinlich konnte sie einfach nicht mehr. Man muss sich das nur mal vorstellen: die ständige Angst aufzufliegen, die *Zweckehe* mit einem Mann, den sie eher verachtete als liebte, das ungewollte Kind – tut mir leid«, ich bekam einen kleinen Lächelblick, »dazu die Bombenangriffe, die Gestapo auf ihrer Spur ... Kein Wunder, wenn sie den Kopf verliert.«

Ich nickte. Die verlorene Gestalt aus meinen Träumen war mir wieder in den Sinn gekommen, während Judith sprach, elend und abgerissen, doch davon würde ich ihr nicht erzählen.

Wieweit Niklas über Lindas Nachkriegsleben Bescheid wusste, war nicht auszumachen. Denkbar wäre, dass er die Geschichte von Armut und Suff zwar kannte, aber verschwieg, weil er die bei Judith gerade erst austreibenden Keimlinge von Stolz auf wenigstens *ein* Clanmitglied nicht zertreten wollte. Er erzählte uns nur, Linda habe nie wieder geheiratet und es gebe keine weiteren Angehörigen in England, in Deutschland übrigens auch nicht, denn mit Alfons sei der letzte hiesige Harmstadt ums Leben gekommen.

Ich sehe Judiths enttäuschtes Gesicht noch vor mir. Mein auf familiärer Minischolle aufgewachsenes Kind hatte vermutlich schon von einem weitgespannten Netz verwandtschaftlicher Beziehungen phantasiert, ein paar Vettern und Cousinen in London, ein paar in Berlin, Onkel und Tanten ... Und genauso gut erinnere ich mich an den Moment, als ihr, offenbar zum Trost für die entgangene Sippe, die Idee kam, den Großvater Gustav zu besuchen – gemeinsam mit mir.

Mein Vater. Schon bei dem Gedanken, ihm begegnen zu sollen, blieb mir die Luft weg. Gut, ich stritt nicht mehr ab, dass es ihn gab, aber musste ich ihn auch noch treffen, nachdem ich ihm schon einen Platz unter den Lebenden eingeräumt hatte? Wenn er sich nur im Geringsten für mich interessierte, hätte er doch längst Kontakt zu mir aufnehmen können.

Judith ließ keines meiner Argumente gelten.

»Vielleicht hat er sich nicht getraut«, sagte sie, »du weißt, wie ungern diese alten Männer einen Fehler zugeben. Oder seine jetzige Familie hat ihn zurückgehalten, und er würde sich freuen, wenn wir die Initiative ergriffen. Probieren wir es wenigstens. Denk nur an die Überraschung, die wir mit Linda erlebt haben, nie hättest du so etwas vermutet. Warum soll es in seinem Fall nicht ähnlich enden? Er kann doch in sich gegangen sein und seine Haltung von damals bereuen, Zeit genug hat er schließlich gehabt.«

Zeit allein reicht eben nicht, dachte ich, sie heilt vielleicht äußere Wunden, aber was im Innern schwelt, muss nicht von ihr berührt werden. Die Zeitungsberichte über verschiedene uralte Nazi-Knochen fielen mir ein, jedes Mal der angeblich letzte, den man vor Gericht stellte, jedes Mal ohne eine Spur von Einsicht geschweige denn Bedauern, jedes Mal von überraschend genau dosierter Gebrechlichkeit. Zu dieser Charge, da war ich mir sicher, gehörte auch der alte Macksiepen.

Trotzdem ließ ich mich von Judith überreden. Vermutlich lag es an ihren Augen. In ihnen erkannte ich so viel Sehnsucht, so viel Hoffnung, der auf uns lastende Schatten könne sich vielleicht lichten oder weiterziehen, als habe er an der falschen Adresse haltgemacht. Ich glaube nicht an Wunder, aber dieses dringliche Wünschen mochte ich nicht schon im Vorfeld abwürgen, ehe es überhaupt eine Chance gehabt hatte, Realität zu werden.

Und wenn ich ganz tief in mich hineindachte, stieß ich auf einen winzigen Funken, der sich mit Judiths Hoffnung verbündete. War ich nicht vor langer Zeit sein *Sternenkind* gewesen? Konnte man solche Gefühle vollkommen abtöten? Und wenn er meine Tochter sähe, müsste es ihn nicht mit Stolz erfüllen, eine so schöne, strahlende Enkelin zu haben?

Hin und her überlegten wir, welcher Tag und welche Uhrzeit sich am besten für unser Unternehmen eigneten. Samstag und Sonntag schieden aus, weil das Haus womöglich voll mit Familienmitgliedern wäre, die uns abblocken könnten. Montag kam uns zu grau vor und zu sehr der Alltagsorganisation zugewandt. Wir einigten uns auf Dienstag, es war zwar der dreizehnte, aber wir hielten uns beide nicht für abergläubisch. Gegen fünf wollten wir läuten, zu einer normalerweise von Pflegeaktionen und Mahlzeiten freien Stunde.

An diesem Dienstag stand ich morgens früh am Herd, wartete, dass das Teewasser endlich kochte, und blätterte dabei, um mich vom Flattern meiner Nerven abzulenken, in der Zeitung, blätterte bis zum Sportteil, auf dessen letzter Seite die Familienanzeigen standen. Und da sah ich es: Gustav Macksiepen – tot.

Die Zeit heilt nicht nur die Wunden, sie lässt auch die Täter sterben. Sophia sagt, es sei ein Zitat von Mitscherlich. Demnach wäre Gustavs Tod eine Erlösung. Ob Judith das auch so sehen kann? Vielleicht überwiegt bei ihr die Enttäuschung. Es wird keine Gelegenheit mehr geben herauszufinden, wer er wirklich war, nie mehr.

Sie steht an der Friedhofseibe so nah neben mir, dass ich durch den dünnen Stoff ihres Mantels spüre, wie sie zittert. Und plötzlich beginnt ein seltsames Empfinden sich in mir auszubreiten, etwas, das sich warm anfühlt und wohlig und gleichzeitig schwer und melancholisch. Ich bin mir nicht sicher, ob ich mich irre, aber vielleicht geht es einem so, wenn man die Verantwortung übernimmt, wissend, dass da niemand mehr ist, dem man irgendetwas zuschieben könnte. Jetzt bin ich an der Reihe.

Ein Schatten legt sich auf uns, von dessen geschwungenen Rändern glitzernde Schnüre zu Boden rinnen. Seit wann regnet es wieder? Ich schaue kurz hoch und über meine Schulter. Niklas steht hinter uns, mit einem schwarzen Schirm, so groß, wie ihn sonst nur Hotelportiers ausspannen, nein, eher noch Bodyguards, und entsprechend ist der Blick, mit dem er zwischen unseren Köpfen hindurch den dunklen Tross am Grab fixiert. Nie zuvor habe ich in seinem Gesicht so viel Wachsamkeit gesehen und nie eine solche Abwehr.

»Komm«, ich fühle Judiths Arm auf meinen Schultern, »komm, lass uns gehen, es reicht.« Offenbar will auch sie sich nicht zu erkennen geben.

Und ich – ich schiebe meine Hand um ihre Taille, nicke stumm und lasse mich zum Ausgang führen, wo Karola uns bereits erwartet. Neben ihr muss ich innehalten, um zurückzublicken, einen Moment lang nur, weil sich drüben aus dem Trauerpulk schon einzelne Gestalten lösen und über Pfützen steigend näher kommen. Begegnen möchte ich keinem von ihnen, aber das Bild noch einmal ins Auge fassen: die Reihe dieser fremden Verwandten, im Schwarz die hellen Flecken ihrer Gesichter. Hätten wir, Judith und ich, unter ihnen das Gefühl der Ungeborgenheit verlieren können? Weshalb eigentlich habe ich nie über sie nachgedacht? Mir nicht ein einziges Mal vorzustellen versucht, was sie empfanden, als sie zwischen die Mühlsteine gerieten – genauso wie wir? Und dass ihre Verletzungen ähnlich sein mussten wie unsere.

Ein Windstoß treibt mir dicke Regentropfen ins Gesicht, doch es liegt nicht allein an ihnen, dass plötzlich alles vor meinem Blick verschwimmt. Ich spüre die Tränen aufsteigen und lasse sie laufen. Tränen um vertane Chancen, um wundgeschlagene Liebe, Schuld und Verlorenheit, aber auch Tränen der Erleichterung. Karola hält mir ein Taschentuch hin: ein blütenweißes, sechsfach gefaltetes Stück Trost. Ich trockne mein Gesicht und greife nach Judiths Arm: »Gehen wir, ich bin so weit.«

Nachwort

Die handelnden Figuren dieses Romans sind ausnahmslos frei erfunden. Eventuelle Ähnlichkeiten mit lebenden oder bereits verstorbenen Personen können nur auf zufälligen, jedenfalls unbeabsichtigten Übereinstimmungen beruhen. Genauso verhält es sich mit den Schauplätzen des Geschehens: Weder Straßen noch Läden, Institutionen oder Orte haben in der fraglichen Zeit die ihnen hier zugewiesene Rolle gespielt. Die Geschichte ist rein fiktiv.

Allen, die mich bei der Arbeit an diesem Buch mit persönlichen Erinnerungen oder Berichten aus ihrer Familiengeschichte, mit Ratschlägen und professionellen Hinweisen unterstützt haben, möchte ich ganz herzlich danken. Das gilt besonders für Eva Friedrich, Beatrix Ruberg, Ute Fahr, Cornelia von Hoerner-Nitsch sowie Dirk und Beate von Below. Außerdem danke ich meiner Lektorin Ursula Bergenthal für ihre ermutigende Begleitung und natürlich meiner geduldigen, verständnisvollen Familie.

München, im Februar 2013 Brigitte Beil

btb

Brigitte Beil

Eiswinter

Roman. 384 Seiten

ISBN 978-3-442-74186-1

Schleswig-Holstein im Winter 1683: Als Gesches Bruder beim Schlittschuhlaufen einbricht, ist es ausgerechnet ein Schwarzer, der Feldtrompeter Christian, der ihn aus dem eisigen Nass fischt. Und die 17-jährige Ratsherrntochter verliebt sich Hals über Kopf in den misstrauisch beäugten Fremdling. Eine unmögliche Liebe. Doch eine, für die Gesche bereit ist, ihr Leben zu opfern.

»Brigitte Beil verbindet gekonnt die Geschichte einer ungewöhnlichen Liebe mit dem Porträt der damaligen Gesellschaft und engen Weltsicht.«

freundin

www.btb-verlag.de